Lucas Nuez

Fräulein

~

Les Nymphes de Berlin

Couverture : Louise Dumeige-Barois

ISBN : 978-2-9598168-2-6

À mes Nymphes de Berlin,
Pour que jamais
Elles ne tombent dans l'oubli…

Pour lesquelles,
J'aurais toujours
Une passion dévorante,
Une adoration…

Et elles resteront
Dans mon coeur
Pour l'éternité.

À *Eva Braun,*
Mon Hortense Rose Poudrée

Prélude

Les épreuves sont redoutées par chacun de nous. Mais si j'avais le choix, voudrais-je rester ce que j'étais avant d'être fait prisonnier ? Ou revivre le même destin ? Je dirais : pour l'amour des nymphes, faites-moi à nouveau prisonnier.

Lorsque les obstacles se dressent sur notre chemin, nous croyons que notre vie est finie.

Mais voici ce qu'elles m'ont appris : il ne s'agit que du début d'autre chose, d'une vie meilleure. Tant qu'il y a de la vie, il y a de la joie. Et le meilleur reste toujours à venir.

Prologue

Aussi loin que je me souvienne, j'ai toujours rêvé du grand amour. Il y a quelques mois, je rencontre Eloïse à la parfumerie lors d'une soirée avec les clientes après le travail. Un after work pour fêter Noël à la boutique avec les plus fidèles d'entre elles. En effet, nous profitons du calme de la fin d'après-midi pour terminer les installations. Une table joliment décorée, près de l'entrée avec diverses boissons et apéritifs.

Cet événement est avant tout fait pour vendre afin d'optimiser notre chiffre d'affaires annuel. Pour cela, nous décidons de récompenser les acheteuses en leur offrant des poches cadeaux contenant des produits lors de leur passage en caisse.

Tandis que notre clientèle vient en nombre, je remarque que l'une de nos habituées, Madame Duchère, arrive avec sa fille. Tout de suite, mon regard accroche le sien. J'ai un coup de cœur pour sa beauté resplendissante, je dois le dire. Je profite de cette chaleureuse soirée pour servir des verres et discuter avec certaines de nos fidèles. En conversant avec Madame, quelques regards s'échangent avec sa fille.

Un peu plus tard, la voyant seule, je décide d'aller vers elle.

– Bonsoir, mademoiselle, dis-je dans un sourire, je dois avouer que votre robe est d'une élégance rare : la coupe, la couleur… tout est harmonieux.

– Bonsoir, monsieur, se tourne-t-elle vers moi, avec un sourire en retour, c'est très gentil à vous. C'est une création d'une petite boutique parisienne.

– Paris… la ville de la mode ! dis-je les yeux brillants. Je suis couturier, vous savez, et mon appartement me sert d'atelier.
– Vraiment ? me demande-t-elle, d'un air intrigué, et que créez-vous ?
– De la lingerie fine, des pièces uniques… J'aime sublimer la beauté des femmes.
Sa réaction laisse émerger un sourire malicieux sur son visage.
– Voilà qui est intéressant. Et qu'est-ce qui vous a amené à faire ce métier ?
– Ma mère m'a appris à coudre. Elle confectionne des vêtements. Mais surtout… la passion que j'ai pour les femmes, mademoiselle.
Sans un mot, elle lève simplement son verre.
– Alors, à la passion !
– A la passion, et à la beauté.
Et nous trinquons ensemble.

C'est ainsi que tout a commencé. À l'aube de ses 26 ans, elle possède une beauté classique évoquant les actrices hollywoodiennes, avec ses grands yeux expressifs et ses cheveux ondulés. Sa silhouette longiligne est mise en valeur par une robe en soie pastel, qui souligne la finesse de ses épaules et de sa taille. Son visage délicat et légèrement pâle est encadré par une chevelure de cascades blondes, coiffée en boucles souples.

L'amour a surgit aussitôt et nous avons décidé rapidement de vivre ensemble. Notre passion partagée pour la mode, l'art et la beauté, nos valeurs communes comme la liberté, l'indépendance et le désir de vivre pleinement, et le fait que nous nous sentions à l'aise et en confiance l'un envers l'autre, nous a doucement poussés à rapprocher nos vies. Nous avons bâti notre relation sur la tendresse et l'effort moral pour cultiver notre amour. Une relation destinée à durer toute une vie.

Et, ce soir, je l'invite au restaurant car je veux lui faire part de mes intentions : lui demander sa main pour lui signifier que je souhaite construire un avenir avec elle.

– J'ai une surprise pour toi, lui dis-je, l'œil pétillant, en lui tendant une poupée creuse en bois de taille moyenne .

– Qu'est-ce que c'est ? répond-elle après un léger rire.

– Une Matriochka, une poupée russe si tu préfères. Cela veut dire "mère" dans le pays des tsars. Elle est le symbole de la famille : très grande et unie.

Je poursuis mes explications pendant qu'elle ouvre les différentes figurines.

– La mère donne naissance à une fille qui donne naissance à une autre fille.

Jusqu'à ce qu'elle tombe sur la plus petite d'entre elles et l'ouvre, découvrant à l'intérieur une bague ornée d'un diamant fin.

– C'est ainsi que l'on fonde une famille.

Je la regarde me sourire, elle reste silencieuse et rit nerveusement en se recroquevillant, comme si elle se sentait mal à l'aise.

Éloïse reste mutique toute la soirée. Sous le choc de ma surprise, elle ne trouve pas les mots pour me rassurer.

Chapitre I

Le lendemain, je rentre de ma journée de travail, impatient de la retrouver.

– Coucou, chérie !

Pas de réponse. Ce n'est pourtant pas dans ses habitudes. Je me dirige vers la cuisine. Personne. Je décide d'aller voir à la salle de bain. La porte est entrouverte mais elle n'y est pas non plus. Je me rends alors au salon. La maison est vide… Je ne comprends pas ce qui se passe… J'ai beau réfléchir, je n'ose penser au pire. Prostré au milieu de la pièce, j'aperçois une lettre posée sur la table basse. Plus mes yeux se posent sur chacun de ces mots, sur chacune de ces phrases, plus mon cœur se brise, jusqu'à ce que mes jambes s'effondrent sur le tapis qui recouvre le mobilier.

"Isidore,
Quand tu liras cette lettre, je serai déjà partie. Sache que je regrette sincèrement la tournure que vient de prendre notre relation ainsi que la décision que j'ai choisie de suivre. Mais je n'ai pas le courage de continuer. Les plus beaux souvenirs que je garde sont ceux que nous avons passés ensemble. S'il te plaît, ne m'en veux pas ! J'espère que tu comprendras. Je te demande pardon, ainsi qu'à ta mère que j'apprécie tant.
Le temps nous dira si nos chemins se rejoindront encore.
Alors au revoir.
Eloïse"

Ange éclatant, je croyais que tu étais mon sauveur dans ma période où j'étais dans le besoin. Je voulais te donner mon coeur, te donner mon âme. Je voudrais remonter le temps pour éviter cette fin atroce. Je ne peux m'empêcher de penser que c'est arrivé par ma faute. Eloïse, mon rêve s'est terminé. Tu l'as détruit comme on brise un château de verre. Toutes nos histoires que j'ai tant chéries... Je voudrais ne plus avoir à les pleurer...

La posture affaissée, les épaules arrondies, le regard baissé, les sourcils froncés, je me lamente sur mon sort. La parfaite illustration de ma vie sentimentale. Je devrais même dire la parfaite illustration de ce qu'est ma vie depuis ma naissance. Quand j'étais enfant, je n'ai connu que trois choses : la violence d'un père, l'abandon d'une mère me laissant à mon propre sort, au point même d'être complice des maltraitances de mon géniteur à mon égard, et la peur. Et, qu'est-ce que cela a provoqué chez moi ? Seulement deux choses, deux émotions malheureuses que je ne souhaite à personne : la peur de l'abandon et la colère intérieure. C'est plus fort que moi.

Je n'arrive pas à les contrôler. Ce profond mal-être me torture à la moindre occasion. Je garde au fond de moi l'espoir qu'un jour la chenille, laide et frêle, deviendra un joli papillon. Je deviendrai cet insecte aux ailes colorées qui embrassent tendrement le printemps et se posent sur les pétales des fleurs du jardin d'Eden.

Je garde l'espoir qu'un jour le poulain, incapable de tenir sur ses pattes, deviendra un étalon fier et empreint de liberté, galopant dans les plus belles prairies du monde, en harmonie avec les soupirs de l'alizée qui caresse sa crinière de la plus délicate des attentions. Seulement, parfois je me demande si c'est encore possible. Plus le temps passe, plus j'ai l'impression de ne pas avancer. D'être condamné à cette existence. Une existence faite de souffrance, à laquelle le bonheur semble à jamais refusé. Finalement, tout ce que je retiens de positif, c'est que ma mère m'a appris à coudre. Je lui suis reconnaissant de m'avoir transmis cette passion à laquelle me raccrocher…

À bientôt 27 ans, j'aspire à une vie meilleure : avoir un travail épanouissant, une femme amoureuse, une vie de famille et vivre dans une grande maison. Au bout du compte, l'unique chose à laquelle je peux m'accrocher, c'est mon travail. J'ai obtenu, à 19 ans, un poste de vendeur en parfumerie au coeur de Paris grâce à l'amie de ma mère. Je ne m'en plains pas, j'ai appris à l'aimer. Cette opportunité a été une révélation pour moi. J'ai eu un coup de foudre pour le monde du parfum. Mais le jeune homme rêveur et ambitieux que je suis songe à un rêve bien plus grand. Bien que l'on m'ait fermé les portes d'entrée de jeu, je n' ai jamais renoncé. Et je n'y renoncerai jamais tant qu'il restera une once d'espoir ! Il en est hors de question !

Après réflexion, je décide de rendre visite à ma mère. Même si notre relation est difficile, le chagrin causé par ma rupture avec Eloïse me pousse à chercher du réconfort auprès d'elle. Elle habite seule, dans un petit appartement à quelques centaines de mètres du mien depuis que mon géniteur est parti. Là aussi, je le dois à Hélène, l'amie de ma mère. Grâce à elle, nous avons pu y trouver une vie un peu meilleure qu'avant. Cependant, cette colère intérieure que j'ai à l'égard de ma mère s'est transformée en une colère envers les femmes. Tout comme chaque fois qu'une jeune fille que j'ai rencontrée m'a fait me sentir trahi ou abandonné, je ne rate pas une occasion de lui rappeler qu'elle est une mauvaise mère. Je ne peux m'en empêcher. Il est si difficile d'accepter que dans ce monde il y a des personnes faibles et d'autres plus fortes. Mais le pire, c'est de devoir accepter qu'il s'agisse de la femme qui vous a donné la vie.

– Bonsoir, maman.

– Bonsoir, Isidore, je suis surprise de ta visite.

Le visage fermé, je la regarde silencieusement.

– Que se passe-t-il ? Pourquoi fais-tu cette tête, s'approche-t-elle, les traits tirés par l'inquiétude. Son regard brun scrute mon visage, cherchant les réponses dans les ombres qui s'y creusent.

Les épaules voûtées, la main crispée sur le dossier du fauteuil, je détourne le regard.

– Cette Eloïse que tu appréciais tant est partie, je réponds d'une voix rauque, étranglée par une émotion que je peine à contenir.

– Comment cela "partie" ? fronce-t-elle le sourcils, les lèvres pincées.

Elle ne comprend pas, et l'incompréhension se mue en une sourde appréhension.

– Elle m'a abandonné ! Comme tant d'autres… Et malgré moi, un souffle chargé de désespoir m'échappe. Mes yeux, habituellement si vifs, sont maintenant ternes, vides.

Ma mère, les mains tremblantes, tente de saisir mon bras.

– Mais enfin ? Je ne comprends pas. Vous aviez l'air d'être heureux ensemble.

– C'est ce que je pensais aussi, figure-toi.

Un rictus amer déforme mon visage. Je me lève brusquement, faisant volte-face, comme pour fuir le regard de ma mère.

– Pourquoi a-t-elle fait ça ? insiste-t-elle, sa voix se faisant plus pressante.
– Il faut croire qu'elle est ta fille cachée et qu'elle est aussi lâche que toi.
Le venin suinte dans mes mots. Je me retourne, les yeux noirs de colère, et fixe ma mère avec un mépris glacial.
Elle recule, les yeux embués de larmes. Ma mère tend une main tremblante vers moi, cherchant un contact, un signe de réconciliation.
– Mon fils, je…
– Non ! Arrête de m'appeler comme ça ! Je hausse le ton, un regard noir traverse mon visage.
Mais dans un souffle court, je me ressaisis .
– Je l'ai invitée au restaurant hier soir. Je lui ai offert un cadeau avec une bague. Elle n'a rien dit. Et à mon retour ce soir, seule une lettre m'attendait, laissée par elle avant de partir. Une lettre d'excuse pour sa lâcheté, conclus-je avec de grands yeux.
– Je suis désolée… Je ne la pensais pas capable d'une telle chose.
– Eh bien, pour le coup, j'aurais dû m'y attendre et ne pas être aussi naïf.
– J'allais me mettre à table, tu veux rester manger ?
Chaque fois que je lui parle de mes soucis, elle détourne le regard, la conversation, comme si mes malheurs n'étaient que des ombres que l'on peut balayer d'un geste. Ça me fait mal de comprendre qu'elle ne s'inquiète même pas pour moi, que mes souffrances lui semblent si éloignées, si insignifiantes. J'aurais besoin de son soutien, mais au lieu de ça, je me sens encore plus seul, comme si mon cœur était un livre dont elle ne prend pas la peine de tourner les pages.

– Non, je n’ai pas faim.
– Tu ferais mieux de l’oublier.
– Dans ce cas, je n’ai plus qu’à rentrer chez moi et à m'enfermer dans mon atelier. Il n’y a que cela à faire.
– Très bien.
– Bonne soirée, maman.
Et je tourne les talons sans même lui adresser le moindre regard.

Les semaines passent et, malgré toute ma bonne volonté, je suis incapable de trouver la moindre inspiration dans mes créations, ni la moindre énergie vibrante au sein de la parfumerie. Je me sens vidé, comme si une part de moi s'était éteinte. Mon atelier, autrefois un lieu d'effervescence créative, est devenu un espace silencieux où les tissus et les dentelles semblent me narguer. J’erre dans les rayons de la parfumerie, les senteurs qui d’habitude m’enivrent me paraissent fades, sans âme. Un sentiment d'inutilité m'envahit. À quoi bon créer de la beauté dans un monde en guerre ? Mes créations, autrefois symboles d'espoir et de liberté, me semblent désormais futiles, dérisoires.

J’ai l’impression d’être isolé, coupé du monde, comme si un mur invisible se dressait entre moi et les autres. La solitude me ronge. Le souvenir d'Eloïse, son départ brutal, me hantent. Je me sens trahi, abandonné, incapable de comprendre pourquoi elle m'a quitté. Je me demande si je suis condamné à être seul, à ne jamais trouver le bonheur. Un sentiment de colère enfoui me submerge. Colère contre Éloïse, contre le monde, contre moi-même. Je me sens impuissant, incapable de maîtriser ma vie, de trouver un sens à mon existence. J’ai l'impression d'être un pantin, manipulé par les circonstances. Le désespoir me guette. J'ai peur de sombrer dans l'abîme, de perdre tout espoir. Je me sens fragile, vulnérable, tel un enfant perdu dans la nuit. J'ai besoin d'aide, mais je ne sais pas vers qui me tourner.

Mes attitudes mélancoliques inquiétaient beaucoup Hélène. Je l'ai tout de suite informée de ma situation, elle qui m'avait appris à affronter les soucis personnels et à les laisser derrière moi dès que je pénétrais dans la boutique. Hélas, cette fois-ci, j'en suis incapable. J'ai bien trop de ressentiments. Et je ne sais pas faire semblant.

Cette situation pèse trop sur ma conscience et affecte démesurément tous les aspects de mon quotidien. Je ne sais pas comment faire pour avancer. J'ai beau réfléchir jour et nuit, je ne trouve aucune réponse. Je devrais demander conseil à Hélène. Elle sait peut-être ce qui est bon pour moi. Elle me connaît depuis longtemps maintenant.

Je rassemble mon courage et décide de lui parler.

– Hélène, il faut que je vous parle.

– Je t'écoute mon garçon.

– Je… Je ne sais vraiment pas comment me sortir de cette situation. Aujourd'hui, je ne sais plus ce qui est bon pour moi. Je n'aurais jamais cru que cette rupture m'affecterait autant.

– Depuis quand as-tu arrêté de coudre ?

– Depuis des semaines, j'ai beau tenir mon matériel entre les mains, je n'en tire absolument rien, dis-je d'un air dépité.

– Où as-tu mis ton portfolio ?

– Il est chez moi. Rangé dans un tiroir.

– Dans ce cas, que dis-tu que je passe chez toi ce soir, je voudrais jeter un coup d'œil.

– D’accord, entendu. Vous n’avez qu’à venir après le travail pour dîner ?
– Excellente idée !
– Parfait, conclus-je d’un léger sourire. Merci, Hélène.
Ses lèvres rosées font pétiller ses yeux bleu azur.

En attendant l’arrivée d’Hélène, je me réfugie dans ma chambre. Dans un silence de cathédrale, je me recueille sur ce fameux portfolio où chaque image figée dans le temps me semble désormais appartenir à des années-lumière. Et pourtant, ces beaux souvenirs encore frais ne sont devenus qu’une affreuse douleur, décidée à s’installer au plus profond de moi.
J’ai été abandonné, comme un foutu criminel. Traité injustement, comme si l’on me punissait pour une faute que je n'ai pas commise. Je me sens rejeté par la société, comme un paria. J’ai supplié pour de l’aide car je ne pouvais pas tout encaisser. Ma voix intérieure hurle que je n'en ai pas fini. Que ce n’est pas terminé. Maintenant, je mène cette guerre émotionnelle et psychologique depuis le jour de la chute et je me retiens désespérément à tout ça. Mais je suis perdu. Tellement perdu.

Oh, j’aimerais que ce soit fini… et j’aimerais que tu sois là. Je l’espère toujours… En un clin d'œil je peux voir à travers ton regard. Quand je reste éveillé, j’entends encore tes rires et ça fait mal. Ça me fait tant souffrir. Je me demande pourquoi je continue de me battre dans cette vie. Car j’ai perdu foi en cette foutue lutte acharnée, et c’est triste. Tellement triste. Oh, j’aimerais que ce soit fini et j’aimerais que tu sois là. Je l’espère toujours… Mais tu as disparu… Pour de bon…

Et je referme le portfolio.

Soudain, le bruit de la sonnette me fait tressaillir. Mon dossier tombé par terre, je m'empresse de le ramasser et de le ranger avant de me diriger vers la porte d'entrée, saluant Hélène. Avec ses yeux vifs et son sourire chaleureux, elle représente bien plus que la simple amie de ma mère. Bien davantage que ma patronne. C'est elle qui m'écoute patiemment parler de mes rêves d'évasion, et qui, par sa douce présence, est le pilier réconfortant de ma vie. Une véritable confidente et un refuge bienveillant.

– Entrez, je vous en prie ! Je vous attendais.

– Merci.

Nous profitons de notre apéritif au salon lorsque ma chère invitée se décide enfin à aborder le sujet.

– Alors, Isidore, où est ce fameux trésor que tu gardes précieusement sous clé ? me demande-t-elle avec ironie.

– Je vais vous le chercher, dis-je nonchalamment. Le voilà !

Elle scrute avec attention chaque photographie qu'il renferme tout en me lançant de temps à autre des regards.

– Les photos sont très belles. Tes pièces aussi d'ailleurs !

– Elles ne servent plus à rien maintenant, je soupire, l'air maussade, le coeur lourd.

– Ne dis pas cela ! réplique-t-elle, les yeux écarquillés.

Et elle me rend mon portfolio.

– Je voudrais voir cela de mes propres yeux. Tu n'as pas une pièce qui traîne quelque part ?

– Ça m'étonnerait. Elle a dû partir avec toutes celles que je lui ai confectionnées.

Hélène insiste pour que je cherche une de mes créations qui doit être rangée quelque part.

Après avoir fouillé un peu partout dans le mobilier de la chambre, je finis par trouver une pièce que je venais tout juste de terminer la veille, avant qu'Eloïse ne m'abandonne.

– J'ai trouvé celle-ci. J'ai achevé de la confectionner juste avant que… vous savez…

Sans un mot, Hélène effleure chaque centimètre de mon œuvre.

– Whaou… Mais quelle belle lingerie ! C'est très impressionnant ! Je ne savais pas que ta mère t'avait si bien appris à coudre, dit-elle subjuguée.

Je me contente de faire la moue.

– Il s'agit d'une lingerie en satin. Culotte haute et soutien-gorge pigeonnant appelé "*bullet bra*" pour sa forme obus. C'est ce que l'on commence à trouver chez les stars hollywoodiennes. Elles véhiculent l'image de femmes libres qui assument et jouent de leur pouvoir de séduction et de leurs formes. L'avantage, c'est que ce style de lingerie fait aussi ressortir le galbe des petites poitrines. Les femmes comme Eloïse en rêvent toutes. J'y ai simplement ajouté ma touche personnelle : du tulle brodé dans un style floral pour créer des pièces romantiques et encore plus féminines.

– Une lingerie bleu marine avec de la broderie de couleur argent. C'est magnifique ! s'exclame-t-elle, émerveillée.

– Il fut un temps où j'avais la créativité facile. Eloïse était ma muse, mon souffle d'inspiration. Aujourd'hui, c'est terminé.

Je me rassois dans le fauteuil avant de poursuivre :

– Regardez, même le patron de ma mère n'a jamais voulu que je travaille dans son magasin de mode féminine, simplement parce que je suis un homme, dis-je, agacé en faisant de grands gestes. C'est n'importe quoi !

Perdu dans ma colère et le regard dans le vide, je ne remarque pas Hélène, restée silencieuse. Jusqu'au moment où elle me tend une photographie.

– Il y a plusieurs années, j'ai acheté cette photographie chez un professionnel. Prends-la. Elle est à toi. Je tiens à ce qu'elle te revienne.

À ma grande surprise, Hélène me tend un cliché en noir et blanc datant de 1932 de l'actrice Käthe Von Nagy, dont l'éclairage doux crée une atmosphère intime et raffinée. Son visage aux contours délicats est harmonieux. Ses grands yeux expressifs dégagent une douce intensité. Ses pommettes hautes accentuent la structure de son portrait. Son sourire léger, presque subtil, illumine son visage et révèle une certaine chaleur. Ses cheveux sont coiffés avec soin, dans un style typique des années 30. Ses ondulations douces et son volume maîtrisé accentuent son allure sophistiquée.

Elle porte une robe élégante, dont on peut apercevoir le tissu qui semble être de qualité. La visibilité des bijoux renforce l'effet glamour. Son expression est à la fois sereine et captivante. Elle dégage une aura lumineuse de confiance et de grâce. Elle pose avec assurance, mais sans ostentation, ce qui souligne son élégance naturelle. Sur cette photo, Käthe a 28 ans.

– Tu te souviens de la première fois que je t'ai emmené au cinéma ?

– Evidemment. J'avais quinze ans lorsque nous sommes allés voir Le Capitaine Craddock et que j'y ai découvert Käthe, cette belle hongroise, dont je me souviens avec joie.

Hélène sourit, désespérée, face à mon habitude de tomber amoureux des femmes inaccessibles.
– Quand nous sommes sortis de la salle, tu m'as dit : Hélène, un jour, j'habillerai les plus belles actrices du cinéma.
– C'est vrai… je l'ai prononcé, dis-je en sourcillant.
– Et l'été suivant, nous sommes allés en vacances à la plage dans les Landes, tous les trois avec ta mère.
– Oh… Comment pourrais-je oublier ? je lance avec nostalgie, le regard fixant le parquet. J'ai passé la plus belle semaine de vacances de ma vie…
Hélène sourit.

En effet, je crois que c'est le lendemain de notre arrivée que nous passons tout l'après-midi à la plage. Nous venons juste de nous installer. Je suis allongé sur le ventre lorsque deux jeunes filles s'installent non loin de moi, légèrement en retrait. En les écoutant parler, je comprends qu'elles sont germaniques. Avec l'une d'elles, nos regards s'échangent furtivement.

Alors je comprends tout de suite qu'elle parle de moi. Chaque fois, je l'observe se lever, se diriger vers l'océan et revenir s'installer. Nous nous échangeons des sourires et des regards, jusqu'à ce que l'un de nous parte. Pourtant, je n'aime pas aller à la plage tous les jours. Les jours suivants, nous nous installons à la même place, et elles aussi.

Et nos échanges reprennent de plus belle, je suis littéralement amoureux… Une fille un peu plus grande que moi, les cheveux clairs, le teint hâlé, un corps des plus voluptueux… Hélène fait toujours un commentaire avec ma mère dès qu'on la voit arriver. À un moment, elles vont jouer aux raquettes près de l'océan. Alors Hélène me propose de l'imiter et nous jouons juste à côté. Leur balle est tombée à proximité de moi. Je la lui

rends en souriant, et elle me remercie en souriant également. Avant de partir, je crois qu'elles sont aussi sur le point de s'en aller. Alors, nous allons la voir. Hélène et moi échangeons avec elle quelques mots en anglais, tant bien que mal…
– Oh ! Oui… C'était mémorable, rit-elle, embarrassée.
– Ce n'est pas drôle Hélène ! J'étais très intimidé ! je murmure, troublé.
– Il y avait de quoi !
À partir de ce jour-là, nous revenons à la plage jusqu'à la fin de la semaine, mais elle ne revient jamais. Et je ne l'ai plus jamais revue…
– En effet. Mais dans la voiture sur le chemin du retour, tu m'as dit : "Hélène, je viens de me rendre compte que je suis amoureux des femmes allemandes. Et je veux me marier avec l'une d'elles."
Quand je lui ai dit cela, elle n'a rien trouvé de mieux à faire que de se moquer de moi…
– Tu te demandes ce que tu dois faire, n'est-ce pas ?
– Oui.
– C'est pour ça que tu voulais me voir ?
J'acquiesce d'un mouvement de tête.
– Dans ce cas, tu n'as pas besoin de moi. Il te suffit d'ouvrir les yeux. La réponse que tu attends est devant toi.
Je réfléchis à ses propos.
– Pensez-vous… que je devrais partir ?
– Pourquoi pas ?
– Mais nous sommes en temps de guerre !
– Et alors ? Nous ne sommes pas juifs. Tu n'as pas à t'en faire pour qui que ce soit. Il faut que tu penses à toi maintenant.
– Je ne sais pas si j'en suis capable, dis-je, le regard fuyant.

Hélène se rapproche, et pose une main sur la mienne.
– Ecoute-moi bien, Isidore, je ne connais personne de plus résilient que toi. Tu as tellement de traumatismes derrière toi que la plupart des gens n'y auraient pas survécu ! Et malgré tes fragilités, tu es parvenu à te débrouiller par toi-même.
– Merci beaucoup, Hélène.
– Fais ce que tu as toujours voulu. Ne laisse pas les autres décider de qui tu es. Tu es jeune, les temps sont incertains, ta vie c'est maintenant ! Après, il sera trop tard. Et tu le regretteras.

Je me perds profondément dans ses paroles. Et je me remémore mes confessions. Créant ma bulle psychologique, je fais face à mon rêve le plus cher. Celui auquel je ne fais qu'un dans ce qu'il reste. Il est dans mon sang depuis le berceau jusqu'à la tombe. Je n'aime pas penser aux fragments et aux fissures, aux impacts que ma rupture a laissés.

J'ai plus besoin de lui que je ne le pensais. Alors, je regarde dans mon miroir de la miséricorde car je ne suis pas prêt à le laisser partir. Maintenant, je sais que je ne suis pas prêt à le laisser partir. Mon cœur est comme une planète que le soleil a oublié. Où suis-je à présent ? En orbite autour de la lumière que j'ai perdue. Je me rends compte aujourd'hui, que plus que les mots, le silence nous apprend à voir et à ressentir ce qui est réel, quand le soleil atteint notre âme.

La vie joue un jeu tordu. Elle donne et reprend sans se retourner ni toucher le sol. Je n'avais pas réalisé que j'avais plus que je ne pensais…
– Hélène, vous avez raison. Il n'y a pas de repos car ces blessures ne cicatriseront pas. Je ne peux pas laisser tomber.
– Voilà comment j'aime te voir, Isidore !

– Je vais quitter la capitale pour Berlin. Et le plus tôt sera le mieux.

– Tu as pris la bonne décision, j'en suis sûre, dit-elle avec enthousiasme.

Peu importe à quel point je tombe, pour ma vocation je ne peux pas regarder en arrière car cela ne me mène nulle part. J'embrasserai ce qui m'attend. Finalement, tout ce que je sais, c'est que je dois y faire face. Entretenir la flamme, garder la tête haute et me sauver de leur projection collective.

– Je veux absolument rencontrer cette chère Käthe, je réponds, tout excité.

– Alors, bonne chance, répond-elle en me prenant dans ses bras, fais bon voyage et prends bien soin de toi.

– Merci pour tout, Hélène. Merci d'être venue. J'avais grand besoin de me confier. Vous êtes de très bons conseils.

– C'est tout naturel. Tu vas me manquer, mon garçon. Le magasin ne sera plus pareil sans toi, dit-elle, les yeux larmoyants.

– Vous aussi. Oh non… ne pleurez pas ! je la supplie, embarrassé, vous allez très bien vous en sortir sans moi.

– Oui, je l'espère.

– Vas-tu en informer ta mère ?

– Non, cela ne la concerne pas. Je vous laisse le soin de le lui dire.

Je veux m'émanciper de son influence et décider par moi-même. Je ne suis plus un enfant, jusqu'à présent je me suis débrouillé seul. Je continuerai ainsi.

– Très bien.

Je raccompagne Hélène jusqu'à la porte, nous saluant une dernière fois, comme pour mettre un point final à une page qui se tourne.

– À bientôt, Isidore.

Sa réponse, douce-amère, se perd dans l'air. Un regard, chargé d'une tristesse muette, accompagne ces mots, puis je referme la porte, emportant avec elle les derniers vestiges d'une soirée promise à changer ma vie d'une manière ou d'une autre.

***

Je marche dans les rues valises en main, observant la vie mondaine. L'opinion a la hantise d'une cinquième colonne de traîtres et voit des espions partout. En conséquence, la police rafle et interne les indésirables : les citoyens allemands qui, bien souvent, fuient le nazisme ou encore les apatrides. La propagande officielle se montre à l'image de la stratégie militaire : passive et sans grande audace. Je fais bien de partir maintenant, avant que la situation du pays ne devienne catastrophique.

Désormais, à la gare, j'attends l'arrivée de mon train pour Berlin. Cela me pince le cœur de laisser cette vie derrière moi. Tout ce que je connais. Même pris par la peur de l'inconnu et malgré le climat actuel, j'ai hâte de découvrir ce qui me tend les bras.

Chapitre II

– Monsieur, vos valises.

– Merci.

– Votre voiture vous attend.

– C'est parfait.

– Bienvenue en terres berlinoises.

Sur le trajet, en rejoignant mon chauffeur, je constate une nouvelle réalité. La gare Anhalter est un fourmillement d'activités, malgré l'heure matinale. Des soldats, des civils pressés, des visages marqués par l'inquiétude… Je me sens soudain si petit face à cette humanité en mouvement. Je sors du bâtiment, les yeux écarquillés, émerveillé et effrayé par cette ville que je découvre.

Sur les boulevards, les affiches de propagande nazie recouvrent les murs, les uniformes kaki sont omniprésents. Je suis frappé par cette atmosphère pesante et par la rigueur des contrôles. Je ne peux m'empêcher de ressentir une certaine angoisse.

– Monsieur Hyacinthe, nous sommes arrivés à l'auberge. Le propriétaire vous attend.

– Excellent, merci pour tout.

Et je referme la portière de la voiture.

Heureusement, j'ai pu emporter toutes mes affaires de couture. J'ai aussi pensé à prendre mon dernier modèle de lingerie. Désormais, je suis confortablement installé. Je vais pouvoir écrire la lettre que j'avais commencée et la poster dans la foulée.

"Ma très chère Pauline,
J'avais prévu de te donner cette lettre en personne. Mais, maintenant que je suis parti, je pose ces mots comme un précieux souvenir de nous. J'espère te revoir un jour...

Dans le décor d'un sanctuaire nocturne, lorsque la nuit tombe au son d'un murmure, je franchis les portes sacrées de ton royaume de Bohème. Chaque fois que je te rejoins, que mon regard se pose sur toi, tu sais comment me combler, ma courtisane adorée. Comme si tu étais la seule femme capable de me comprendre, de savoir quoi me dire ou quoi faire pour apaiser mes peines et panser mes blessures. Peu importe le rôle que tu incarnes, il n'y a que toi qui comptes à mes yeux. Et c'est tout ce qui m'importe pour moi. Grâce à toi, je me perds dans tes danses serpentines, dans ta lascive féminité, dans tes séduisants mouvements, dans nos langoureuses amours...

Ma Nymphe Somptueuse,
A jamais, toujours."

Parti de la poste, je décide de profiter de la pause déjeuner pour m'arrêter au café *Wilde Mathilde.* Dès que j'y pénètre, je suis subjugué. Entrer dans ce lieu, c'est pénétrer dans un univers bien particulier : de vieux lustres, une décoration chatoyante, un bar circulaire aux couleurs éclatantes et des fauteuils capitonnés roses... Une atmosphère hors du commun. Ce café est bien bondé, et semble jouir d'une bonne réputation. En m'installant vers le fond, j'ai l'agréable surprise d'y apercevoir une petite scène au milieu de la pièce, tout près des tables. Parfait, car j'apprécie les cafés-concerts. Mes yeux s'attardent sur une femme particulièrement élégante, au charme singulier, dans la quarantaine. Je deviens tout ouïe au son de sa voix rugueuse.

Je ne sais pourquoi, mais je ne peux m'empêcher de la fixer. L'esquisse d'un sourire se dessine sur mes lèvres. Je la trouve vraiment réconfortante. Sans réfléchir, je me laisse porter par la sensation que sa présence me procure et je décide d'aller à sa rencontre.

– Excusez-moi, dis-je avec timidité, je ne peux m'empêcher de vous dire que votre robe et vos accessoires sont magnifiques. Votre goût pour la mode est exquis.

– Oh, merci, jeune homme, répond-elle, une fois retournée. Il s'agit d'une robe longue et fluide en soie de couleur vert menthe, poursuit-elle, en passant délicatement ses mains sur ses hanches.

– Cela met en valeur votre silhouette élancée et votre port de tête altier. Vos gants et vos bijoux en métal précieux vous mettent particulièrement en beauté, j'ajoute, en la contemplant des pieds à la tête.

– Vous me flattez ! exprime-t-elle avec fierté. Vous vous y connaissez en mode féminine ?

– Eh bien, oui. Mais je préférerais que nous abordions le sujet de manière plus intime, dis-je, embarrassé, en balayant discrètement le regard. Voyez-vous ?

– Fräulein Hildebrand, tout est prêt pour ce soir, intervient l'ingénieur du son.

– Excellent travail.

– Alors, c'est vous qui animez ce charmant lieu ? je réagis, curieux.

– Tout à fait. Je viens ici plusieurs soirs par semaine donner des concerts.
– Cela m'a l'air très intéressant, dis-je, esquissant un sourire tout en la fixant.
– Dans ce cas, venez donc y assister ce soir, répond-elle en récupérant ses affaires.
– Je n'y manquerai pas.
– Je vous dis à ce soir, jeune homme, conclut-elle avec une allure assurée.
Et je la regarde tourner les talons, sans jamais décrocher mes yeux d'elle jusqu'à ce qu'elle disparaisse. Perdu dans mes pensées, mon esprit me chuchote : Cette femme… douce Marie. Je n'ai qu'une envie : me réfugier dans ses bras…

19H00.
Je fais mon entrée au *Wilde Mathilde* pour la seconde fois aujourd'hui. Installé à la même place que ce midi, je revois cette femme tout près de la scène, Fräulein Hildebrand comme on l'appelle. Toujours aussi élégante dans sa robe longue et fluide de couleur rose poudrée, sublimée plus que jamais par son bracelet et son collier de perles virginales. Une couleur et un bijou dont je raffole.
Quel plaisir immense j'éprouve à l'admirer. Ses traits délicats, la douceur de ses yeux et son sourire chaleureux dégagent une aura de douceur et de confiance. Sa grâce naturelle se reflète dans sa façon de se mouvoir et d'interagir avec les autres.
Ça y est ! La voilà qui monte enfin sur la planche. À l'écoute de la mélodie de la première chanson, je me rends vite compte qu'il s'agit d'une interprétation humoristique, même si je ne comprends pas l'allemand. Ses intonations et ses mises en

scène ne manque pas de faire rire son public, portée par sa voix rugueuse. Au fil de son répertoire, je m'étonne même de me prendre au jeu. Tiens ! Elle vient de remarquer que je suis là, immobile, à rire de ses démonstrations au diapason des personnes présentes. C'est incroyable comme elle est captivante.

Sous les applaudissements assourdissants de la foule, elle change soudainement de style musical et se lance à présent dans une série de chansons lascives. Son timbre si singulier offre un lyrisme époustouflant. Tel qu'on le dit chez moi : elle crève l'écran.

Ses dernières notes mettent fin à une heure d'un spectacle grandiose. Le silence règne quelques instants. Puis, d'un bond, tout le monde se lève, félicitant chaleureusement cette extraordinaire artiste. Je n'en crois pas mes yeux. Les allemands la traitent ici comme une véritable icône. Et pour être tout à fait honnête, après ce qu'elle vient de nous offrir, elle le mérite amplement. Beaucoup se précipitent vers la scène pour lui tendre bouquets de fleurs et autres cadeaux fantasques.

Le calme retrouvé, je me rassois, encore tout émoustillé par la soirée que je viens de vivre. À cet instant précis, Fräulein Hildebrand s'installe à ma table, face à moi.

– Bonsoir, jeune homme, lance-t-elle, un sourire discret aux lèvres. La soirée vous a-t-elle plu ?

Sa posture, droite et détendue, témoigne d'une grande assurance.

– Votre représentation était… spectaculaire, c'est le mot, renchéris-je difficilement, déconcerté d'être dans une telle situation. Votre public vous considère comme une icône.

– Ma réputation me précède, en effet.
– Que faisiez-vous avant cela, j'ose lui demander, après quelques instants de réflexion.
– J'ai fait carrière dans le cinéma muet dans les années 20. Puis, dans le cinéma parlant à partir des années 30.
– Bien-sûr ! C'est tellement évident ! Comment ne l'ai-je pas deviné ? Vous avez… une telle présence, conclus-je, le regard perdu dans sa robe rose poudrée.
– Merci beaucoup, jeune homme, murmure-t-elle, souriante. C'est très gentil de votre part.

Plus je la regarde, plus cette femme m'inspire. Si j'étais parfumeur, je créerais pour elle une fragrance à la fois classique et moderne, reflétant son élégance naturelle et son charme intemporel.

Elle interpelle le garçon de café.
– Que buvez-vous ? dit-elle en tournant la tête vers moi.
– Oh ! Juste un jus d'orange, s'il vous plaît.
– Je vais prendre la même chose.
– Très bien, Madame, répond le serveur.
– Merci.

En notes de tête, j'en mettrais deux : bergamote et mandarine. Pour apporter une fraîcheur pétillante et une touche d'éclat, tout comme son sourire lumineux. Puis enfin, de l'ylang-ylang. Une note florale exotique et sensuelle, évoquant la féminité et la séduction.

Je composerais mes notes de cœur avec de la rose de mai et du jasmin : ces fleurs emblématiques de la féminité apportent douceur et élégance, à l'image du charme naturel de cette dame. Et enfin, du muguet : une note verte et fraîche, symbolisant la pureté et l'innocence.

Le garçon revient aussitôt avec la commande.
– Bien, de quoi vouliez-vous me parler ? dit-elle, tout en remplissant son verre.
Je prends quelques instants pour surmonter ma timidité. Et décide tant bien que mal de me lancer.
– Madame Hildebrand, j'admire énormément votre style. Votre élégance est tout simplement inégalable.
– Merci beaucoup.
– En tant que couturier, je suis toujours à la recherche de nouvelles inspirations. Et vous êtes, à mes yeux, une véritable muse, je continue en essayant de cacher mon stress. J'aimerais beaucoup, un jour, pouvoir créer quelque chose pour vous.
Et pour conclure, avec les notes de fond, d'abord du patchouli et du vétiver : ces notes boisées apportent de la profondeur et de la chaleur à la fragrance, évoquant la stabilité et l'élégance intemporelle. Je terminerai avec de la vanille et du musc, pour une dose de sensualité et de confort, enveloppant comme un cocon.
Intriguée, la curiosité se dessine sur son visage.
– Vous pensez à une robe ?
– Pour être tout à fait honnête, je pense à de la lingerie. Je suis convaincu que je pourrais créer des pièces uniques, qui souligneraient votre beauté naturelle et votre élégance.
Elle se sert à nouveau. Verre à la main, elle relève la tête, le port altier, un discret sourire aux lèvres qui la caractérise.
– C'est une idée des plus originales !
– Je suis désolé, dis-je honteux. Je n'ai rien sur moi à vous présenter pour que vous preniez ma proposition au sérieux. Je suis arrivé en Allemagne ce matin…

– Ne vous affolez pas ainsi, m'interrompt-elle, d'une voix rugueuse et assurée. Je suis curieuse de voir ce que vous pourriez créer pour moi. Où logez-vous ?
– Dans une auberge pas très loin d'ici. J'ai laissé mes affaires là-bas. Je suis venu avec ma dernière création avant d'atterrir ici.
– Dans ce cas, allons-y maintenant. Mais attention ! Je suis une cliente difficile.
– C'est noté !
Et nous quittons le *Wilde Mathilde,* mes pas suivant les siens.

Nous marchons sur les boulevards sombres de Berlin. L'inconnu et les endroits sinistres de la ville, dûs à l'environnement pesant de la guerre, provoquent en moi une peur que j'ai bien du mal à contrôler. Heureusement que je ne m'aventure pas seul pour rentrer là où je loge. Je ne sais pas si j'arriverai à me faire à l'idée que les lieux soient si sinistres à la tombée de la nuit.

Dans un élan d'impulsivité, mon angoisse me pousse à m'agripper au bras de la Fräulein qui m'accompagne. Sans réfléchir à mon geste, me trouver si proche d'elle a le don de transformer ce moment en une promenade dans un jardin anglais ensoleillé, où les fleurs embaument l'air. La sensation que je ressens est très surprenante. Cette femme est un ange. Une gardienne, ma protectrice. Je viens seulement de la rencontrer, mais rien au monde ne pourrait me faire changer ce que je ressens à cet instant. Rien au monde ne pourrait me faire changer d'avis sur elle. Je serai prêt à tout pour la garder à mes côtés aussi longtemps que le temps me le permettra.

– Voilà, c'est ici que j'héberge, je m'exclame en pointant le logement du doigt. Attendez-moi au salon, s'il vous plaît. Je reviens tout de suite.
– D'accord.
Je monte à l'étage en direction de la chambre pour récupérer mon portfolio et ma dernière création, avant de la rejoindre.
– Voilà, lui dis-je en lui présentant le livre photo.
Elle tourne les pages une par une, scrutant avec attention chaque détail des photographies.
– Qui est votre modèle ?
– Mon ex-compagne, je murmure, dépité.
Elle redresse la tête, posant le regard sur moi l'espace d'un instant.
– C'est une française ?
– En effet… je réplique, déduisant cela moi-même.
– Elle est plutôt jolie. Je me doutais bien que vous étiez français. Mon intuition me trompe rarement, ajoute-t-elle avec son sourire discret et ses lèvres pleines d'assurance.
– Voici la pièce que j'ai créée avant de venir ici.
Et je la dépose dans les paumes de ses mains.
Ses longs doigts fins effleurent chaque parcelle de tissu, tel un serpent qui danse au bout d'un bâton. Son esprit s'évade, s'imaginant son corps si beau, enveloppé dans un cocon de douceur en satin.
– C'est remarquable, vous avez un talent certain, c'est une très belle pièce, observe-t-elle avec des yeux admirateurs.
– Merci beaucoup, dis-je en inclinant la tête, en signe de reconnaissance.
– Comment vous appelez-vous ?
– Isidore, Fräulein.

– Votre idée est intrigante, Monsieur Isidore. J'ai toujours été fascinée par le pouvoir de la lingerie, cette arme de séduction subtile et raffinée. Je serais honorée de collaborer avec vous sur ce projet. Je suis certaine que votre créativité et mon expérience de la scène peuvent donner naissance à des pièces exceptionnelles. Et, entre nous, vous pouvez m'appeler Hilde, ajoute-t-elle, un sourire discret aux lèvres.
– Vous êtes ma sauveuse, chère Hilde. Merci infiniment, conclus-je en portant un baiser à sa main.

Hilde a fini par me faire une belle proposition que je n'ai pu refuser. Elle m'a demandé de m'installer dans sa demeure afin que je puisse travailler dans les meilleures conditions possibles. Ainsi, ma muse berlinoise me donne une rémunération en échange de mes services. De quoi subvenir à mes besoins.

Jour après jour, un lien de confiance plus profond se tisse entre nous. Serait-il possible qu'il s'agisse d'un amour platonique ? Non, je suis bien trop jeune pour elle. C'est certainement ce que lui impose sa raison. Jamais une femme comme Hilde n'aurait de relation amoureuse avec un homme de mon rang.

Pourtant, je ne vois pas notre histoire comme une relation amicale. Absolument pas. Mais alors, quelle est-elle ? Je ne sais comment la définir, en réalité. Ses discours, parfois murmurés avec flirt et amusement, me laissent dans le doute. Peut-être que je refuse de me faire à cette idée.

Blotti dans le fauteuil, je contemple le paysage qui s'offre à moi. Le silence de la nuit n'est troublé que par le crépitement du feu dans la cheminée. Je me remémore les paroles de mon adolescence : “Un jour, j'habillerai les plus belles actrices du cinéma.” Cette chère Fräulein, vêtue d'un tailleur élégant en laine bleu-ciel, cintré à la taille pour souligner sa silhouette féminine, se tient près de la fenêtre. La lumière de la lune illumine son profil, révélant la finesse de ses traits et l'intensité de son regard.

Je suis frappé par sa beauté : un regard profond, des pommettes hautes, un sourire radieux, une mâchoire définie, un nez fin et droit. Je me sens attiré vers elle comme Icare vers l'astre solaire. J'ai choisi de prendre tout le temps nécessaire avant de lui proposer une création digne d'elle, désirant m'assurer de chaque détail, pour ne pas gâcher et ne pas avoir à recommencer. Et ce soir, je pense que le résultat me sera favorable. Je me délecte déjà à l'avance de la voir défiler sous mes yeux enflammés, dans mon cocon de satin.

– Ma chère Hilde, la création de ma première lingerie confectionnée pour toi est prête.

– Quelle bonne surprise !

– Je l'ai déposée sur ton lit, elle n'attend plus que toi, poursuis-je d'une voix légère et chaude.

Silencieuse, elle se tourne vers moi, et dans un regard de braise, accentué par les reflets du feu de la cheminée, esquisse un délicieux sourire avant de tourner les talons en direction de sa pièce la plus intime.

Après un moment de suspense, j'aperçois dans la pénombre sa silhouette se dessiner à travers la porte. Sous les cliquetis de ses talons, sa présence se précise à la lueur feutrée du salon, où toute sa féminité et son assurance se déploient à travers l'espace. Bouche entrouverte, je n'ai aucun contrôle sur mes lèvres, qui se délectent du spectacle éblouissant devant moi, tandis que mon esprit se plonge au cœur de sa tenue.

Que j'aime voir, ma chère indolente, ton corps si beau. Qui, telle une étoffe vacillante, miroite la peau sur ta chevelure profonde aux âcres parfums. Une mer odorante et vagabonde, aux flots bleus et bruns. Comme un navire qui s'éveille au vent du matin, mon âme rêveuse s'élève dans un ciel lointain. Tes yeux où rien ne se révèle de doux ni amer. Seuls deux bijoux froids où se mêlent l'or avec le fer. À te voir marcher en cadence, belle d'abandon, tu ressembles à un serpent qui danse au bout d'un bâton. Sous le fardeau de ta paresse, ta tête d'enfant se balance avec la mollesse d'un jeune éléphant. Dans chacun de tes mouvements, ton corps se penche et s'allonge comme un fin vaisseau, roulant bord sur bord et plongeant ses vergues dans l'eau. Tel un flot des glaciers fondants, l'eau portée à tes lèvres remonte doucement au bord de tes dents. Je crois boire un vin de Bohème, amer et vainqueur, un ciel liquide qui parsème d'étoiles mon cœur !

Je me laisse bercer par l'ambiance intime et sensuelle, contemplant toute la splendeur de sa chair encore parfaitement lisse, bien que quelques stigmates rappellent que sa jeunesse est derrière elle. Mon corps finit par se redresser du fauteuil.
– C'est parfait, dis-je d'une voix douce, tout en vérifiant les réglages des bretelles. Le satiné épouse tes courbes à merveille.
– C'est… - un frisson la traverse - différent de ce à quoi je suis habituée.
– Différent, dis-je, souriant, mais tout aussi élégant, n'est-ce pas ?
– Je dois admettre que je me sens… transformée, sourit-elle en retour.

– Je tenais à marquer le coup. A créer uniquement pour toi une lingerie rose poudrée incrustée de fines perles blanches en son cœur, pour immortaliser le style que tu portais lors de cette fameuse soirée. Un de ceux que j'aime plus que tout…

Je l'adore, réplique-t-elle d'un regard admiratif face au miroir. C'est très réussi ! Je te félicite.

– Merci.

– La culotte haute met bien en avant ma silhouette, sans pour autant trop en dévoiler. Quant au soutien-gorge, sa forme pointue, pigeonnante, valorise remarquablement ma petite poitrine, ajoute-t-elle avec une grande satisfaction.

Cette totale réussite comble les plus grandes attentes que je pouvais avoir. Je suis honoré de voir cette grande Dame aussi ravie. Je crois que j'ai encore du mal à réaliser à quel point ma vie a changé en peu de temps. Désormais, on m'appelle "Schatz", mais mon vrai nom est Isidore. Mon histoire est brève. Sur du satin ou de la dentelle, je confectionne des étoffes chez moi. Je me sens tranquille et heureux.

Mon passe-temps, c'est de broder des lys et des roses. Elles me plaisent, ces choses qui ont ce charme si doux, qui parlent d'amour, de printemps, de songes et de chimères : ces choses que l'on nomme poésie.

Le bruit de ses talons claquant le sol me sort brutalement de ma rêverie.

– Schatz ?

– Oui ?

Elle se tourne alors, le regard intense plongé dans le mien, et avance à pas de loup dans sa sensuelle démarche serpentine, jusqu'à s'arrêter à un demi-mètre de moi. Mes iris finissent par se perdre devant ses jambes interminables.

– Que dirais-tu d'une sortie au théâtre ce soir pour fêter ça ?
– Oh ! repris-je difficilement, oui, j'aimerais beaucoup !
– Dans ce cas, dépêchons-nous de nous préparer, dit-elle en m'invitant à me lever. La représentation commence dans une heure.
– Qu'allons-nous voir ?
– e t'emmène voir *Faust,* de Goethe. Un classique de notre culture artistique.
Et je saisis ses mains avec la plus grande délicatesse.

Oui, on m'appelle "Schatz", et j'ignore pourquoi. Seul, je me prépare dans une tenue simple mais élégante : un pantalon bleu nuit de style Prince-de-Galles, ajusté d'une jolie ceinture noire en cuir avec un t-shirt couleur neige, porté près du corps. Les cheveux coiffés et la peau crémée, je n'oublie pas d'agrafer ma broche représentant un buste féminin au milieu de mon torse, et d'enfiler ma paire de gants en satin blanc. J'adore être vêtu ainsi. Je ne vais pas toujours à la messe, mais je prie beaucoup les déesses.

Quand bien même, je vis seul, tout seul. Dans une petite chambre blanche, je regarde les toits et le ciel. Mais lorsqu'arrive le dégel, le premier soleil est à moi, le premier baiser d'avril est à moi. Quand bourgeonne une rose dans un tissu, feuille après feuille, je la guette. Comme il est léger, le parfum d'une fleur ! Mais les fleurs que je fais, hélas, n'ont pas d'odeur ! Sauf celle qui me colle à la peau.

Une fragrance délicate et légère comme le plus doux des hommes. Une effluve florale, boisée, verte. À la fois raffinée et extravagante. Une effluve inoubliable. Je ne saurais vous en dire plus sur moi. Hormis le fait que ce soir, je veux l'impressionner. Oui, je plaide coupable. Oui, ce soir, je veux davantage lui plaire, plutôt qu'à moi.

Le *Deutsches Theater* se dresse devant nous. Derrière un espace ouvert, s'élève un élégant bâtiment classique. À droite, le *Deutsches Theater,* à gauche, les *Kammerspiele* et au milieu une petite brasserie, qui suggère de nombreuses discussions animées dans la cantine du théâtre.

La pièce se produit dans le bâtiment de la *Schumannstrasse.* Nous avons le privilège d'être dans la salle principale où se trouve la scène la plus importante. Tout cela est très impressionnant pour moi… Mes yeux sont ébahis face à tant de beauté. Qui plus est, la salle est presque comble : près de six cents sièges sont occupés !

– Connais-tu cette pièce ? me demande Hilde.

– Je crois, un professeur a dû en parler quand j'étais à l'école, dis-je sans grande conviction.

– Selon la légende, Faust fait un pacte avec le diable, incarné par Méphistophélès, en échange de l'aide de ce dernier pour réaliser ses désirs, me raconte-t-elle, l'œuvre aborde la quête de connaissances, la tentation du mal et la quête de l'éternité.

Je lui souris.

– Merci de m'avoir éclairé.

Et elle me rend mon sourire.

Durant la représentation, au fil des scènes, une impression particulière s'insinue dans mon esprit. Je me mets soudainement à chercher à comprendre comment on peut en arriver là. Dans cette guerre faite de haine, de souffrance, de tueries en masse, je me demande comment des nations, pourtant unies pour la paix, ont pu laisser tout ceci se produire. Tous les hauts dirigeants de ces pays, revendiquant la paix, ne sont que des naïfs qui se sont facilement laissés berner par un seul homme. Personne, ou du moins une grande partie, n'a pris au sérieux les discours de vipère du chancelier qui ne fait que déverser sa haine sur près de sept cents pages de ce qu'il appelle son “combat” ?

Je me demande comment il en est arrivé à vouloir à tout prix répandre la terreur sur toute l'Europe. Comment un être humain peut s'enfoncer ainsi dans le mal absolu ? À cette question que je me pose, mon esprit ne voit plus que sur les planches cet horrible personnage, incarné par Faust lui-même, voulant par tous les moyens possibles accomplir ses convictions les plus profondes, aussi mauvaises soient-elles.

– Schatz, tout va bien ? me surprend-elle, en posant sa main sur la mienne, un geste qui me fait tressaillir.

– Quoi ? Oh, oui ! me repris-je. J'étais simplement dans mes pensées, ajouté-je, me recroquevillant sur moi-même.

Tout à coup, je me sens rougir, troublé par la situation dans laquelle je me trouve. Davantage par son geste que par mes pensées, je l'avoue. Une vague d'émotion remonte dans mes entrailles, mais le contact de son corps finit par me procurer un sentiment d'apaisement.

– Tu es très élégant ce soir, souligne-t-elle d'une voix suave, me laissant un instant perplexe.

– Je voulais te montrer ce que tu rates, la regardé-je d'une voix amusée.

– Tu es incorrigible, Isidore, murmure-t-elle, un sourire aux lèvres.

Nous nous replongeons dans la pièce de théâtre.

L'après-théâtre nous conduit dans un bar clandestin berlinois, loin des regards indiscrets. Malgré le danger, l'ambiance intime et feutrée, la musique douce et interdite où l'alcool coule à flots autour de nous nous amène à partager nos impressions sur la représentation.

– Faust… une pièce qui résonne étrangement avec notre époque, n'est-ce pas ? lance-t-elle, un verre de vin rouge à la main.

Je n'hésite pas à être honnête avec Hilde sur les tours que mon esprit m'a joués pendant le spectacle.

– Schatz, une chose me taraude : pourquoi n'as-tu pas été mobilisé ?

– Quand j'avais 8 ans, je crois, mon oncle m'emmenait souvent chasser avec lui. Un jour, lors d'une battue, je me suis malencontreusement fracturé le genoux. La fracture s'est mal remise et m'handicape encore aujourd'hui.

– Mon pauvre…

– C'est un mal pour un bien, finalement : cela m'accorde un peu de liberté.

– La liberté… un concept si fragile, si précieux, dit-elle pensive.

– Tu me sembles bien connaître ce sentiment, je réplique en la regardant droit dans les yeux.

C'est alors qu'elle se met à rire discrètement.

– Qui, à Berlin, ne le connaît pas ? Mais parle-moi plutôt de tes amours en France.

Le regard sombre, je me mets à tout lui raconter : comment nous nous sommes rencontrés, comment notre relation a évoluée, jusqu'au sujet de la rupture. J'en viens même à évoquer ma relation conflictuelle avec ma mère.

– Je suis désolée, chuchote-t-elle en posant sa main sur la mienne, compatissante.
– Elle s'est enfuie comme les autres, je réponds dans un rire amer.
– Tu n'es pas maudit, Isidore, rebondit-elle d'un regard intense qui me fait rougir, presque trembler. Tu es un homme sensible, talentueux et courageux. Ne laisse pas les ombres t' engloutir.
Nos regards se croisent, et je sens naître au fond de mes yeux une étincelle d'espoir.
– Tu crois ?
– J'en suis certaine, conclut-elle d'un ton énigmatique.

Chapitre III

Les rayons solaires transpercent avec ardeur la fente longiligne laissée par les volets. Une intense lumière rouge finit par avoir raison de mon sommeil et me contraint à ouvrir les yeux. Je m'éveille difficilement avec la fâcheuse sensation d'avoir été assommé. Il faut dire que la soirée d'hier a été longue : nous sommes rentrés bien tard. Je descends lentement les escaliers. Des affiches de ses films et quelques photos de scènes cinématographiques ornent les murs sur un fond de tissu luxueux. Je traverse le grand salon habillé de canapés et de fauteuils confortables, recouverts de velours.

Je la rejoins dans la salle à manger, et je m'installe sur l'une des grandes chaises élégantes qui entourent la table en bois massif, recouverte d'une nappe brodée. La vaisselle en porcelaine fine et les couverts en argent sont soigneusement disposés. J'observe toujours avec admiration les buffets et les vitrines exposant des objets de collection. Les rideaux épais qui habillent la pièce sont d'une merveilleuse beauté.

– Bonjour, Schatz.

– Bonjour, Fräulein.

– Tu as dormi bien tard ce matin ?

– Oui, j'étais très fatigué.

Son humeur, d'ordinaire chaleureuse, s'assombrit.

– J'ai acheté le journal ce matin. Tu devrais écouter cela.

"Paris est déclarée ville ouverte, l'armée parade depuis plusieurs jours dans la capitale. Amers, les parisiens

contemplent le défilé du IIIe Reich, victorieux. Les troupes ont fait une entrée digne d'un opéra de Wagner, leurs casques d'acier reluisant et leurs tanks bien fourbis. Elles laissent bouche bée les ménagères de l'avenue Kléber, les concierges de partout qui observent ces hommes plus frais que s'ils sortaient de chez le coiffeur. Certaines filles courent même après leurs chars.

Quoi ? Comment est-ce possible ? J'ai du mal à croire à cette nouvelle. Paris, la ville lumière, envahie ? Cela me semble irréel.

"Les soldats aident les autorités françaises à remettre le pays en état et ravitaillent ceux qui se sont perdus sur les routes de l'Exode. Le fait est que nos vainqueurs affichent autant que possible leur sympathie. Ils en font beaucoup, ils sont prévenants et discrets, tout en étant empressés de rendre service. En preuve de leur bonté, les hauts dignitaires ont donné pour consigne d'aider et de respecter la population, surtout les femmes et les enfants. Partout, on trouve des affiches : populations abandonnées, faites confiance aux soldats allemands."

Je suis abasourdi par ce que j'entends. Un sentiment de stupeur me submerge. Je reste face à Hilde, le corps raidi, incapable de bouger, les yeux fixés sur elle, perdus dans le vide.

- Elle représente le soldat allemand, tenant dans ses bras un enfant, et un autre au bas de l'affiche, regardant avec une sorte de confiance le combattant censé remplacer comme protecteur son homologue français, défaillant et fait prisonnier de la campagne de France, me la décrit-elle.

"Tout un réseau de casernes couvre la zone occupée, nos troupes se sont installées à tous les coins de rues, jusque dans les plus petits villages. Les gradés prennent leurs aises dans des maisons réquisitionnées et font le tour du propriétaire. Ils en oublient presque que c'est la guerre. Que les parisiens soient rassurés, nos armées veulent l'ordre et le minimum de problèmes avec eux. Leur comportement est très correct. À tel point que chez certains, les langues se délient. Peu à peu, la peur laisse place à la curiosité et parfois, la curiosité cède à de la sympathie."

L'opération séduction bat son plein. Mais je ne suis pas dupe ! Beaucoup de françaises cultivent certainement l'indifférence, surtout les plus patriotiques d'entre elles.

"En ce qui concerne les plaisirs mondains, les maisons closes sont saisies et mises à l'heure allemande. Nos beaux soldats, ne connaissant pas le charme de ces plaisirs, s'y fabriquent des souvenirs personnels, eux qui fantasment sur les françaises, surtout les jolies parisiennes."

J'imagine parfaitement ce qu'ils font. Ils n'hésitent pas à filmer leurs ébats avec des prostituées. Ils peuvent aussi sûrement y voir des films pornographiques français. Douce Marie, je ne peux soudainement m'empêcher de penser à Pauline, ma chère courtisane. Je n'ose imaginer à quel point son quotidien doit être bouleversé à présent, pauvre chérie…

"Jamais dans le pays, les bordels n'ont été mieux tenus qu'avec les allemands. Les gradés veillent à ce que les inspections soient les plus minutieuses et les plus soignées pour offrir à leurs soldats les meilleurs services avec un minimum de risques."

Tu parles ! Ils nous prennent vraiment pour des lapins de trois semaines. Ils font mettre toutes les femmes à nu pour une inspection mais le médecin ne leur regarde que le lobe des oreilles. Paraît-il que celui des juives est plus décollé que le leur, et que les autorités ne veulent pas que leurs hommes couchent avec des Israélites. La préoccupation allemande est de fournir, grâce au réseau de maisons closes, le ravitaillement sexuel.

Offrir des femmes avec qui ils peuvent avoir une relation sécurisée. Les actes sexuels dans les établissements avec les prostituées sont encadrés par tout un appareil de prophylaxie, destiné à éviter les maladies vénériennes. Des cartes sont même établies par les autorités allemandes où figurent le nom de la fille, son numéro de chambre, le soldat allemand avec lequel elle a couché pour donner une traçabilité en cas de contagion. Voilà, la vérité que l'on nous cache.

L'ambiance est devenue oppressante. Tandis que je suis assis, les traits tirés, le regard absent, Hilde se tient à côté de moi, inquiète.

- Schatz, tout va bien ? Tu es livide.
- Paris… dis-je d'une voix étranglée, ils ont pris Paris.

– Mon Dieu… ose-t-elle à peine prononcer, dans un souffle coupé.
– Ma famille est là-bas. Je ne sais pas ce qu'ils sont devenus.
Hilde s'approche et pose une main sur mon épaule.
– Isidore, je suis tellement désolée.
Pris dans le rouage de mes émotions, sa réponse me fait me lever brusquement.
– Désolé ? Je suis censé être là-bas, avec eux !
– Tu ne pouvais pas savoir.
– Si ! J'aurais dû… J'aurais dû rester.
Dans un geste réconfortant, Hilde me prend dans ses bras.
– Ne dis pas ça. Tu ne peux rien faire maintenant.
Quelque peu apaisé par sa tendresse, je me dégage doucement de son étreinte.
– Je dois savoir ce qui se passe… Je dois avoir des nouvelles.
– C'est trop dangereux, les communications sont coupées.

Leur politique n'est gouvernée que par la terreur et le chaos. Ce ne sont que des bêtes sanguinaires assoiffées de pouvoir et de revanche. Ils sont dangereux pour l'humanité, mais nous ne pouvons pas les laisser dicter leurs lois indéfiniment sans rien faire. Les parisiens et les français doivent se battre pour leur liberté. Quant à moi, je dois trouver un moyen de leur mettre des bâtons dans les roues.

Ils ont décidé de s'installer chez nous pour faire de la population ce que bon leur semble. Dans ce cas, je vais faire de même. Puisque je suis ici, je ferai ce que je veux sur leur propre territoire. Mais je dois trouver comment m'y prendre…
– Schatz, je suis là pour toi. Tu n'es pas seul.

En disant cela, Hilde approche lentement, puis elle prend mon visage entre ses mains.
– Merci, leibling, tu es la seule qui me comprenne, je réplique en enveloppant sa main de la mienne.
– Tes créations sont magnifiques, un souffle de liberté dans cette ville étouffée.
– Merci, Fräulein.
– Nous allons les montrer à toutes.
Sa parole prit soudain un ton assuré, à la hauteur de son regard déterminé.
– Mais… prononcé-je, plein d'hésitation.
– Il n'y a pas de "mais". C'est une forme de résistance, Isidore. Une façon de rappeler ce qu'est la beauté, la féminité, ce qu'ils veulent nous faire oublier.
– C'est risqué.
– Tout l'est, ici. Mais imagine : des femmes fortes, des actrices portant tes créations. Un pied de nez à leur ordre absurde.

Pourquoi n'y ai-je pas pensé ? Habiller les actrices du IIIe Reich, c'est ce dont j'ai toujours rêvé. En y pensant, un sourire naît sur mes lèvres. Hilde ne le sait pas, mais par cette proposition elle réalise mon rêve le plus cher.
– Un pied de nez… j'aime l'idée !
– Alors, on le fait ? sourit-elle de sa voix chaude, rugueuse et réconfortante. Pour la beauté, pour la liberté, pour nous…
– Pour nous.
D'ailleurs, sur l'instant, "chérie" dans la langue de Goethe, surgit de mes lèvres, sans que je m'en rende compte. Tout à coup, je sens mes joues rougir. Je tente de cacher cet embarras en me réfugiant dans ses bras.

***

Le jour de la séance photo avec Hilde arrive. Je ne sais comment elle s'y est prise, mais elle a fait venir le photographe William Walling en personne. Le portraitiste américain pour les studios de cinéma, celui qui a immortalisé Marlène Dietrich. Elle a décidé d'organiser le shooting à son domicile, sans doute pour rendre ce souvenir le plus intime possible. Les poses élégantes et féminines d'Hilde s'enchaînent. C'est incroyable de voir à quel point Monsieur Walling joue avec la lumière et les ombres pour faire ses prises. Nous sommes dans le salon. Le tissu de velours rouge bordeaux qui recouvre le canapé met parfaitement en valeur la lingerie rose poudrée que je lui ai confectionnée avec de petites perles blanches brodées.

L'artiste la laisse faire. A la regarder, on dirait qu'elle a fait cela toute sa vie. Hilde semble être sa propre image, je ne fais qu'en constater la beauté. Chacun de ses mouvements semble capturer l'essence de sa féminité. La tension créative est si palpable en moi que j'ai l'impression d'être son photographe. Je veux saisir le moment parfait, ce qui me pousse à me concentrer intensément, mais aussi à ressentir une certaine nervosité face à la splendeur que l'on immortalise.

Nous nous dirigeons vers la chambre à coucher pour la dernière partie du shooting. Je suis littéralement subjugué de la découvrir. Elle est aménagée avec un grand lit à baldaquin, des draps en soie et des couvertures en cachemire. Un miroir orné trône au-dessus de sa coiffeuse où une lampe de chevet en cristal prend place. Quant à son bureau, il est sculpté en bois massif, avec un encrier et un porte-plume.

Des bibliothèques remplies de livres et des photos encadrées de sa carrière habillent les murs. Le gris perle et le rose poudré en sont les couleurs douces et raffinées. Les matériaux sont nobles, les objets personnels. On remarque immédiatement qu'il s'agit de la pièce la plus intime qui soit.

Allongée sur les draps, je m'émerveille lorsqu'Hilde prend une pose particulièrement audacieuse. Je suis charmé par sa confiance. Cela me rappelle la force de l'expression artistique et la capacité de chacun à se dévoiler.

Chaste nymphe qui argente ces antiques feuillages sacrés,
Tourne vers moi ton divin portrait,
Sans stratus et sans voile.

Tempère, ô nymphe,
Tamise mon coeur ardent,
Adoucis encore ma ferveur audacieuse.

Freya, répands ma paix
Et sur la terre comme dans le ciel,
Fais la régner.

À chaque clic de l'obturateur, ma satisfaction se croît en voyant les images prendre vie. Chaque photo est une représentation du charme et de l'audace d'Hilde, et je sais que nous capturons quelque chose d'exceptionnel.
– Voilà ! s'exclame le photographe, je pense que nous avons ce qu'il nous faut.
– Excellent, j'interviens, avec engouement.

– Je vous remercie précieusement, Monsieur Walling.
– Cela fut un honneur, Fräulein, je vous les fais parvenir au plus vite.
– Parfait, conclut-elle d'un sourire satisfait.

Ainsi s'achève ce merveilleux après-midi. Ce souvenir restera à jamais gravé dans ma mémoire, comme l'un des plus précieux de ma vie.

Tard dans la nuit, isolé dans mon atelier, une pièce qu'Hilde a aménagée pour moi, je ressasse les derniers événements qui se sont déroulés. Les bougies vacillent, projetant des ombres dansantes sur les murs. Soudain, j'entends la porte de sa chambre s'ouvrir. La mienne restée entrouverte, la voilà qui me rejoint, une ambiance intime et tendue naît.

Son visage mature et expressif témoigne de son expérience. Son regard est intense, pénétrant, et son sourire à la fois doux et déterminé reflète la femme forte et indépendante qu'elle est. L'air est chargé d'émotion, de mon inquiétude pour ma famille et de la proximité palpable entre nous. Un sourire doux, mais un brin interrogateur, s'esquisse sur ses lèvres.
– "Chérie" ?

Mes joues rougissent, je détourne le regard.
– Je… je suis désolé. Cela m'a échappé.

Hilde s'assoit sur le bureau, posant une main sur mon bras.
– Ne t'excuse pas. Je sais que tu es bouleversé.

Je la regarde alors, les yeux larmoyants.
– J'ai… j'ai tellement peur pour eux.

Elle me prend délicatement par le menton.
– Je comprends. Mais tu n'es pas seul, schatz. Je suis là.
– Merci, Hilde. Tu es… tu es incroyable.

Hilde est la seule qui me comprenne vraiment. Avec elle, je me sens moi-même. J'ai peur de la perdre. Elle est devenue si précieuse pour moi. C'est une femme mûre et avisée qui perçoit bien mes émotions. Elle remarque les regards que je lui lance, les silences lourds de sens, les hésitations dans ma voix. Ma chère Fräulein comprend que je suis en train de tomber amoureux d'elle. Cependant, nous sommes tous les deux conscients de notre différence d'âge. Après tout, quand on y pense, elle pourrait être ma grande sœur. Elle sait que je suis jeune et que j'ai encore beaucoup à découvrir. Hilde se demande sûrement si mes sentiments sont sincères ou s'ils sont simplement le fruit de la solitude et de la vulnérabilité.

– Penses-tu qu'il pourrait nous arriver quelque chose en étant ici ?

– Je te protégerai, tu as ma promesse. Il ne t'arrivera rien.

Hilde caresse délicatement mon bras, comme pour m'apporter du réconfort et me montrer qu'elle est là pour moi.

Cette situation lui rappelle, ironiquement, certains rôles qu'on lui a attribués, en particulier celui d'une femme mondaine que les jeunes hommes invitent à prendre le thé et dont la séduction frivole les met dans l'embarras, me raconte-t-elle. Suite à cette histoire, elle me confie l'idée d'organiser chez elle des rencontres privées avec des actrices afin que je puisse leur présenter ma lingerie. Cette idée m'enchante.

Je n'ai qu'une seule envie : les rencontrer. Du tiroir du bureau, je sors ma précieuse photographie de Käthe Von Nagy et la présente, comme pour lui montrer l'importance qu'elle a pour moi : mes ambitions en tant que couturier, le rêve que je porte depuis l'adolescence, la raison pour laquelle je suis venu en Allemagne.

– Elle est magnifique, c'est vrai. Un visage qui a du caractère.

– Je trouve qu'il y a… une certaine ressemblance.

Hilde sourit en coin avec un regard malicieux.

– Vraiment ? Et où donc ?

– Dans le regard, peut-être. Cette intensité… cette force, j'insiste malgré ma gêne.

– Tu es flatteur, schatz, me rend-elle la photo avec un sourire plus doux.

Le silence s'étire. Une tristesse sourde m'enveloppe soudain lorsqu'elle m'observe d'un regard désolé. Comme si elle voulait que je lui pardonne quelque chose.

Ainsi, je me mets à lui raconter mes souvenirs d'adolescent. Quand Hélène, l'amie de ma mère, m'a emmené au cinéma pour la première fois et que j'ai découvert cette élégante et gracieuse hongroise. Puis, mes vacances d'été à la plage, là où j'ai rencontré cette jeune fille germanique dont je suis tombé amoureux qui a bouleversé ma vie. Et enfin mes confidences à Hélène.

– Mon cher Isidore, dit-elle en caressant ma joue, je vais te présenter des femmes qui incarnent cette nouvelle forme de beauté. Nous organiserons ici des séances photo privées et des défilés secrets, pour diffuser un message d'espoir et de résistance.

Son discours devrait me réjouir, mais il n'a pas l'effet escompté. Le regard qu'elle porte sur mes sentiments est lourd de sens. Mes blessures me font ressentir le rejet des femmes et l'abandon, encore une fois. Je ne voudrais pas éprouver cela avec Hilde, mais c'est plus fort que moi.

– Je crois en toi, schatz. Tu as un talent immense, un potentiel incroyable. Je veux t'accompagner dans ton parcours, même si nos chemins ne se rejoignent pas comme tu l'imagines.

Ses mots, pourtant délicats et bienveillants, m'enfoncent davantage dans ma solitude. Une profonde tristesse m'envahit, comme si un espoir fragile venait de s'éteindre. Je me sens seul, démuni, incapable de combler le vide qui me ronge. Un sanglot réprimé remonte dans ma gorge, mais je le retiens. Je me sens honteux de mes sentiments, de mon désir d'affection, de mon besoin d'amour.

– Laisse-moi être à la fois une sœur, une mère pour toi. Aie confiance en moi. Parmi toutes, tu trouveras celle qui te mérite et saura faire ton bonheur.

Mes yeux se lèvent vers Hilde, mon regard cherche dans le sien une réponse à mes interrogations. Je lis dans ses yeux une sincérité désarmante, une affection profonde et désintéressée. Je comprends alors qu'elle ne veut pas me blesser, mais me protéger, m'aider à me reconstruire. Ainsi, en signe d'acceptation, je serre sa main et dépose un baiser sur sa paume.

– Puis-je dormir avec toi cette nuit ?

Elle acquiesce.

– Viens.

Et elle m'emmène dans sa chambre par la main.

Chapitre IV

Cette nuit-là, mon cœur s'ouvre à Hilde. Je lui raconte mon enfance, comment j'ai grandi dans le foyer familial. Dès ma naissance, mon géniteur se comporte en homme violent. Lorsque je pleure, il m'inflige une paire de gifles dont le bruit sourd pourrait même paralyser un loup se trouvant en face d'un homme. Ma mère, sous le choc et dans l'incompréhension, ne sait comment réagir. Elle en est incapable, ne dit rien.

Lorsque vient le moment du bain et que je pleure, on me lave à l'eau froide, on me tire le sexe, on me jette sur la table à langer… Encore aujourd'hui, ma mère n'est pas capable de me dire son rôle dans mon histoire de vie. Un jour, il m'aurait fait tomber involontairement de la hauteur de ses bras. Suite à cet incident, lors d'une promenade avec ma mère, je fais des convulsions. Son compagnon pratique sur moi un massage cardiaque et me fracture des côtes.

Je suis transporté d'urgence à l'hôpital. Le verdict est sans appel : côtes fracturées, fissure du crâne, hémorragie cérébrale… Les soignants me plongent dans un coma artificiel, alors que je n'ai que trois petites semaines de vie. Je me réveille à l'âge de trois mois, la suite est toute aussi infernale. Jusqu'à l'âge de deux ans je fais crise sur crise entre convulsions et épilepsie, mes membres aussi bien inférieurs que supérieurs droits sont paralysés. Cela ne s'arrête pas là puisque j'ai aussi des bleus sur le corps. Pire encore, un jour où Hélène est présente, mon géniteur me donne un bain. Tandis qu'elle se trouve au salon à discuter avec ma mère, son intuition qui lui envoie un message de danger lui permet d'intervenir juste à temps. Mon géniteur essaie de me noyer. Je me souviens que vers l'âge de six ans, alors que nous étions en voiture pour aller chez Hélène, j'ai demandé à ma mère de s'arrêter au bord de la route. Ce jour-là, j'ai uriné du sang.

Voilà comment je grandis dans le foyer familial entouré d'une mère et d'un père. L'incapacité de l'une à protéger son enfant ajoutée à la violence de l'autre, font de moi un jeune homme rêveur, empli de traumatismes, aimant se réfugier dans un monde imaginaire.

Au bout de nombreuses années seulement, Hélène décide d'agir en éloignant mon père loin de la maison. Depuis, mon quotidien connaît un fleuve un peu plus tranquille.

Tous deux couchés, de mes premières à mes dernières paroles, ma Fräulein est profondément bouleversée par mon récit. Son visage se ferme, ses traits se tendent, et un voile de tristesse recouvre son regard. Elle écoute chaque mot avec une attention soutenue, sans m'interrompre, mais son corps tout entier exprime sa compassion et son indignation.

Hilde prend ma main, la serre doucement, pour m'apporter un soutien physique et émotionnel. Quand je sens des larmes monter, elle me prend dans ses bras et me blottit fermement contre elle pour m'offrir un réconfort maternel. Elle caresse délicatement mes cheveux et mon dos, soucieuse de me montrer qu'elle est là pour moi.

– Je suis tellement désolée que tu aies vécu de telles horreurs. Ce n'est pas de ta faute. Tu n'étais qu'un enfant, tu étais vulnérable. Je comprends mieux ton besoin d'affection, ton désir de trouver un refuge.

– Avec toi, Hilde, je me sens… en sécurité. Comme si j'avais enfin trouvé une mère, une vraie mère.

Ses yeux embués donnent soudain un contraste à son regard doux.

– Mein schatz… Tu me touches profondément.

– Tu me comprends, tu m'acceptes tel que je suis. C'est ce que j'ai toujours voulu.

Dans un geste surprenant, Hilde dégrafe le soutien-gorge que je lui ai confectionné. Si l'on doit donner un défaut à ma lingerie, c'est le bonnet en forme d'obus. Il est clair que, pour une telle situation, ce n'est pas très agréable.

– Je serai toujours là pour toi. Comme une amie, une confidente, une sœur, une mère…

Dans ses bras, je me sens protégé, comme au cœur d'un sanctuaire céleste, entouré d'une cage dorée, où rien ne peut m'ébranler. C'est exactement ainsi que je veux me sentir auprès d'une femme : cette sensation d'amour pur et de protection indéfectible.

À ces mots, un tourbillon émotionnel m'exténue. Par ses baisers, je m'endors au creux de ses bras, goûtant à la douceur et au confort de ses seins. Il n'existe pas de meilleur endroit pour un homme que celui de reposer dans des coussins d'amour…

***

Par cette belle journée d'été, je me trouve seul dans le salon d'Hilde. Dans cet après-midi ensoleillé, les fenêtres ouvertes laissent entrer une brise légère et le doux parfum des fleurs du jardin. Il est fort agréable de vivre dans une ambiance chaleureuse et détendue. Ma chère Fräulein a préparé du thé et des petits gâteaux. Elle ne devrait pas tarder à revenir avec une invitée. Assis dans mon fauteuil, les bouffées de chaleur et les tremblements trahissent mon anxiété. J'entends la porte d'entrée se refermer. Hilde entre dans le salon, suivie de sa prestigieuse invitée.

– Isidore, je te présente Camilla Horn, dit-elle d'un geste de la main. Camilla, voici Isidore, un jeune corsetier de grand talent.

– Enchanté, Herr Isidore, se présente-t-elle, avec un sourire chaleureux. Mon amie m'a beaucoup parlé de vous.

Je me lève d'un mouvement mal assuré, un peu intimidé.

– Enchantée, Frau Horn. C'est un honneur de vous rencontrer.

Cette frau est d'un charme piquant. Si j'étais parfumeur, je créerais pour elle une composition complexe et envoûtante, reflétant sa personnalité à la fois forte et séduisante.

Camilla s'approche et m'observe avec curiosité.

– Hilde m'a dit que vous aviez un style très personnel. J'ai hâte de voir vos créations.

Je me sens tout à coup rougir.

– J'ai un livre photo et quelques croquis, si vous voulez bien les regarder.

Je sors mes affaires de mon sac et les lui tends. Je vois qu'elle feuillette avec intérêt.

– C'est magnifique ! brise-t-elle le silence d'un regard admiratif, les lignes sont pures, les détails sont raffinés. On sent une véritable passion dans votre travail.

– Merci, Madame, je réponds d'un rictus timide, j'essaie de créer des pièces qui soulignent la beauté des femmes, tout en leur offrant confort et liberté.

Elle jette un regard complice à Hilde.

– Vous avez tout compris, Monsieur Isidore. C'est exactement ce que nous recherchons, nous les femmes.

Les notes de têtes seraient composées de bergamote pour une fraîcheur pétillante et élégante, évoquant le dynamisme des années 1920. De poivre rose, une touche épicée et audacieuse qui reflètent son caractère affirmé. Enfin, de néroli, une note florale délicate et ensoleillée, apportant une dose de féminité et de lumière.

– Je te l'ai dit, Camilla, lui sourit-elle, Isidore a un don.

Madame Horn se tourne vers moi.

– J'aimerais beaucoup voir vos créations en vrai. Peut-être pourrions-nous organiser un essayage ici ?

– J'en serais honoré, Madame, répliqué-je les yeux brillants de mille feux.

Hilde sort du salon, me laissant seul avec Camilla. Une surprenante conversation animée s'engage entre nous, mêlant passion pour la mode et complicité naissante.

En notes de cœur, j'y mettrais de la rose de Damas, la reine des fleurs qui symbolise la beauté classique et la passion. Du jasmin, une note florale opulente et sensuelle, évoquant le mystère et la séduction. Puis, de l'ylang-ylang, une note exotique et enivrante qui rappelle les voyages et l'ouverture sur le monde.

Pour conclure avec les notes de fond, elles se composeraient de bois de santal, une odeur douce et enveloppante, symbole de chaleur et de réconfort. De vanille, gourmande et sensuelle, apportant une touche de douceur et de féminité. Enfin, de musc, une note animale et sensuelle qui évoque la peau et la séduction.

Ce parfum serait élégant, sophistiqué : à l'image de l'actrice. Sensuel et envoûtant : il laisserait un sillage mystérieux et séduisant, captivant les sens. Audacieux et raffiné : il refléterait sa personnalité forte et indépendante. Mais aussi, chaleureux et réconfortant : il évoquerait la douceur et la bienveillance. Des qualités présentes chez l'actrice.

Cette délicieuse Camilla Horn me raconte qu'on l'a exclue durant un an de de la *Chambre du cinéma* en 1935 et interdite de tournage après avoir tenté de faire passer une petite somme d'argent en Tchécoslovaquie pour y faire une cure. Comment se passent les événements mondains honorés par la présence du Führer, où il n'est pas question d'apparaître au summum de la sophistication.

Qu'il a une nette appétence pour les actrices spécialisées dans les rôles de dames de la haute société ou de femmes raffinées, comme Lil Dagover ou Olga Tchekhova, ainsi que pour les profils de pétulantes “filles d'à côté”, telle Jenny Jugo. Hitler n'aime pas les femmes trop fardées.

– Un soir, je suis invitée à la Chancellerie avec d'autres gloires féminines des écrans allemands, dit-elle en lançant un regard à Hilde, qui revient s'asseoir près de moi avec les petits gâteaux et le thé. Je suis étonnée de voir Olga et Jenny arborer une mine blafarde, voire cadavérique. Moi, je me suis pomponnée comme pour une soirée à Hollywood.

– Cela ne me surprend pas venant de toi, réplique Hilde.

Visiblement, Madame Horn ignore qu'il n'aime pas les femmes maquillées.

– J'allume une cigarette, vissée dans un long fume-cigarette, tout en vampant un SS.

Hilde lâche un rire discret. J'en conclus que le dictateur a horreur du tabac.

– En revanche, il s'intéresse davantage à mon profond décolleté qu'à mon rouge à lèvres, tout en semblant intimidé et gêné par cette apparence si glamour et si peu allemande.

Je l'avoue, j'ai aussi du mal à en détacher les yeux, je plaide coupable. En l'observant avec attention, je pense qu'elle en joue comme si elle tenait un rôle dans un film, prenant plaisir à déstabiliser le "premier soldat du nouveau Reich allemand".

– Mais qu'a donc ce type pour rendre les femmes folles de lui ? s'interroge-t-elle.

Camilla le dépeint en petit bourgeois falot et sans charisme avec une telle désinvolture ! Confronté au pouvoir de séduction de femmes sûres de leur charme, l'orateur qui galvanise les foules et fait se pâmer nombre de dames lors de ses discours semble bien éteint.

Hilde prend la relève en parlant d'une autre actrice, Zarah Leander, qui ose quelques familiarités avec celui qu'elle associe à une voix éructante à la radio. À en croire Zarah, elle l'aurait interrogé, un peu comme une mère le faisait avec son fils, sur sa mèche rebelle, à quoi il aurait répondu, désarçonné, avoir tout essayé pour la discipliner, sans succès.

On peut interpréter cette représentation d'un Hitler insignifiant comme une tentative maladroite de justification de son rôle dans la machine nazie. Je suppose que ni Camilla ni Zarah ne comprennent la nature profonde du régime et qu'elles ne sont pas les seules.

Les deux amies me font ouvertement des confidences sur les coulisses du cinéma allemand. Elles me racontent que le Führer n'a pas eu de liaison avec leurs collègues Jenny Jugo, Pola

Negri ou Renate Müller, une idole des années 30, en dépit de commérages colportés dans des livres ou dans la presse à scandale aux Etats-Unis et en Allemagne. L'admiration du dictateur pour les actrices n'a rien de la boulimie sexuelle de Goebbels, ministre de la propagande et patron du cinéma allemand, dont les innombrables liaisons avec stars et starlettes sont, elles, avérées. Le chancelier tente parfois d'attirer dans le pays de Goethe des comédiennes étrangères en imposant sa volonté à Goebbels, comme l'illustre le cas Imperio Argentina, actrice et chanteuse argentine.

L'opération se solde par un fiasco total. Le film qui en résulte, *Nuits andalouses*, est un flop retentissant, et la diva est renvoyée chez elle, ses caprices sous le bras, au grand soulagement des studios.

Avec une autre actrice étrangère, il adopte un comportement étonnant, à la fois déférent et profondément morbide. Lida Baarova, jeune vedette tchèque découverte par la *UFA* à Prague, tourne à Potsdam *Barcarole,* sous la direction du vieux routier du cinéma allemand Carl Froelich. Hitler la remarque lors d'une visite sur le plateau pendant le tournage en 1935. Trois jours plus tard, elle reçoit une invitation pour aller prendre le thé avec lui à la *Chancellerie*. L'invitation est reconduite plusieurs fois, jusqu'à ce qu'Hitler lui avoue que Lida lui rappelle sa nièce, Geli Raubal, la fille de sa demi-soeur, pour laquelle il nourrit des sentiments incestueux, et qui se suicide en 1931 dans des circonstances troubles. Dévasté par cette mort, son portrait l'accompagne au quotidien. "Quand vous souriez, c'est sa photo qui sourit", aurait-il dit à Lida Baarova.

Le paternalisme glauque du Führer tourne assez rapidement court lorsque Goebbels tombe éperdument amoureux de la jolie Slave, au point de vouloir divorcer et saborder sa carrière politique. Appelé à la rescousse par Magda Goebbels, Hitler est alors l'architecte de la perte de Lida. Elle devient *persona non grata* sur les plateaux et doit même fuir à Prague en 1939.

Pour d'autres actrices, en revanche, sa mansuétude a de quoi surprendre au regard de son antisémitisme forcené. Le dictateur a un faible pour Henny Porten depuis qu'il l'a vue pour la première fois à l'écran, à Lille, pendant la Première Guerre mondiale.

Avec ses longs cheveux blonds, son visage et sa silhouette imposante, elle incarne la féminité allemande, ce qui rend son mariage avec un Juif d'autant plus insupportable pour Goebbels. Son refus de divorcer lui bloque toute possibilité de tourner. Pour le ministre, Henny est cinématographiquement morte. N'écoutant que son courage, elle écrit le 3 août 1939 une lettre à l'adjudant personnel de Hitler, Julius Schaub, pour solliciter l'aide du Führer et lui permettre de tourner à nouveau.

Pour mieux contrôler les actrices et leur faire ressentir sa toute-puissance, Goebbels cultive la manie des listes secrètes, dont seuls quelques initiés, dont le directeur du département cinématographique, ont connaissance. Sur la liste numéro un figurent une dizaine de noms particulièrement appréciés par Hitler et Goebbels : Zarah Leander, Lil Dagover sont de ceux-là. Henny Porten également, jusqu'à ce que la découverte de son mari juif la relègue sur la liste numéro quatre, contenant une petite dizaine de noms d'artistes pour lesquels le réalisateur doit avoir une très bonne raison de vouloir les inclure dans son film. La deuxième, la plus étoffée, correspond au gros des troupes inscrites à la *Chambre du cinéma.* La troisième, la préférée de Goebbels, concerne la jeune garde, un véritable harem de starlettes dans lequel le ministre ne se prive pas de piocher pour son plaisir personnel, avant de répartir les rôles. La cinquième, très restreinte, recense les pestiférés, à l'instar du malheureux Joachim Gottschalk.

De fait, acquérir une notoriété dans le monde du cinéma sous l'ère nazie, revient à courir le risque de se faire instrumentaliser à des fins de propagande ou de simple représentation. C'est aussi accepter de faire la quête dans la rue en plein hiver, sébile à la main, au profit des bonnes oeuvres national-socialistes, illuminer des réceptions diplomatiques et de divertir le prince de Yougoslavie, Benito Mussolini, ou encore son fils Vittorio, représentant du cinéma italien, en visite à Berlin.

C'est synonyme, en temps de guerre, de tournées sur le front pour soutenir le moral des troupes : il faut chanter, jouer, danser pour les blessés, répondre aux lettres des soldats, faire le lien entre le front et l'arrière lors des "concerts à la carte" diffusés chaque dimanche après-midi à la radio.

Le principe consiste à jouer de la musique, à chanter ou à présenter des numéros d'humoristes, interprétés en direct par les artistes à la demande des auditeurs, et agrémentés de messages personnels et d'annonces. Succès radiophonique, le "concert à la carte" contribue également à l'incroyable popularité du film *L'Epreuve du temps,* construit autour de cette émission.

L'instrumentalisation et la politisation des actrices sont des constantes depuis l'existence du régime. Cela s'explique par le fait qu'aux manettes se trouvent deux hommes épris de contrôle total, fous de cinéma et amoureux de leurs comédiennes.

– Alors, Schatz, faire connaissance avec Camilla t'a inspiré ?

– Oui, j'ai quelques idées, je réponds par un sourire timide.

– Ah oui ? Racontez-moi ! s'exclame Camilla, curieuse.

– Rien n'est gravé dans le marbre, dis-je hésitant, mais… je pense à une lingerie qui allierait la sophistication de l'Art déco à la sensualité du glamour hollywoodien.

Ses yeux grands ouverts me regardent calmement, et je lis dans leur éclat qu'elle est intriguée.

– Un mélange audacieux ! J'aime l'idée.

Les deux amies échangent un sourire complice. Hilde, satisfaite de notre entente, la convainc que je saurai mettre en valeur sa beauté.

– Je vais faire de mon mieux, Madame Horn, répliqué-je en rougissant. J'aimerais créer une pièce qui rende hommage à votre élégance et qui exprime votre personnalité.

Un visage radieux illumine ses traits, comme pour me signifier son engouement et la hâte d'en voir le résultat.

Par l'initiative de ma chère Fräulein, nous nous rendons tous les trois au boudoir pour que je prenne les mensurations de Camilla. Une pièce luxueuse, aux murs tendus de soie couleur pêche. La lumière douce et flatteuse met en valeur ses courbes et mes lignes élégantes. Une femme magnifique, d'une bonne trentaine d'années, aux cheveux blonds ondulés.

Elle porte une robe de soirée en velours émeraude, dos nu, qui sublime sa silhouette. Elle se tient gracieusement, les bras levés, et dégage une aura de confiance et de sensualité.

Tenant un ruban argenté, sous le regard attentif de Hilde, je prends méticuleusement les mensurations de son amie. Mes mains se déplacent avec une aisance professionnelle, effleurent à peine sa peau. Seuls le doux bruissement du tissu et le cliquetis occasionnel du mètre ruban rompent le silence.

– Parfait. Tenez-vous bien droite, s'il vous plaît.

Elle ferme les yeux et déploie une tessiture sensuelle, reprenant un rôle de femme vamp qui tente de me séduire.

– Vous êtes très professionnel, Herr Isidore.

– C'est mon métier, Frau Horn, esquissé-je un sourire.

Elle ouvre les yeux, un rictus charmeur au coin des lèvres.

– Et vous le faites très bien.

– Merci, je balbutie, les joues rougissantes malgré moi.

L'ambiance est chargée d'une tension voluptueuse, mais aussi de respect mutuel que je m'efforce de ne pas trahir. Il n'y a pas à dire, Camilla sait y faire avec les hommes. Sa beauté me captive, mais je puise dans mes ressources pour rester professionnel et attentif à son confort. De son côté, par sa façon de me dévisager, elle me semble à la fois confiante et intriguée.

– Voilà. Nous avons fini.

– Je suis curieuse de voir ce que vous allez créer pour moi.

– Ce sera une pièce unique, à la hauteur de votre beauté.

Après avoir pris congé de son amie, je demande à Hilde de m'en dire davantage sur l'homme qui règne sur le cinéma allemand. Tout ouïe, je la laisse se lancer dans l'histoire de ce personnage.

On l'appelle “le bouc de Babelsberg” - le quartier de Potsdam choisi pour implanter les plus gros studios de cinéma. Son tableau de chasse : les actrices et comédiennes des studios. À en croire Camilla, certaines ont partagé ses faveurs sans déplaisir et sans forcément nourrir d'arrière-pensées carriéristes. L'attrait du pouvoir, sans doute. Il dépend de son attirance sexuelle pour les dames en question et, surtout, des conséquences d'un refus de la part des beautés convoitées. Zarah lui reconnaît un certain charme. Pourtant, il n'est pas beau, il est d'une constitution chétive et a un pied déformé, mais dans le feu de la conversation, d'après-elle, son visage s'anime, ses yeux sombres pétillent et sa voix est chaude et intense. Son franc-parler, son mépris du qu'en dira-t-on... Elle affirme qu'il est "un homme intéressant". Il ne lui déplait pas.

– Comment s'y prend-il ? Je lui demande avec une ferveur qui masque mon intérêt : comprendre comment un type pareil peut avoir autant de succès avec les femmes.

Les dames sont généralement conviées chez lui au ministère ou dans sa résidence de Schwanenwerder, une île du quartier de Nikolassee au sud-ouest de Berlin ou encore dans sa villa du Bogensee, à 40 kilomètres de la capitale, en pleine forêt du Brandebourg, au bord d'un lac.

Elles sont conduites au ministre par un ou plusieurs SS, ce qui fait dire à certaines qu'elles ont l'impression d'être la nouvelle du harem d'un pacha ou une petite maîtresse de Louis XV au *Parc-aux-Cerfs,* même si elles y vont de leur plein gré.

Après un dîner en petit comité, en compagnie d'un adjudant SS et d'une domestique, le "loup affamé", comme il se décrit lui-même, tente une première approche. En quelques pas, Goebbels est au piano, improvise une *Sonate au clair de lune,* se lève, prend un recueil relié de cuir rouge dans la bibliothèque, déclame un poème de Hölderlin, avant de s'approcher de sa proie par l'arrière, de la faire pivoter et de tenter un baiser.

L'invitée, en général informée du rituel par une amie ayant déjà expérimenté la chose, minaude puis se soumet. Pour les affaires plus sérieuses, on convient d'un nouveau rendez-vous où l'on peut passer directement à la bagatelle, le ministre étant assuré d'évoluer en terrain conquis. Goebbels profite de ces moments d'intimité pour soutirer à la dame en question des anecdotes sur ses collègues. La perspective d'une promotion canapé en fait parler plus d'une.

– Eh bien… le moins que l'on puisse dire, c'est qu'il a du succès avec les femmes… je souris amèrement.

– Tu dis cela comme si… dit-elle avec un regard interrogateur.

– Comme si je n'en avais pas… Puis un soupir m'échappe.

– Schatz… réplique-t-elle doucement d'une voix frêle.

– Je sais, je sais. Je suis trop timide, trop introverti. Mais je me sens invisible, Hilde, la regardé-je d'un sombre désespoir.

Ma douce Fräulein pose une main sur mon bras, le resserrant avec fermeté.

– Tu n'es pas invisible, Isidore. Tu es un homme talentueux, sensible, attentionné.

– Mais cela ne suffit pas, n'est-ce pas ? je réplique, le regard triste.

– Ça suffit pour moi. Et je suis sûre que ça suffira pour les dames que je vais te présenter. À commencer par Camilla, d'ailleurs.

Frau Horn ? je songe en grimaçant. Pourquoi me parle-t-elle de sa charmante amie ? Comme si une femme telle que cette belle blonde, une séductrice dotée d'une beauté certaine et d'une vie sentimentale sûrement riche pouvait éprouver une quelconque attirance pour moi. Où veut donc en venir Hilde ? Je ne saisis pas…

– Camilla plaît beaucoup à Goebbels, commence-t-elle. Il est attiré comme un aimant par son côté séducteur. Lors de leur première rencontre, en décembre 1933, pendant la même soirée où elle s'amuse à troubler Hitler avec son décolleté, il ne se gêne pas pour lui caresser les épaules, posant négligemment son bras sur le dossier du sofa où elle est assise.

– Voilà une approche plutôt directe dans un contexte solennel, dis-je.

– Avec la propre épouse de Goebbels dans les parages qui plus est ! s'exclame-t-elle.

Un peu plus tard, il lui sort le grand jeu lors du fameux épisode de la réécriture du *Cuirassé Sébastopol.* Prétextant vouloir discuter des modifications à apporter au scénario, il l'embarque lors d'un déplacement en train pour aller au Salon du livre de Weimar, et tente de l'embrasser.

Le rendez-vous suivant est digne d'une scène de film noir. Les consignes ont de quoi intriguer Camilla : elle doit prendre l'autoroute en direction de Brême, s'arrêter au kilomètre 62, indiqué par une borne, et attendre. Deux SS sortent alors d'un fourré et la prient poliment de les suivre dans la forêt. Ils la font monter dans une limousine et s'enfoncent dans les bois avant d'arriver devant une maison, probablement la villa de Bogensee.

Goebbels l'attend devant la porte et se conduit d'abord avec beaucoup d'urbanité, avant de se faire pressant et de s'en prendre à son chemisier.

– Bah ça alors, je l'interromps avec un dépit certain envers ce type.

Fort heureusement pour Camilla, elle n'est pas du genre à se laisser intimider, ni à culpabiliser d'avoir accepté cette invitation ou de s'en dérober. Elle lui tient tête sans paniquer et son sang-froid semble avoir payé, puisqu'il ne tente plus de lui sauter dessus.

Goebbels respecte les stars établies, dotées d'une certaine force de caractère. En revanche, avec les débutantes ou les jeunes femmes plus faibles et inexpérimentées, c'est un véritable prédateur. Si Zarah ou Camilla peuvent espérer survivre artistiquement après avoir éconduit le bouillant ministre, le comportement de ce dernier avec les starlettes a tout du harcèlement sexuel pur et simple, avec couperet immédiat et fin de la carrière en cas de refus.

– Je comprends mieux à présent.

Hilde me sourit tendrement.

Je me lève du fauteuil, l'esprit songeur, stoppe mes pas devant la fenêtre et contemple le paysage, le regard perdu dans le lointain, le visage marqué par une confusion mêlée de frustration. Je l'entends se lever à son tour. Le cliquetis de ses talons se rapprochant de moi, je la sens tout près de mon être. Sa main ceinture ma taille, l'autre caresse mes cheveux, sa tête repose sur mon épaule. Je referme son étreinte. D'une voix douce et rassurante, elle me fait part de son inquiétude quant à mon désir de plaire aux femmes.

– Mein schatz, je t'en prie, ne te compare pas à lui. Ne deviens pas comme cette bête immonde.

– Et comment pourrais-je faire autrement ? Les femmes ne s'intéressent pas à moi, étranglé-je une voix avec une pointe d'amertume. Il faut être puissant, influent, comme Goebbels. Les femmes aiment les mauvais garçons, ceux qui se considèrent et se comportent comme des surhommes, car elles peuvent se pavaner avec fierté en criant sur tous les toits qu'elles sont la maîtresse ou la compagne d'un surhomme.

– Non, Isidore, rétorque-t-elle en secouant sèchement la tête, il faut être soi-même. Il faut trouver une femme qui t'aime pour ce que tu es.

– Et si je ne la trouve jamais ? lui demandé-je arquant un sourcil, le regard au bord des larmes.

– Tu la trouveras, me rassure-t-elle d'un sourire doux. Mais tu dois être patient. Et surtout, tu dois croire en toi.

Embrassant mon cou de ses baisers délicats, je me tourne vers elle, et croise son regard intense et sincère. Ce moment est empreint de tendresse et d'intimité palpables. Je sens que, Hilde, avec sa sagesse et sa bienveillance, tente de me guider sur le chemin de l'amour et de l'acceptation de soi.

– Il est tard, nous ferions mieux d'aller nous coucher. Puis-je me reposer dans tes bras cette nuit, ma douce Fräulein ?

Elle acquiesce d'un mouvement de tête, et me cajole avec douceur et réconfort.

Chapitre V

Ce soir, nous sommes invités à une soirée mondaine chez Camilla. Il m'aura fallu deux semaines pour créer sa pièce de lingerie. Elle a donc décidé de fêter cela comme il se doit. Nous nous dressons devant sa demeure. Je suis stupéfait de découvrir ce lieu où elle vit. Mes yeux s'écarquillent et brillent d'une lueur éblouissante à la vue de ce merveilleux édifice.

Un somptueux manoir, illuminé de l'intérieur où l'on entend la musique et les rires s'échapper des fenêtres laissées ouvertes par cette chaleur de juillet. D'un regard complice, je m'accroche au bras d'Hilde. Nous franchissons les portes de cette merveille architecturale, longeant un petit couloir qui donne sur ses salons spacieux et élégants, où se révèlent les invités en tenue de soirée.

– Tiens ! Regardez qui est arrivé, s'exclame-t-elle d'un sourire radieux. Nous n'attendions plus que vous.

Les deux amies s'embrassent chaleureusement, ravies de se retrouver.

– Guten Abend, Herr Isidore. Approchez-vous, nous conduit-elle d'un geste de la main, avec une démarche digne d'une grande dame. Ne soyez pas timide. Nous n'allons pas vous dévorer, enfin… tout compte fait, je n'en suis plus si sûre, balbutie-t-elle, tournant la tête vers moi avec un regard malicieux.

Vêtue d'une robe dorée scintillante, Madame Horn attire tous les regards, entourée d'admirateurs. Toujours charmante et séduisante, elle engage la conversation avec ses invités. Son rire argenté résonne dans la pièce. Hilde et son amie me présentent à eux, mettant en avant mon talent et mes réalisations. Un peu intimidé, mais flatté par l'attention, je tente de me fondre dans la foule, tandis que ma douce Fräulein m'observe avec un regard attentif.

Ainsi, je salue Madame Paula Wessely, actrice autrichienne de 33 ans à l'accent prononcé que l'on surnomme le charme de la solidité, accompagnée de son mari, Monsieur Attila Horbiger et de leurs deux petites filles. Une femme très appréciée de Hitler et de Goebbels. On lui trouve des traits assez ingrats, qu'elle compense par un jeu subtil et des personnages solides et pragmatiques qui lui attirent instantanément une sympathie jamais démentie. Pourtant, je lui trouve un certain charme, un charme royal mais... pas n'importe lequel... Paula me fait terriblement penser à Sissi ! Une personne que j'affectionne énormément. De plus, elle est l'impératrice mère d'une nouvelle mode : toutes les jeunes filles veulent sa coiffure avec une raie très décalée sur le côté gauche.

Vient le tour de Fräulein Marika Rokk, une jeune demoiselle renarde un peu ronde âgée de 27 ans, véritable boute-en-train du cinéma du IIIè Reich. Elle est là pour redonner le moral aux Allemands et leur faire chanter des airs entraînants et légers. La reine de la revue, avec ses oeillades égrillardes, son sourire canaille éternellement accroché aux pommettes et ses jambes musclées prêtes à exécuter l'une des innombrables pirouettes dont elle gratifie le public, cette petite hongroise se fait très rapidement une place au Panthéon des personnalités préférées du peuple germanique. Sa voluptuosité est un délice pour les yeux.

La dernière comédienne que l'on me présente est Anneliese Uhlig, une belle jeune fille de 22 ans qui a tout pour plaire. Brune, élancée, c'est une étoile montante que l'on considère comme la nouvelle "Dame" du cinéma. Fräulein, élégante et distinguée, une conversation naît entre nous. Je m'intéresse à son travail, sa vie d'actrice, et à son quotidien avec un patron comme Goebbels.

Ainsi, Mademoiselle Uhlig me raconte une histoire miroir à celle de Camilla. Après avoir prolongé son contrat à la Tobis, le jour de la signature des accords de Munich, en septembre 1938, c'est un Goebbels particulièrement guilleret qui lui donne rendez-vous le soir même à 20h sur l'île des Musées. Elle doit s'y rendre seule, en taxi. Méfiante, la jeune demoiselle décide que son fiancé la filera en voiture et se dirige vers le lieu dit à l'heure convenue.

La suite relève du film policier. Une limousine l'attend. Le chauffeur, en uniforme, la prie de prendre place à l'intérieur. Elle ne distingue d'abord que le bout rougeoyant d'une cigarette et reconnaît le ministre à sa voix. Il reprend la conversation de l'après-midi, exactement là où il l'avait laissée, et se lance dans un long monologue, pendant que la voiture quitte les rues de Berlin pour s'engager sur l'autoroute. Rapidement, l'ange gardien d'Anneliese est semé, et la limousine emmène le ministre et sa proie jusqu'à une villa surplombant un lac. Là encore, il s'agit très probablement, comme pour Camilla, de la villa du Bogensee, fréquemment utilisée comme nid d'amour et lieu de repos.

Mais là où Madame Horn a crânement fait face à Goebbels, la demoiselle se met à paniquer dès que celui-ci pose la main sur son genou. Elle se réfugie aux toilettes et tente de fuir, pour constater que les fenêtres ont des barreaux et qu'elle est prisonnière. Goebbels passe ensuite en revue tous les avantages qu'elle pourrait trouver à se laisser "éveiller physiquement" par un homme comme lui, l'une des douze personnalités les plus puissantes d'Europe. Il lui assure même qu'aucune femme ne s'est jamais plainte de lui, qu'elles sont nombreuses à revenir et qu'il sait satisfaire les dames. D'après les témoignages du réalisateur Rabenalt, il semble que les affirmations du ministre sur ses performances sexuelles soient exactes. La pauvre Anneliese n'en a visiblement que faire et devant son manque de coopération évident, Goebbels remballe ses arguments et la renvoie chez elle, lui faisant sèchement comprendre que sa carrière est terminée.

Le plus étonnant dans ces histoires est leur caractère presque public. Lorsque Mademoiselle Uhlig revient sur le plateau de son film en cours, *La Voix de l'Ether,* pour finalement apprendre que le tournage est arrêté, il semble que tout le monde ait été mis au courant de son escapade nocturne et de son issue. Même Magda Goebbels, alors déterminée à tout mettre en œuvre pour provoquer la rupture entre son mari et sa favorite officielle, Lida Baarova, est informée. Chose incroyable, elle s'excuse auprès de la jeune actrice pour le comportement de son époux et les répercussions sur sa carrière, et lui recommande d'en appeler au Führer pour débloquer la situation. Ce qu'elle fait quelque temps plus tard, en croisant Hitler en visite à l'Association des artistes allemands.

Le chancelier, dont elle donne au passage une description tout à fait similaire à celle de Camilla - à savoir celle d'un homme qui a davantage le profil d'un maître d'école dans un costume mal taillé que celui d'un meneur charismatique -, consent à l'écouter et à l'aider. Il a vu les rushes de *La voix de l'éther,* et il est décidé à servir contre son ministre de la propagande, qui tend à négliger ses devoirs politiques et familiaux, tout à sa passion pour Lida Baarova (dont on constate en passant qu'elle ne l'empêche pas de lutiner ailleurs). Le tournage reprend, le film bénéficie d'une réception favorable et l'actrice est fêtée par la presse comme la nouvelle dame élégante et moderne du cinéma allemand.

Frau Horn nous interrompt, mettant fin à notre longue conversation. Elle se montre décidée et impatiente de voir ce que je lui ai confectionné. Je me hâte de récupérer la boîte - cadeau Versailles, un pelliculage mat et un gris argenté lui confèrent l'élégance des grands cadeaux. Celle-ci se ferme à l'aide d'un magnifique ruban argenté en satin. Devant les regards de ses invités, Camilla dénoue le ruban avec une certaine excitation. Ses doigts effleurent délicatement le papier. Son expression se transforme en admiration lorsqu'elle découvre la lingerie. Un sourire radieux illumine son visage, exprimant tout son bonheur et sa satisfaction.

– Oh, c'est magnifique ! C'est exactement ce dont je rêvais !

La jeune femme s'empresse de rejoindre le boudoir pour l'essayer, sous la curiosité de ses convives, qui n'ont pas eu le temps d'y jeter un oeil. Quelques minutes plus tard, le cliquetis de ses talons fredonne à nos oreilles et capte toute notre attention. Dans un silence de cathédrale, sa silhouette apparaît dans l'encadrement de la porte, baignée par la lumière douce du boudoir.

Elle porte la lingerie avec une telle grâce et une assurance naturelle : un bullet bra satinée d'un noir profond pour une sensation de douceur et de sensualité sur la peau, aux bretelles fines et ajustables pour un maintien confortable et une silhouette élégante. Des broderies en dentelle aux motifs Art déco offrent une touche de raffinement et de mystère. La culotte haute en satin, aux empiècements rehaussés de dentelle, donnent un ton de sophistication.

Seule Marika brise cet arrêt temporel par un léger soupir d'émerveillement. Ses mains nonchalantes sur ses hanches, le port de tête altier, Camilla s'avance lentement. Le son de ses talons sur le parquet rythme son entrée. Ému et fier de ma création, je l'admire se cadencer. Nous échangeons un sourire complice et significatif qui témoigne de la réussite de cette création et de notre connexion.

– Whaou, c'est époustouflant ! s'exclame Marika.

– C'est plus audacieux que ce à quoi je m'attendais, surenchérit Paula.

– Comment vous sentez-vous ? je demande doucement à Camilla, mes yeux ne quittant jamais les siens.

– C'est incroyable ! répond-elle d'une voix légèrement essoufflée, c'est si confortable et flatteur. Seulement, j'ai besoin de vous pour quelques réglages, conclut-elle en m'entraînant par la main vers le boudoir.

Dans cette ambiance pour le plus intime, je me tiens derrière elle, et ajuste soigneusement les bretelles et les bonnets de sa lingerie.

– Merci, Isidore. C'est magnifique, se tourne-t-elle vers moi, les yeux remplis de gratitude.

Je lui souris avec un regard pétillant de fierté.

– Je suis content que cela vous plaise, je l'ai conçu spécialement pour vous.

L'atmosphère se charge d'une tension lourde et voluptueuse qui rappelle celle de notre première rencontre chez Hilde.
– Vous êtes magnifique, Frau Horn, murmuré-je.
Camilla se rapproche, me tend sa main et touche doucement ma joue, avant que ses doigts fins marqués par leur trente sept années ne tracent ma mâchoire. Dans l'offrande d'un baiser fougueux, son âme s'abandonne à la mienne.

Ma rose interdite d'un rendez-vous nocturne, tu me conduis dans un voyage sensoriel enchanteur. Un sensuel, mystérieux et précieux jardin romantique.

Tes yeux sont la première bouchée d'un fruit défendu, la douceur vibrante d'une pêche mûre.

Tes lèvres s'ouvrent à moi en une explosion de joie de vivre citronnée, rehaussée par le marshmallow et sa richesse sucrée.

Ton cou capture la tentation enveloppante d'une fraîcheur estivale et d'une chaleur épicée aux nuances chaudes et résineuses.

Tes épaules inestimables m'invitent à explorer la beauté inattendue où qu'elle se trouve.

La délicieuse rondeur de ton ventre est la passion profonde d'un irrésistible pêché mignon.

À l'aura séduisante de tes hanches au jasmin s'ajoute le goût addictif d'un ylang-ylang et la volupté gourmande d'une vanille bourbon.

Tes jambes exquises laissent échapper de chaque pore une senteur de fleurs tendres.

Tes seins, ô suprême séduisants, m'enivrent de leur onctueuse cerise hypnotique.

Mes mains caressent ta soyeuse chevelure dorée, ta croupe dévorante déploie son sillage inoubliable avec une fougue passionnée.

– Pourquoi mettent-t-ils autant de temps ? s'interroge la jeune et discrète Anneliese.

Hilde préfère rester silencieuse, au risque de froisser la nouvelle Dame du cinéma en lui révélant les desseins de Camilla envers son schatz.

– Camilla, dépêche toi ! Nous voulons regarder de plus près cette lingerie, s'écrie Marika.

Pour ne pas éveiller le moindre soupçon auprès des convives, nous nous rhabillons en vitesse et sortons du boudoir le plus calmement possible. Camilla fait son entrée, un léger rougissement au visage, que seuls Hilde et moi remarquons.

– Alors, mes chéries, dit-elle d'une voix un peu plus rauque qu'à l'accoutumée, qu'en pensez-vous ?

Marika s'approche, un sourire malicieux étirant ses lèvres.

– Il semble que cet essayage ait été… concluant, n'est-ce pas, Camilla ?

Hilde intervient rapidement.
– La lingerie est absolument superbe, Isidore a un talent exceptionnel.
L'échange laisse planer un sous-entendu, un voile de mystère sur ce qui s'est réellement passé dans le boudoir.
– Oh, mon Dieu ! C'est encore plus beau porté ! s'exclame Anneliese, les yeux brillants.
Marika s'approche, désireuse de toucher le tissu.
– La dentelle est si délicate… et ce noir ! Isidore, vous avez un don.

Camilla, rayonnante, se laisse admirer, et répond aux compliments avec un charme désarmant. Quant à Paula, la comédienne laisse transparaître une légère surprise admirative dans son expression avant de commenter : "Il y a une… fluidité, une grâce nouvelle dans ton allure, Camilla. Cette lingerie semble te sublimer avec une délicatesse particulière. Monsieur Isidore, vous avez su créer quelque chose qui met en valeur la beauté naturelle sans ostentation." Hilde me sourit discrètement, un mélange de fierté et d'amusement dans les yeux.

Après un moment d'attention porté sur l'actrice, sa chevelure dorée et la lingerie, la conversation reprend son cours habituel. Les compliments s'estompent, et les invités se dispersent pour discuter d'autres sujets. Un retour à la légèreté mondaine s'installe.

À la fin de la soirée, Camilla remercie ses invités pour leur présence et leur bonne humeur. Elle s'approche d'Hilde et moi, nous adressant un sourire chaleureux.

– Merci d'être venus, vous deux. J'ai passé une merveilleuse soirée en votre compagnie.
– Frau Horn, je réponds par un baiser posé sur sa main, c'est pour moi le plus grand des honneurs d'avoir été là.

Hilde lui rend ses compliments pour la remercier de son invitation. Nous la quittons, laissant Camilla seule dans son manoir, heureuse.

Chapitre VI

Le lendemain baigne mon atelier d'une lumière douce et studieuse, filtrant à travers la grande fenêtre. Loin du scintillement et des conversations mondaines de la veille, l'atmosphère, ici, est celle du travail patient et de la créativité concentrée. Les croquis et les échantillons des tissus jonchent la table, organisés dans un chaos familier, chacun porteur d'une idée, d'une future création.

Pourtant, ma main, habituellement si agile à manier le crayon ou les ciseaux, reste immobile au-dessus du papier. Mon regard, perdu dans le motif complexe d'une dentelle Art déco, ne voit plus les détails techniques. Il renvoie, en un écho vibrant, le sourire de Camilla. Non pas le sourire poli et distant qu'elle adresse à ses admirateurs, mais un sourire plus intime, une lueur presque enfantine qui illumine son visage lorsqu'elle découvre la lingerie.

La sensation du satin, glacé et lisse sous mes doigts, me revient avec une précision troublante, tandis que j'ajuste délicatement les bretelles. Et puis, il y a ce moment fugace où nos regards se croisent, un échange silencieux chargé d'un abandon indéfinissable. Est-ce de la simple gratitude ? De la satisfaction artistique ? Ou quelque chose de plus… insaisissable ?

Un soupir s'échappe de mes lèvres, un souffle léger qui fait frémir la dentelle entre mes doigts. Je me souviens de la façon dont la lumière joue sur le tissu noir, soulignant les courbes parfaites de Frau Horn, la transformant en une apparition presque irréelle. Une muse. Ma muse. L'atelier me semble soudain bien terne en comparaison.

Perdu dans mes rêveries, je ne remarque pas tout de suite la présence d'Hilde, qui se tient dans l'embrasure de la porte, un panier en osier à la main. Elle m'observe en silence, une esquisse douce et légèrement inquiète sur son visage. Finalement, elle s'éclaircit la gorge.

– Schatz ? Je t'ai apporté de quoi déjeuner. Ce matin, tu n'as même pas touché à ton chocolat.

Sa voix, suave et familière, me ramène brutalement à la réalité. Je cligne des yeux, comme si je sortais d'un long songe. Je me tourne vers elle, un rictus contrit.

– Pardonne-moi, Hilde. J'étais… dans mes pensées.

Ma Fräulein s'avance, pose le panier sur la table.

– La soirée d'hier t'a beaucoup marqué, n'est-ce pas ? Tu semblais ailleurs depuis ce matin. Est-ce que… est-ce que tout va bien ? me regarde-t-elle attentivement, ses yeux scrutant les miens.

- Tu n'es pas tombé sous son charme, j'espère ? Renchérit-elle avec une pointe d'inquiétude, mais aussi une lueur malicieuse dans la voix.

– Non ! Toute Camilla qu'elle est, j'ai compris qu'elle n'est pas faite pour moi.

Hilde hausse un sourcil, comme surprise par mes paroles.

– Bien. Tant mieux, en réalité, nous avons de nouvelles commandes à honorer.

– De quoi parles-tu ? je demande, les sourcils froncés.

– Nous avons de la visite cet après-midi. Alors, dépêche toi de manger, il faut que tu sois en forme, conclut-elle en tournant les talons.

Le ciel radie Berlin d'une lumière douce, d'un bleu presque sans voile. L'atelier, habituellement intime et feutré, bourdonne tel ce petit être jaune et noir à rayures qui a trouvé sa fleur favorite. Anneliese, Paula et Marika, trois étoiles brillantes du firmament cinématographique allemand, ont répondu à l'invitation d'Hilde, leur curiosité piquée au vif par les éloges de Camilla sur mon talent la veille.

Ma bonne fée est éblouissante dans sa robe de soie émeraude. Elle accueille ses prestigieuses invitées avec son enthousiasme habituel.

– Mes chères amies, soyez les bienvenues ! Isidore est absolument ravi de vous revoir.

Malgré ma nervosité palpable, je me tiens en retrait, mon carnet de dessin et un mètre ruban à la main. J'ai passé le peu de temps devant moi à faire les premières esquisses de ce que j'imagine pour elles. Leur charisme et leur présence m'inspirent sans difficulté.

Anneliese, avec sa beauté délicate et son aura éthérée, est la première à s'avancer.

– Monsieur Isidore, Camilla a été tellement élogieuse. J'ai hâte de voir ce qui vous inspire.

Sa voix est douce, presque un murmure. D'une révérence, je lui baise la main, et nos regards se croisent. Je perçois chez elle une sensibilité à fleur de peau, une grâce naturelle que je désire traduire dans une lingerie légère et aérienne.

– Fräulein Uhlig, c'est un honneur. J'imagine pour vous des soies vaporeuses, de la dentelle fine comme de la brume…

Je lui présente un croquis d'un soutien-gorge et d'une culotte aux lignes simples, ornées de délicates broderies florales. La nouvelle “Dame” du cinéma sourit, ses yeux s'illuminent.

– C'est ravissant ! Tout à fait ce que j'aime.

Paula, avec sa présence intense et son élégance naturelle, s'avance à son tour.

– Herr Isidore, je suis curieuse de votre vision pour une femme… de caractère.

Son regard direct et pénétrant me laisse une fraction de seconde intimidé, mais j'y décèle aussi une ouverture à l'originalité.

– Frau Wessely, je réponds avec assurance, votre force et votre passion m'inspirent des créations plus affirmées. Des soies riches, des coupes qui sculptent la silhouette avec élégance, peut-être des touches de velours pour une sensualité profonde…

Ainsi, je lui montre des esquisses de caraco en soie profonde, de culottes hautes gainantes et d'une guêpière souple en dentelle travaillée.

– Votre beauté troublante me rappelle terriblement votre chère kaiserin Elisabeth, je poursuis, la voix tremblotante, c'est pour cela que j'ai envie de faire quelque chose de différent pour vous.

Paula examine mon travail avec attention, un léger sourire se dessine sur ses lèvres.

– Intéressant… vous semblez comprendre qu'élégance ne signifie pas austérité.

Enfin, Marika Rokk, avec son énergie débordante et son allure captivante, s'approche, un rictus malicieux étirant ses lèvres.

– Alors, Monsieur Isidore, qu'allez-vous inventer pour une femme qui aime bouger… beaucoup ?

Son accent hongrois ajoute une touche d'exotisme à l'atmosphère. Je ne peux m'empêcher de sourire face à son enthousiasme.
– Mademoiselle Marika, votre dynamisme est une véritable muse ! J'ai imaginé des pièces qui allient confort et glamour, des matières stretch qui épousent vos mouvements, peut-être avec des détails audacieux, comme des applications de strass pour capter la lumière...
Je lui présente des dessins de bodys en lycra et dentelle, de soutiens-gorge offrant un maintien parfait avec des bretelles croisées, et de culottes taille haute avec des découpes originales. Marika laisse échapper un petit cri de joie.
– Ah, j'adore ! Quelqu'un qui pense aussi à la liberté de mouvement... c'est rare !
Hilde intervient avec un sourire satisfait.
– Maintenant, le moment tant attendu : les mensurations ! Isidore est un maître dans l'art de les prendre avec précision et discrétion.
Un léger flottement de gêne traverse l'atelier, vite dissipé par mon professionnalisme et par la confiance que m'accordent les actrices. Avec une courtoisie méticuleuse, je commence par Anneliese. Faisant glisser le mètre ruban délicatement sur sa silhouette fine, je note chaque mesure avec une concentration attentive, et visualise déjà les courbes et les drapés de ma future création.
Puis vient le tour de Paula, dont la présence imposante nécessite une approche tout aussi précise, mais avec une conscience accrue de la structure et du maintien. Je prends mes mesures avec un professionnalisme respectueux, sentant la force tranquille qui émane d'elle.

Enfin, Marika, pleine de vitalité, se prête au jeu avec une énergie communicative. Je dois parfois lui demander de rester immobile, un sourire amusé sur mes lèvres face à son impatience. Elle rend tellement bien hommage à son activité de danseuse que j'imagine déjà comment mes créations pourraient sublimer ses mouvements sur scène.

Pendant que les mesures sont prises, Hilde échange des plaisanteries avec les comédiennes et détend l'atmosphère. A la regarder d'un coup d'œil, elle semble être fière de mon talent, et de l'impression que je laisse sur ces femmes influentes. Une fois que j'en ai fini, je recule, un léger rougissement s'immisce sur mes joues.
– Je vous remercie de votre confiance, Damen. Je vous promets d'y mettre tout mon cœur pour créer des pièces qui vous plairont et qui mettront en valeur votre beauté unique.
La première “Dame” du cinéma sourit doucement.
– J'ai hâte de voir le résultat, Monsieur.
Paula hoche la tête avec une expression satisfaite.
– Votre vision est prometteuse.
Marika s'exclame avec enthousiasme : “Je sais déjà que je vais adorer vos créations !”
Tandis que les trois comédiennes quittent l'atelier, emportant les promesses de lingerie exquise, je me sens soudain à la fois épuisé et exalté. Le défi est immense. Mais l'opportunité de laisser ma marque dans le monde du spectacle berlinois, même sous l'ombre menaçante du reich, est une perspective enivrante. Une précieuse célébration de la féminité qui peut être une petite lumière d'espoir et de beauté dans ces temps sombres.

***

Un air d'excitation fébrile flotte dans l'atelier. Les trois colis, soigneusement emballés dans du papier de soie délicat et attachés à des rubans aux couleurs subtiles, attendent d'être confiés à un coursier discret. J'ai passé la semaine à travailler sur les créations pour chacune d'elles, et une partie de la nuit à écrire des lettres manuscrites pour les accompagner, expliquant mon inspiration ainsi que les détails pensés pour chaque actrice.

Le colis destiné à Anneliese est d'une légèreté presque éthérée. À l'intérieur repose la brassière satinée sans armature, couleur bleu nuit, ornée de fleurs blanches en dentelle, ainsi qu'un shorty assorti, brodé de petits nœuds. J'ai plié l'ensemble avec une infinie précaution. La broderie florale diaphane semble respirer sur le tissu sombre. Écrite d'une calligraphie élégante, voici ce que ma note en dit :

"*Fräulein Uhlig,*

Permettez-moi de vous adresser ce présent, comme reconnaissance de votre confiance à mon égard. Votre grâce et votre douce beauté ont plongé mon esprit dans la création de cette lingerie comme humble tentative de capturer l'essence de votre éthérée présence.

J'espère qu'elle vous apportera toute la délicatesse et la sérénité du monde.

Avec ma plus profonde admiration,
Fidèlement vôtre,
Isidore"

Le coursier dépose le paquet devant la porte d'Anneliese dans le paisible quartier de Dahlem. Lorsqu'elle l'ouvre, quelques heures plus tard, la douceur du satin et la finesse de la broderie la touchent immédiatement. Elle la porte à son visage, sentant la légèreté du tissu. Un sourire rêveur se peint sur ses lèvres.

"Délicat… comme un souffle", murmure-t-elle, reconnaissante de ma sensibilité.

Celui de Paula est plus substantiel, il dégage une aura de sophistication. A l'intérieur, le caraco en soie bordeaux profond et la culotte haute assortie sont soigneusement pliés. La dentelle noire au décolleté du caraco ajoute une touche de mystère et de force.

"*Frau Wessely,*

Profondément captivé par votre beauté élisabéthaine, votre présence intense et votre force de caractère m'ont inspiré ces créations, spécialement pour vous. Une touche différente, mais nécessaire.

La profondeur du bordeaux et la coupe structurée visent à souligner votre élégance naturelle ainsi que votre puissance intérieure.

Je vous prie de ne pas vous offenser. N'y voyez pas là un moyen, de ma part, de faire renaître en vous ma chère

Kaiserin, mais plutôt une manière de préserver son précieux souvenir. Nulle autre que vous ne peut en hériter. À mes yeux, vous lui ressemblez tant...

Avec ma plus sincère admiration,
Isidore"

Le coursier remet le paquet à la loge de Paula au *Burgtheater*. Entre deux répétitions, elle déballe les vêtements avec une curiosité pragmatique. La richesse de la soie et de la précision de la coupe retiennent son attention. Elle effleure la dentelle, sentant sa finesse et sa force.

"Un artisan qui comprend la nuance," pense-t-elle, un léger hochement de tête approbateur. Elle est intriguée par la manière dont j'ai traduit sa présence en tissu.

Le cadeau destiné à Marika est le plus audacieux, vibrant d'une énergie contenue. Le body beige auquel j'ai dû explorer des combinaisons de latex pour l'élasticité et le maintien, des tissus tricotés pour une certaine souplesse, et des coupes stratégiques pour épouser les formes sans entraver les mouvements, m'a demandé le plus de temps de travail. Avec ses empiècements de résille et les minuscules strass scintillants, il semble prêt à s'animer. Ma lettre déborde d'enthousiasme :

"Chère demoiselle Marika,

Votre vitalité et votre éclat lors de notre rencontre ne m'a pas laissé indifférent, je dois le concéder. J'ai imaginé pour vous, la Ginger Rogers du Reich, ce body, afin qu'il soit une extension de votre mouvement. Votre seconde peau qui capte la lumière et célèbre votre énergie débordante.

J'espère qu'il vous apportera confort et une caresse de magie supplémentaire lors de vos performances.

Avec mes sentiments les plus vifs,
Isidore"

Le coursier dépose le paquet dans l'appartement animé de Mademoiselle Rokk. Elle l'ouvre avec une excitation enfantine. Dès qu'elle découvre le body scintillant, un cri de joie jaillit de ses lèvres. Elle le déplie, ses yeux brillants de malice.

"Oh là là ! C'est... électrique !"

La comédienne imagine déjà l'effet sous les projecteurs. Elle attrape la note et sourit en lisant mon enthousiasme.

"Il comprend ! Il comprend l'importance de briller !"

La belle hongroise se précipite pour l'essayer, impatiente de sentir la liberté des tissus et l'éclat des strass sur la peau.

Ainsi, disséminée à travers Berlin, ma lingerie arrive comme une délicate surprise, une promesse de beauté et de compréhension. L'impact de mon art se dévoile dans l'intimité de chaque femme, tissant un lien invisible entre les étoiles qui illuminent l'écran allemand et moi. La réaction de chacune, bien que différente, porte en elle une reconnaissance de mon talent unique. Une anticipation de la magie que je suis capable de créer.

Chapitre VII

Ce soir-là, enfermé dans l'atelier, la lumière tamisée semble éteindre à petit feu ma flamme intérieure. Mes mains habiles, qui d'habitude courent sur les tissus, restent inertes, fixant le vide au-delà de la fenêtre. Paris, ma ville, mon foyer, tout me paraît loin, comme une blessure toujours ouverte dans mon souvenir. Depuis des semaines, mon unique réponse se nomme silence. Pas une lettre, pas un mot, rien qui puisse apaiser l'angoisse tenace qui me serre la gorge. Je pense à Hélène, où même à ma mère, sous le joug de l'occupation, leurs visages familiers noyés dans l'incertitude et le danger. Chaque jour qui passe, malgré la part de bonheur que j'y trouve ici, alourdit le poids de mon impuissance. Il se transforme en une chape de plomb.

Ma bonne fée, dont l'œil vif ne laisse rien lui échapper, me surprend ainsi, immobile, rêvassant au milieu de mes étoffes. Elle s'approche doucement, sa présence chaleureuse contrastant avec mon âme froide.

– Isidore, mon garçon, dit-elle avec une douceur maternelle, ce n'est pas dans la contemplation du silence que l'on trouve des réponses. Cette tristesse… elle te consume.

En levant les yeux, je laisse transparaître une fraction de mon désespoir.

– Je n'ai aucune nouvelle, Hilde. Nichts. Je ne sais même pas si mes proches sont en sécurité.

Ma voix est rauque, étranglée par l'émotion.

Hilde hoche la tête, son expression empreinte de compréhension.

– Je sais. Et rester ainsi ne t'aidera pas, ni eux. J'ai une idée… risquée peut-être, mais il faut tenter quelque chose.

Ma Fräulein s'approche de moi et prend mon bras avec une douceur ferme.

– Viens avec moi, schatz. Nous allons à la *Deutsches Rotes Kreuz.*

Je la regarde, incrédule.

– La Croix-Rouge allemande ? Mais…

– Chut, m'interrompt-elle, le regard déterminé. Seul, un français demandant des nouvelles de sa famille en zone occupée éveillerait immédiatement les soupçons. Mais moi… Hilde Hildebrand, une allemande bien en vue… si je pose des questions discrètement, en te présentant comme un assistant inquiet pour sa famille, cela pourrait passer inaperçu. Nous devons être prudents, Isidore, mais nous ne pouvons pas rester les bras croisés.

Elle insiste pour que je la suive. Dans la rue, Hilde marche à mes côtés d'un pas décidé, son énergie habituelle teintée d'une gravité nouvelle. Je me sens tiraillé entre un espoir ténu et une appréhension profonde. L'idée de m'adresser à une organisation sous contrôle nazi pour obtenir de l'aide m'est étrange, presque contre-nature.

Arrivés devant le bâtiment imposant de la Croix-Rouge allemande, l'atmosphère est formelle et impersonnelle. Hilde, avec son assurance naturelle, s'adresse à un fonctionnaire derrière le guichet. Elle parle d'un assistant français, un certain Monsieur Hyacinthe, dont la famille à Paris est sans nouvelles depuis plusieurs semaines, et de son inquiétude croissante qui affecte son travail. Elle insiste sur le fait que cela perturbe un talent précieux dans un Berlin qui a besoin de toutes ses forces.

Je me tiens un peu en retrait, le cœur battant à vive allure, observant les visages austères autour de moi. Je comprends alors la ruse d'Hilde. Son implication, en tant que figure allemande respectée, donne une légitimité à notre démarche qui aurait été impossible pour moi seul.

Après avoir écouté attentivement l'actrice, le fonctionnaire consulte des registres avec une lenteur exaspérante. Chaque silence me paraît une éternité. Habiles, les questions d'Hilde évitent toute mention de persécution ou de la nature exacte de la situation à Paris, se concentrant sur la rupture des communications due aux circonstances de la guerre.

Au bout de longues minutes, il lève les yeux, avec une expression neutre.

– Nous n'avons actuellement aucune information particulière concernant Monsieur Hyacinthe ou sa famille. Les communications avec la zone occupée sont… difficiles. Cependant, nous pouvons enregistrer sa requête et la transmettre aux services compétents. Mais je ne peux promettre aucun délai ni aucune garantie de réponse.

Le poids de ses mots retombe sur moi. Ce n'est rien, une simple inscription dans un registre froid. Pourtant, le geste d'Hilde, sa volonté de m'aider en prenant ce risque, m'apporte un réconfort inattendu.

– Merci, dis-je à voix basse à l'employé.

Hilde le remercie avec plus d'assurance et prend mon bras pour me guider vers la sortie. L'atmosphère pesante et les

messes basses des conversations administratives contrastent violemment avec l'angoisse qui m'étreint. Tandis que nous nous dirigeons vers les portes massives, Hilde ralentit soudain son pas. Ses yeux, d'habitude si vifs et assurés, s'adoucissent. Une lueur de surprise et d'affection les éclaire. Son regard se fixe sur une femme assise sur un banc en bois, un peu à l'écart. Son profil familier se détache dans la lumière blafarde du hall.
– Regarde, Isidore, murmure-t-elle, sa voix teintée d'une douce surprise. C'est Gusti. Gusti Huber.

Je suis son regard, reconnaissant l'actrice au visage doux et à l'expression mélancolique. Elle semble noyée dans ses pensées, tenant un mouchoir serré dans ses mains. Sans hésiter, ma bonne fée m'entraîne avec elle.
– Viens. Je ne peux pas la laisser ainsi.

Nous nous approchons doucement de la comédienne. Hilde s'agenouille près d'elle et pose sa main délicatement sur son bras.
– Gusti, ma chère, dit-elle avec une tendresse sincère, tout va bien ?

Gusti sursaute légèrement, et lève ses yeux rougis vers sa collègue. Une étincelle de reconnaissance mêlée de tristesse traverse son visage.
– Hilde… Oh, mon Dieu. Que fais-tu ici ?

Sa voix est éraillée, pleine d'une peine contenue.
– Je suis venue avec un ami, répond-elle en me désignant d'un geste discret, il s'inquiète pour sa famille à Paris. Mais vous… vous semblez bouleversé. Y a-t-il quelque chose que je puisse faire ?

Gusti laisse échapper un soupir fragile.

– C'est… c'est mon mari. Je n'ai pas eu de nouvelles depuis des semaines.

Ses lèvres tremblent et d'autres larmes perlent au coin de ses yeux.

Hilde lui serre la main avec compassion.

– Oh, Gusti… je suis tellement désolée. C'est une attente terrible.

Ma Fräulein se tourne vers moi, son regard me dit silencieusement : "Tu vois, nous ne sommes pas les seuls à souffrir de ce silence."

À cet instant, je sens une vague d'empathie m'habiter. Ma propre angoisse se reflète dans la douleur palpable de cette femme que je ne connais que par ses paroles. La guerre, cette machine infernale, broie les cœurs de tous, allemands comme français.

– Peut-être… peut-être y a-t-il quelque chose que nous puissions faire, reprend-elle, le regard tourné à nouveau vers sa camarade. Connais-tu quelqu'un ici ? Un contact qui pourrait éventuellement… accélérer les recherches ?

La jeune femme secoue la tête, les larmes coulent librement à présent.

– Je ne sais pas… Je me sens si impuissante.

Hilde réfléchit un instant, puis son visage s'illumine légèrement.

– Attends… il y avait un certain Herr Schmidt, au bureau des informations… il était… bienveillant. Peut-être qu'il pourrait…

Elle se redresse et tire délicatement Gusti avec elle.

– Viens, ma chère. Isidore, reste un instant ici. Je vais voir si Herr Schmidt est là aujourd'hui.

Hilde l'aide à se relever et la guide à travers le hall. Sa présence réconfortante offre un fragile soutien à l'actrice en détresse. Resté immobile, j'observe la scène. En un éclair, l'intensité brute de cette rencontre me frappe de plein fouet.

Au-delà des paillettes et des projecteurs, ces femmes célèbres sont aussi des êtres humains vulnérables, partageant les mêmes angoisses et les mêmes peines que moi. L'initiative d'Hilde, son empressement à aider une amie dans sa détresse, me réchauffe un peu le cœur glacé par ma propre inquiétude. "Peut-être que même dans cette ville sombre, des lueurs d'humanité persistent. Et peut-être, que grâce à des âmes comme ma bonne fée, ces lueurs peuvent parfois perçer l'obscurité," me dis-je.

À peine revenues, Hilde, dans sa grande bonté, propose à son amie de passer la nuit chez elle pour la réconforter après cet échec cuisant. La jeune femme accepte ce service d'un hochement de tête, tout juste perceptible par son chagrin.

Dans la rue, l'air de la nuit estivale berlinoise semble un peu moins oppressant.

– Ce n'est pas grand chose, schatz, me dit-elle, sa main posée brièvement sur mon bras. Mais au moins, nous avons fait quelque chose. Nous avons semé une graine, même petite, dans cette bureaucratie grise. Il faut garder espoir. Il faut toujours garder espoir.

Je la regarde avec une profonde gratitude dans les yeux. Sous l'ombre menaçante de la capitale, la chaleur de son amitié est pour moi une lumière fragile mais précieuse. Mon inquiétude pour mes proches reste, certes, lancinante, hors je ne suis plus seul face à elle. Hilde est là, à mes côtés, prête à affronter l'obscurité avec moi.

Chapitre VIII

Le soleil estival frappe d'une chaleur étouffante à travers les rideaux de l'atelier, projetant des motifs lumineux sur mon carnet. Absorbé par l'idée de trouver une inspiration créative digne de cette jeune Fräulein qui m'a touché à la DRK, Gusti Huber, un léger sursaut me traverse en entendant la voix enjouée d'Hilde.

– Schatz, mon cher ! Range ton carnet un instant. J'ai une surprise pour toi.

Je relève la tête, un sourire interrogateur sur les lèvres.

– Une surprise, Hilde ? Quelle est cette merveille ?

– Prépare tes affaires. Nous partons pour un petit voyage.

– Un voyage ? Où cela ? Berlin ne manque pourtant pas de distractions…

Hilde me répond d'un clin d'œil. C'est fou comme cette femme a le don de ne jamais me laisser indifférent…

– C'est justement pour changer d'air. Nous allons à Greifswald.

– Greifswald ? Mais… c'est au nord, n'est-ce pas ? Qu'y a-t-il de si spécial là-bas ?

Ma bonne fée s'approche avec un air malicieux dans le regard.

– Du talent, mon trésor, passe-t-elle derrière moi, en roulant ses bras, du talent brut. Gerhild Weber y joue dans une pièce en ce moment, et j'ai entendu dire que c'est absolument… captivant, conclut-elle en murmurant à mon oreille.

Un frisson traverse mon cou, mes joues se mettent à rougir. Et voilà… elle ne peut s'empêcher d'être joueuse par moments.

Cette voix rauque et suave… Hilde sait parfaitement comment me distraire…
– Gerhild Weber ? je tente de me reprendre, l'actrice qui est en train de tourner sur son premier film ? Je ne savais pas qu'elle faisait du théâtre.
– Ah, mais elle a commencé sur les planches ! Et elle y retourne de temps en temps pour nourrir son art…

Et puis, murmure-t-elle à nouveau, comme partageant un secret :
– J'ai une petite idée derrière la tête, baisant mon cou tout en caressant mes cheveux. Cela pourrait t'inspirer, qui sait ?

Intrigué par les conditions du voyage, Hilde m'explique qu'elle a tout organisé et qu'un ami nous conduira. Ce sera une escapade agréable, une bouffée d'air frais, loin de l'agitation de la capitale. Et qui sait, peut-être découvrirons-nous ensemble de nouvelles facettes de l'âme humaine, que ce soit à travers le jeu de Mademoiselle Weber ou les paysages du Nord.

Après avoir hésité un instant, un sourire se pose sur mon visage. L'idée d'échapper à la routine berlinoise et d'explorer davantage cette autre forme d'art en compagnie de ma douce protectrice est soudainement très séduisante.
– Je crois que je ne peux pas refuser une telle invitation, meine Süße. Greifswald, nous voilà !

La Mercedes ronronne sur les routes sinueuses qui s'éloignent de l'agitation de Berlin. Assis à côté d'Hilde, mes yeux vagabondent sur le paysage qui défile, une toile en mouvement contrastant avec l'austérité de la capitale.

Au début, la campagne est encore marquée par la proximité de la grande ville. De vastes étendues cultivées s'étendent à perte de vue, des champs labourés d'un brun profond alternent avec des parcelles verdoyantes où pointent les jeunes pousses. Des fermes isolées, aux toits de tuiles rouges et aux murs blanchis à la chaux ponctuent l'horizon, fumant paresseusement dans l'air. De lourds tracteurs travaillent la terre et laissent derrière eux des sillons rectilignes, une géométrie qui rappelle la discipline ambiante.

À mesure que l'on s'enfonce vers le Nord, la nature change de caractère. Les plaines s'ouvrent davantage et laissent place à des étendues plus sauvages. De denses prairies, d'un vert tendre, parsemées de touches de jaune et de blanc des fleurs sauvages estivales, s'étalent sous un ciel immense, souvent traversé par des volées d'oiseaux. Des troupeaux de vaches paissent tranquillement, leurs robes sombres ou blondes se détachent sur l'herbe fraîche.

Des forêts de pins et de hêtres commencent à ourler les routes, leurs troncs élancés, dressés comme des sentinelles silencieuses. La lumière du soleil, filtrant à travers le feuillage, projette des ombres mouvantes sur l'asphalte. Parfois, une trouée dans les arbres dévoile un petit lac à l'eau obscure et calme, bordé de roseaux frémissants.

Le relief devient plus doux, de légères collines ondulent à l'horizon, recouvertes d'une mosaïque de champs et de bois. De petits villages pittoresques apparaissent avec leurs maisons basses aux toits pentus, leurs églises aux clochers pointus et leurs rues pavées semblent figées dans le temps. Des charrettes tirées par des chevaux croisent la route, rappelant un mode de vie plus lent et plus proche de la nature. J'aime tant ces animaux que je les salue avec une joie profonde dès que j'en croise un.

À l'approche de la côte, l'influence de la Baltique se fait sentir. L'air est plus vif, portant avec lui une douce brise salée. La végétation change avec l'apparition de pins maritimes aux branches tordues par le vent et de dunes de sable clair au loin. Des champs de colza jaune éclatant contrastent avec le bleu intense de la mer qui se laisse deviner à l'horizon.

Absorbé par ce spectacle changeant, je sens une fine détente m'envahir. Loin, très loin de l'atmosphère oppressante de Berlin, la simplicité et la beauté de Dame nature offrent un répit bienvenu à mon esprit tourmenté. Au point que je laisse ma tête reposer sur les jambes d'Hilde. Freyja, dans sa tranquille majesté, paraît ignorer les convulsions du monde, elle offre une perspective apaisante et intemporelle. Ce voyage vers le Nord, au-delà du tumulte de la guerre, est comme une respiration, une pause dans la grisaille de mon quotidien.

– Mein schatz, nous sommes arrivés, murmure-t-elle avec ses caresses.

Je relève lentement ma tête et aperçois, droit devant, une construction de briques rouges patinées par le temps, ornée de quelques éléments décoratifs en pierre claire autour des fenêtres et de l'entrée. Une marquise en fer forgé, un peu rouillée par l'air marin, protège l'entrée principale, plus tranquille qu'à Berlin. Ce n'est pas la grandeur ostentatoire de la capitale, mais c'est une bâtisse charmante.

En descendant de la voiture, je sens l'alizée fraîche quelque peu iodée de la proximité de la mer. Une atmosphère de province, plus calme. Des affiches aux couleurs vives, mais un peu défraîchies, annoncent la pièce du jour, *Heimat*, mentionnant en gros caractères le nom de Gerhild Weber. Hilde, avec son pas décidé, me guide vers l'entrée. Deux lampadaires en fer forgé encadrent les portes en bois massif, dont la peinture sombre est légèrement craquelée. Celle-ci est modeste : un petit hall d'accueil, éclairé par quelques appliques murales, diffuse une lumière chaude et tamisée. Un guichet en bois sombre, derrière lequel une dame d'un certain âge échange des mots avec un spectateur, occupe un coin de la pièce. L'odeur discrète du vieux bois et d'un léger parfum suranné flotte dans l'air.

Des petits groupes de personnes attendent déjà, des habitants de la ville pour la plupart, vêtus de leurs habits dominicaux. L'ambiance, conviviale et détendue, est loin de la tension nerveuse des soirées berlinoises. Hilde salue plusieurs connaissances d'un signe de tête amical.

Elle me présente à la dame du guichet avec un sourire charmant, en expliquant que l'on a réservé des places. Après avoir consulté un registre manuscrit, elle nous remet deux billets avec une mine accueillante.

En suivant les indications d'un ouvreur discret, nous traversons un court corridor aux murs tapissés d'un papier peint à motifs floraux fanés. Le sol en bois craque légèrement sous nos pas. Nous montons un petit escalier aux marches usées, dont la rampe sombre, boisée et polie par des années de mains, accompagne notre ascension.

La salle de spectacle est intime et chaleureuse. Des rangées de sièges en velours bordeaux, un peu défraîchis mais confortables, s'inclinent doucement vers une petite scène encadrée d'un rideau de tissu et aux couleurs similaires. Quelques lustres en cristal d'une élégance un peu désuète, diffusent une lueur douce et dorée. Des moulures discrètes ornent le plafond et les murs.

Ma bonne fée me guide vers les places, situées à mi-salle, offrant une bonne vue d'ensemble agréable de la scène. Les sièges grincent légèrement quand nous nous y installons. Tout est paisible, l'atmosphère est tranquille, comme suspendue dans l'attente. J'observe les détails de ce théâtre provincial, si différent des grandes salles que j'ai fréquenté à Paris et à Berlin. Ici règne un charme d'antan, une authenticité simple qui s'oppose agréablement avec le tumulte de la capitale. L'attention se porte peu à peu sur le rideau rouge, immobile, promettant l'évasion d'un autre monde pour quelques heures.

– Hilde, je chuchote, cette affiche… "Heimat"... Quelle en est l'histoire ?

– Ah, mon trésor, répond-elle d'un sourire léger, prépare ton cœur, "Heimat" signifie "foyer", mais ne t'attend pas à une douce réunion de famille autour d'un feu de cheminée.

– Oh ? Alors…

C'est une pièce d'Hermann Sudermann, m'explique-t-elle. Un auteur dramatique qui, dans ses œuvres, aime secouer un peu les conventions. L'histoire d'une femme, Magda, qui revient dans son village natal après des années d'absence. Elle est devenue artiste, une femme indépendante, et elle se retrouve confrontée aux traditions et aux jugements de sa communauté.

– Une femme artiste… Dans son village… Cela promet des étincelles.

– Il y a une part de vérité dans ce que tu dis. Magda se débat avec son passé, avec un amour qu'elle a autrefois refusé. C'est une histoire de racines, de liberté, et du prix à payer pour suivre son propre chemin.

– Un prix… Souvent élevé, j'imagine. Surtout pour une femme à cette époque.
– Absolument, Sudermann n'hésite pas à explorer la complexité des âmes féminines, leurs aspirations au-delà du mariage et d'un foyer. C'est encore un sujet… délicat , pour certains.
– Et Gerhild Weber dans le rôle principal… Elle dégage une telle intensité sur l'affiche. Je suis curieux de voir comment elle incarnera Magda.
– Moi aussi. On dit qu'elle est magnétique sur scène. Prépare-toi, Isidore : je crois que nous allons assister à une performance… mémorable. Et qui sait, cela pourrait même inspirer de nouvelles nuances dans tes propres créations pour ces femmes fortes que tu habilles.
Les lumières de la salle commencent à s'éteindre doucement, signalant le début imminent de la pièce. Un silence respectueux s'installe.

Dans un instant soudain, celui où on ne l'attendait point, elle apparaît telle une nymphe éthérée, dans une élégante robe de voyage en tissu moderne, à la coupe cintrée et au décolleté prononcé, de couleur rose poudrée.

Un chapeau à larges bords, orné de rubans, coiffe son chimère portrait au chignon parfaitement étiré.

De longs gants en dentelle blanche tiennent en main une petite valise en cuir d'un brun commun.

À bien la regarder, du voile d'éternité d'un fantôme du passé, sa silhouette est entourée.

Au fil de la pièce, sa garde-robe reflète son statut d'artiste et son détachement des conventions. Tantôt des robes aux coupes plus théâtrales, tantôt des robes bohèmes. Ses tenues sont faites de velours, avec des drapés, des manches amples ou encore des détails originaux. Les couleurs sont plus profondes et dramatiques, on y retrouve du bordeaux, du vert émeraude, du noir.

Des châles, des étoles en dentelle ou en soie portées avec élégance, des bijoux plus voyants d'inspiration artistique, accessoirisant ses toilettes. Ainsi que des coiffures plus élaborées les unes que les autres accompagnent ses scènes.

Un contraste clair avec les autres femmes. Ses vêtements la distinguent sans équivoque des Fräulein du village, dont les robes sont plus simples, plus modestes et dans des couleurs plus discrètes et traditionnelles. Cette discordance visuelle souligne son statut d'étrangère et sa rébellion contre les normes établies.

La lumière s'éteint lentement sur la scène, nous laissant dans un silence pensif. L'écho des derniers mots de Magda résonne encore dans l'air.

– Elle est partie… je murmure, de nouveau. Après avoir entrebâillé la porte du foyer…

Hilde hoche la tête, les yeux encore fixés sur le rideau clos.

– Oui. Elle n'a pas pu se résoudre à rester. Le fossé était trop profond, les blessures trop anciennes.

Mon esprit lointain, mon propre exil, résonne en moi.

– C’est parfois ainsi, n’est-ce pas ? Le désir de retrouver ses racines se heurte à la réalité de ce que l’on est devenu loin d’elles. On change, le “foyer” aussi. Il n’est plus celui que l’on a quitté.
– Exactement, réplique-t-elle en essuyant discrètement une larme. Magda a goûté à la liberté, à l’indépendance. Elle ne pouvait plus se plier aux carcans étroits de ce village. Même l’amour… même l’amour n’a pas suffi à la retenir.
Ses paroles conduisent mon regard dans le vide, tandis que je songe à ma propre famille lointaine.
– Un amour étouffé par le poids du passé… C’est une tragédie silencieuse, dis-je d’une voix caverneuse. On espère un retour, une réconciliation… mais parfois, le chemin parcouru nous en éloigne irrémédiablement.
Hilde pose une main sur mon bras, sentant ma tristesse.
– Mais il y a aussi une force dans son départ, dit-elle d’une voix réconfortante, tu ne trouves pas ? Le courage de choisir sa propre vérité, même au prix de la solitude.
Un léger sourire amer se glisse sur mes lèvres.
– Le courage… ou le désespoir de ne jamais pouvoir se réintégrer. Peut-être que son foyer n’était plus un lieu, mais un état d’esprit, une liberté intérieure qu’elle ne pouvait retrouver qu’en partant.
– C’est une belle pensée, schatz, me sourit-elle. Peut-être as-tu raison. Peut-être que le véritable “heimat” est celui que l’on porte en soi, malgré les distances et les séparations.
Nos regards se croisent dans la pénombre du théâtre, portant chacun en nous l’écho de l’histoire de Magda et la résonance de nos propres exils intérieurs. La fin de la pièce laisse derrière

elle une amertume douce, une méditation sur la nature complexe du foyer et de l'appartenance.

La représentation s'achève au *Theater der Freundschaft.* Les applaudissements, chaleureux mais modestes, tintinnabule encore dans la petite salle. Gerhild m'a littéralement absorbé par sa performance intense. Elle a été à la hauteur de ce qu'elle dégage sur les affiches. Intense, il n'y a pas d'autre mot !

Hilde se lève avec une énergie renouvelée.

– Viens, schatz. Nous devons aller féliciter Gerhild. Son interprétation était… incandescente !

Encore sous l'emprise de l'émotion, je la suis à travers les couloirs des coulisses. L'atmosphère y est animée, des techniciens s'affairent, des voix s'élèvent, et une odeur mêlée de poussière, de maquillage et de vieux bois flotte dans l'air. Ma Fräulein connaît son chemin et frappe doucement à la porte ornée d'une étoile en laiton portant le nom "Gerhild Weber". Une voix douce nous invite à entrer. La loge, petite et chaleureuse, est éclairée par une lampe de coiffeuse entourée d'ampoules. La comédienne, encore légèrement fardée, se trouve assise devant son miroir, à se démaquiller avec soin. En nous voyant entrer, elle se tourne en souriant.

– Ma chère Gerhild ! Quelle performance ! s'exclame Hilde avec un engouement sincère. Tu as été absolument… bouleversante.

La jeune femme esquisse un sourire modeste.

– Hilde ! Quelle surprise de vous voir ici, à Greifswald. Et vous avez amené.. ?

– Permets-moi de te présenter Herr Isidore Hyacinthe. Et elle se tourne vers moi d'un geste de la main. C'est un ami, un talentueux créateur de mode venu de Berlin. Il a été profondément touché par ton interprétation de Magda.

Malgré sa beauté naturelle évidente, il est incroyable de voir combien elle incarne l'image d'une femme sportive. Si je devais lui créer un parfum, il évoquerait la fraîcheur, l'énergie et une élégance naturelle.

Des hespéridées et des aromatiques seraient les notes de tête pour une ouverture vive et pétillante. J'imagine du citron vert, du pamplemousse ou de la bergamote, associés à des plantes comme la menthe. Cela apporterait une sensation de dynamisme et de clarté.

Un peu intimidé, mais sincère, je m'avance vers elle.

– Fräulein Weber, je balbutie d'une voix mal assurée. C'était… extraordinaire. Vous avez donné une telle profondeur, une telle humanité à ce personnage complexe. J'en suis encore ému.

Un doux sourire illumine le visage de l'actrice.

– Herr Hyacinthe, c'est le plus beau compliment qu'un artiste puisse recevoir. Savoir que son travail touche le cœur des gens.. C'est tout ce qui compte.

Oui, sans aucun doute, les notes de cœur seraient florales, vertes et légèrement épicées. Pour un cœur qui évoque une énergie douce et la nature, la présence de thé vert, de chèvrefeuille ou de frésia pourrait être intéressante. Une touche subtile d'épices comme le gingembre ou la cardamome pourrait ajouter une nuance vive et stimulante.

– Isidore est un artiste sensible, Gerhild, reprend Hilde. Il comprend la force et la vulnérabilité des femmes. C'est d'ailleurs pour cela que je tenais à ce qu'il te voie dans ce rôle si puissant.

Le regard de la jeune femme s'attarde sur moi avec une curiosité douce.

– Ah oui ? Votre travail doit être fascinant, Monsieur Hyacinthe. Créer pour sublimer la femme… C'est une forme d'art en soi.

D'une mauvaise habitude qui me dérange, mes joues s'empourprent.

– J'essaie, Mademoiselle, je tente de garder mon sérieux malgré ma voix tremblante, de capturer une essence, une émotion… un peu comme vous le faites sur les planches. Votre Magda… elle m'a inspiré des images… des couleurs…

– Tu vois, Gerhild ? Je savais que cette rencontre serait enrichissante. Deux âmes d'artistes qui se rencontrent.

La demoiselle se tourne à nouveau vers moi.

– J'en suis ravie, Monsieur Hyacinthe. Peut-être aurons-nous l'occasion d'échanger plus longuement une autre fois. Et elle se détourne pour enlever ses boucles d'oreilles. Qui sait ? Nos deux mondes pourraient avoir plus en commun qu'il n'y paraît, son regard se perdant dans le miroir.

Une fois finie de se désapprêter, elle nous offre un sourire chaleureux, ses yeux pétillants de la passion de son métier. Nous nous quittons ainsi, et je sens une admiration pour cette Fräulein grandir en moi. Son talent transcende les salles et touche profondément le public, même sur les planches de ce petit théâtre de province.

Pour conclure, les notes de fond seraient boisées, claires et musquées. Offrant un sillage qui évoque la force tranquille et l'élégance naturelle, des touches de bois de cèdre, de vétiver ou de santal clair pourraient être associées à des muscs blancs pour une sensation de propreté et de légèreté persistante.

De retour au bercail d'Hilde, je m'empresse de m'assoupir dans le fauteuil. J'ai pu profiter des trois heures de route pour m'allonger dans les bras de mein süßer Beschützer. Ces émotions intenses, ajoutées à ce long trajet m'ont bien fatigué. Cependant, mon esprit créatif vagabonde sans répit, avec pour seul but : confectionner une lingerie inestimable pour Gerhild qui m'a tant bouleversé. Je n'ai qu'une envie immédiate : aller me coucher. Or, les idées commencent à fuser. Je devrais peut-être dessiner une première esquisse, au risque de ne plus me souvenir de rien demain matin. Mais je me sens trop exténué. Je n'ai même plus la force d'aller chercher mes affaires.

Soudain, le cliquetis des talons d'Hilde se rapprochant me sort de ma torpeur.
– Mein schatz, j'espère que tu es encore en forme car la soirée n'est pas terminée, murmure-t-elle à mon oreille en me berçant d'affection.
– Je suis épuisé, mein Süße, dis-je d'une voix faiblarde, glissant ma main dans son cou.
– Tu as invité quelqu'un ?
– Tu verras, tu me remercieras, conclut-elle en tournant les talons.
Ma Fräulein revient avec mon carnet de dessin qu'elle est allée chercher avec bonté. Je commence alors à esquisser des traits fins de soutiens-gorge et de culottes hautes avant d'y insérer des détails.
– Cette chère Gerhild t'inspire on dirait.
– Voyons, Hilde. Il ne peut en être autrement, je souris malicieusement.

Elle me le rend énigmatiquement, et referme le carnet que je lui tends.

– Tu as toujours eu un talent pour capturer… l'essentiel, réplique-t-elle suavement avec un clin d'œil complice.

L'attente, malgré ma somnolence, se teinte d'une légère curiosité. Qui donc va arriver pour prolonger cette soirée déjà bien remplie ?

Un son de clochette retentit dans la maison, brisant le silence feutré. Hilde se redresse vivement, ses yeux pétillent d'excitation.

– Les voilà ! s'exclame-t-elle avant de se précipiter vers la porte.

J'entends des voix joyeuses, des rires étouffés qui se rapprochent. Puis, deux femmes apparaissent dans le salon, apportant un vent de fraîcheur et une énergie nouvelle.

La première, une jeune fille aux boucles brunes indomptables et aux yeux rieurs, de dix-neuf ans à peine, s'avance avec un sourire éclatant.

– Hilde, ma chère ! lance-t-elle en embrassant notre hôtesse avec effusion. Nous n'avons pas pu résister à ton invitation, même si la semaine a été… chargée.

La seconde, une Fräulein châtain aux traits fins et au regard resplendissant d'intelligence, la suit de près.

– Bonsoir, dit-elle d'une voix douce mais assurée.

Ses yeux se posent sur moi avec une curiosité non dissimulée.

– Je suis Heidemarie, et voici Ilse.

Cette dernière me tend une main chaleureuse.

– Donc, c'est toi le fameux artiste dont Hilde nous a parlé ? J'ai hâte de découvrir tes créations !

Son sourire, direct et amical, dissipe instantanément toute gêne.

Hilde nous présente en insistant sur notre sensibilité commune.

– Isidore, voici Ilse Werner, une étoile montante de notre cinéma, mais surtout une âme aussi créative que la tienne, déclare-t-elle d'un clin d'œil.

La soirée m'emporte dans une véritable effervescence. À peine suis-je présenté à la scintillante Ilse Werner, dont le rire cristallin illumine la pièce, que ma protectrice, rayonnante, pose une main sur l'épaule de chacune.

– Mes chéries, je vous présente mon cher ami Isidore Hyacinthe.

Puis, se tournant vers moi, elle ajoute : "Et voici Ilse et Heidemarie, deux femmes à la fois charmantes et… inspirantes."

Un nouveau chapitre s'ouvre, et malgré ma fatigue initiale, une étincelle de curiosité et d'anticipation s'allument en mon fort intérieur. Qui sont ces jeunes Fräulein ? Quel rôle vont-elles jouer dans cette nuit qui semble ne pas vouloir s'achever ? Seule l'aube pourra le dire.

Malgré sa jeunesse et son succès, Mademoiselle Werner est d'une simplicité désarmante. Dès les premiers échanges, une alchimie inattendue se produit. Elle porte une robe de soirée fluide en soie, la coupe en est simple mais élégante. Elle souligne la silhouette sans la contraindre. La couleur est vive d'un bleu saphir qui reflète sa personnalité. Sa toilette comporte des manches courtes qui laissent ses délicieuses épaules nues. Un collier de perles et des boucles d'oreilles pendantes l'accessoirisent.

Quant à Heidemarie, elle a opté pour une robe plus sophistiquée, plus structurée. Longue, en satin, dont la couleur noire met en valeur son intelligence et sa présence assurée. Celle-ci se compose de drapés subtils. La jeune actrice porte des bijoux plus audacieux : un bracelet en argent et une broche ancienne, qui reflètent son esprit indépendant. Sa chevelure, coiffée avec soin, est relevée en un chignon laissé libre en cascade.

Leurs apparences respectives créent un contraste intéressant. Dans le cadre d'une élégance raffinée, appropriée à une soirée intime mais spéciale.

Hilde brise le silence : "Mon cher, cette jeune et douce autrichienne est aussi une étoile montante de notre cinéma ! Elle possède un charme... disons... captivant", ajoute-elle d'une voix plus basse.

Mademoiselle Hatheyer se tient là, enveloppée d'une aura de grâce tranquille. Ses iris marron sont d'une profondeur insondable, et un sourire subtil joue sur ses lèvres. Elle me tend une main tendre, au contact effleuré, mais empreinte d'une chaleur surprenante.

– Monsieur Hyacinthe, dit-elle, d'une voix mélodieuse et légèrement voilée. Votre réputation vous précède déjà, même si vous venez d'arriver à Berlin. Camilla Horn est intarissable sur votre talent.

Habituellement intimidé par tant d'éclat, je me sens étrangement à l'aise en sa présence. Il y a chez cette demoiselle une douceur contenue, une intelligence vive qui se lit dans son regard.

– Mademoiselle Hatheyer, c'est un honneur de vous rencontrer, dis-je, encore rouge de gêne. Les actrices germaniques… elles sont une source d'inspiration inépuisable à mes yeux.

Tous installés au salon, Ilse, la jeune première du cinéma allemand, nous conte sa jeune carrière. Débutée sur les planches avec Max Reinhardt, à Vienne, celle-ci la mène très rapidement au grand écran, où elle explose, à seulement 17 ans. Cette beauté rayonnante possède une jolie voix, siffle comme un oiseau, qu'elle profite de l'occasion pour me le faire entendre, et dégage une sensualité moderne. Sa spontanéité et son charme juvénile, sous un irrésistible optimisme, me font fondre…

Au moment où je m'y attends le moins, Ilse me pose des questions sincères sur mon travail, s'émerveillant de la délicatesse des tissus et de la précision des coupes. D'ordinaire sur la défensive avec de nouvelles connaissances, je me sens ici tout à fait à l'aise. Il y a chez cette Fräulein une absence totale de jugement, une ouverture et une spontanéité rafraîchissantes.

La belle autrichienne, de son côté, semble intriguée par ma passion pour mon travail, comme en témoigne son regard intense lorsque je parle de mes créations. Elle perçoit sous ma timidité une âme d'artiste, un homme capable d'une grande sensibilité.

Les heures s'étirent, emplies de rires, de conversations animées et de la douce mélodie des crayons glissant sur le papier. L'arrivée des jeunes actrices a insufflé une nouvelle énergie qui chasse la fatigue initiale. Les croquis prennent vie sous mes doigts, inspirés par la présence de ces femmes fascinantes : leurs gestes, leurs expressions, la manière dont la lumière joue sur leurs silhouettes.

Hilde, éblouissante, veille à ce que nos verres ne soient jamais vides et que l'atmosphère reste chaleureuse et détendue. Les langues se délient, des anecdotes se partagent, des rêves se murmurent. Un lien inattendu se tisse entre nous, qui transcende la simple politesse d'une rencontre. Alors que les premières lueurs de l'aube commencent à filtrer à travers les rideaux, une douce somnolence nous gagne. Les mots se font plus rares, les silences plus longs, mais empreints d'une agréable quiétude.

– Il se fait tard, balbutie Hilde, un sourire las sur ses lèvres.

Ilse bâille discrètement, tandis qu'Heidemarie ferme les yeux un instant, la tête légèrement inclinée.

Dans cet instant suspendu, je ressens une profonde gratitude pour cette soirée si surprenante. L'épuisement a disparu, remplacé par une tendre plénitude, et le sentiment d'avoir goûté à quelque chose de spécial. Les affinités créées, l'inspiration récoltée, tout cela restera gravé dans ma mémoire, bien au-delà des esquisses qui témoignent de cette nuit singulière. Le "tu me remercieras" de ma protectrice, résonne doucement, plein d'une vérité attendrissante.

Chapitre IX

Une expression sincère anime mon visage.

– Gerhild, je… je vous remercie. Vraiment. Je vous remercie d'avoir accepté ma proposition. C'est un honneur pour moi de créer quelque chose pour vous, dis-je d'un regard intense en joignant brièvement mes mains.

Mademoiselle Weber, une femme dont la présence allie une force tranquille à une élégance naturelle, m'offre un doux sourire.

– Isidore, le plaisir est pour moi. Votre vision est… différente. Et d'une certaine manière, cela me parle. Le dessin que vous m'avez envoyé me plaît beaucoup.

Un voile de rose effleure ses joues tandis qu'elle ajoute d'une voix plus basse : "J'ai hâte de voir le résultat devant l'objectif de Herr William Walling en personne".

La lumière douce du studio, soigneusement aménagée, baigne la pièce d'une aura intime, presque théâtrale, dans la demeure d'Hilde. La jeune comédienne, drapée dans un peignoir de soie ivoire, observe son reflet dans le grand miroir psyché. Ses yeux clairs pétillent d'impatience et d'une légère nervosité. Ma protectrice, virevoltante et pleine d'entrain, ajuste les derniers détails du décor : un paravent orné de motifs floraux art déco, un fauteuil en velours prune, quelques coussins aux textures riches.

– Alors, ma chère Gerhild, lance notre hôtesse d'une voix mélodieuse.

Un rictus malicieux illumine son visage tandis qu'elle s'approche, prête à dévoiler les merveilles d'Isidore.

Deux petits cercles roses colorent les joues de la charmante allemande.

– Je dois avouer que je suis un peu intimidée, Hilde. Ce n'est pas tous les jours que je pose en lingerie… et encore moins une lingerie aussi… particulière.

Cette dernière glousse, et lui prend la main : "Particulière, ma belle ? Non, audacieuse, révélatrice ! Isidore a un don pour sublimer la femme, pour capturer cette force tranquille qui émane de toi, et ce, même dans le plus simple des atours. Tu vas voir, dans l'objectif de William, tu vas irradier."

Le portraitiste expérimenté, qui a lui-même photographié Hilde avec ma lingerie, ajuste son appareil sur trépied, une expression bienveillante aux lèvres.

– Ne vous inquiétez pas, Mademoiselle. Mon but est de saisir votre beauté naturelle, votre assurance. La lingerie d'Isidore est magnifique, elle mettra en valeur votre silhouette athlétique avec une rare élégance.

La délicate ingénue inspire profondément et laisse le peignoir glisser sur ses épaules. La pièce de lingerie qu'elle épouse est une culotte haute en coton d'un blanc immaculé, embrassant ses hanches avec une coupe parfaite, et un Bullet-Bra inspiré d'une déesse grecque, sans armatures apparentes, lui offre un maintien naturel et confortable. De fines lignes de perles virginales dessinent de délicates arabesques verticales le long de la culotte et sur la mousse du bonnet, où des feuilles de menthe enveloppent le haut.

Hilde, les yeux brillants d'admiration, s'exclame : "Oh là là, mais c'est parfait ! Regarde-toi, ma chère, cette ligne pure, cette simplicité… c'est d'une modernité folle !"

Monsieur Walling commence à prendre des clichés, d'abord des plans larges, puis en se rapprochant, capture l'expression encore un peu hésitante de l'actrice.

– Respire, ma belle, l'encourage doucement ma Fräulein. Pense à cette force qui est en toi, à cette liberté que tu ressens dans tes mouvements. Isidore a créé cette lingerie pour toi, pour la femme active que tu es. Laisse-la parler à travers toi.

Peu à peu, sous l'objectif accueillant de William et le soutien d'Hilde, la raideur de Gerhild s'estompe. Elle commence à se mouvoir avec plus d'aisance, la conscience de son corps change au contact de cette confection à la fois fonctionnelle et esthétique. L'ébauche d'une nouvelle assurance pointe dans son regard, légère mais présente. La séance ne fait que débuter, mais déjà, ma vision semble prendre vie. Elle révèle une facette inédite de la beauté de Gerhild Weber.

Le visage encadré par une chevelure ondulée : les mèches sont douces autour de son portrait et plus structurées à l'arrière de sa tête. Celui-ci est tourné légèrement vers la droite, mais ses yeux restent fixés sur l'objectif, créant un contact visuel intense avec le spectateur.

Ses sourcils sont fins et arqués, ses yeux clairs semblent grands, mis en valeur par des cils fournis et un maquillage subtil. Le nez est droit et délicat, les lèvres pleines et pulpeuses, couvertes d'un rose carmin qui contraste avec son teint pur.

Sa main droite est gracieusement posée sur sa joue gauche, ses doigts effilés remontent vers sa tempe. Ce geste met en lumière la douceur de son caractère, perceptible dans la délicatesse de sa peau et la finesse de ses traits.

Nous avons soigneusement orchestré l'éclairage, créant des ombres attendrissantes qui sculptent son visage. Une lumière plus intense éclaire le côté droit de son visage et ses yeux sont illuminés, leur conférant un éclat.

L'ambiance des photographies dégage une atmosphère de sophistication, de beauté mélancolique, d'une certaine vulnérabilité. Elles capturent toute l'élégance et le charme de Gerhild.

Resté en retrait durant la séance, je m'avance timidement vers la jeune actrice, mes mains légèrement hésitantes.

– Fräulein Gerhild, je commence d'une voix douce, j'espère que… que le résultat vous plaît.

Un sourire énigmatique effleure ses lèvres. Elle s'approche, son regard clair fixant le mien.

– Isidore, murmure-t-elle, sa voix d'une teinte rauque, votre travail… a une âme. Il m'a permis de me voir autrement.

L'actrice fait une courte pause et ses doigts frôlent brièvement mon poignet.

– La nuit est encore jeune, et je… je crois que nous aurions encore beaucoup à nous dire, n'est-ce pas ? Chez moi, l'atmosphère est plus propice aux confidences.

À cette proposition, un battement de cœur manqué traverse ma poitrine. Je ne m'attendais pas à une telle invitation, surtout de sa part. Après un instant de réflexion et un regard approbateur échangé avec Hilde, une courbe se dessine sur mon visage, illustrant un mélange de surprise et d'un espoir naissant.

Le court trajet jusqu'à l'appartement se fait dans un silence teinté d'une douce anticipation. Une brise à peine lisible balaye les rues de Berlin, emportant les bruits lointains de la ville.

Tout juste arrivé, je suis immédiatement frappé par l'énergie qui règne chez cette ingénue demoiselle. Il ne s'agit pas du désordre créatif de mon atelier, ni du faste de la maison d'Hilde, mais un espace qui reflète la personnalité de mon hôtesse : élégant, épuré avec une touche de modernité discrète et une chaleur palpable.

L'appartement vit sous une lumière tamisée et chaleureuse. Des lampes de table aux abat-jour de verre opalin ou de tissu clair projettent des halos doux, évitant toute luminosité crue. Quelques bougies, peut-être, diffusent une lueur vacillante et un subtil parfum floral, créant une atmosphère intime et apaisante. Quant aux fenêtres, probablement de grandes baies, elles offrent une vue sur la nuit berlinoise, les éclairages lointains scintillent comme des étoiles éparses.

Le mobilier, choisi avec goût, privilégie les lignes simples et fonctionnelles, sans pour autant sacrifier le confort. Un canapé confortable aux coussins moelleux invite à la détente. Des pièces de bois foncé, peut-être un secrétaire ancien ou une petite bibliothèque, apportent une note de classicisme, et d'élégance intemporelle. Il y a peu de fioritures, mais chaque objet semble avoir sa place, choisi pour sa beauté et son utilité. Des couvertures douces sont disposées sur le canapé, renforçant la sensation de confort.

De savoureux tapis épais amortissent nos pas. Ils contribuent au “silence feutré” que Gerhild a évoqué. Des vases contiennent des fleurs fraîches, elles apportent une note de vie et de couleur subtile. Quelques œuvres encadrées, des aquarelles, ornent les murs, sans encombrer l’espace. La propreté et l’ordre sont de maître. Cela reflète une jeune femme organisée et soucieuse de son environnement.

Un calme réconfortant plane, seulement troublé par le murmure à peine perceptible de la ville endormie. L’air pur, parfumé d’un encens discret, exhale une douce sérénité.

Pour moi, qui suis habitué à la complexité de mon esprit et aux tensions extérieures, la demeure de Gerhild est un havre de paix. Je m’y sens tout de suite en sécurité, enveloppé d’une chaleur qui paraît apaiser mes angoisses les plus profondes. La simplicité élégante du lieu, son mutisme, sa propreté ordonnée, tout cela contredit le désordre et le tumulte qui habitent parfois ma tête. Il s’agit d’une invitation à me détendre, à baisser ma garde, et à me préparer aux “confidences” qu’elle a promises. Je ressens quelque chose de propice à la romance, à la vulnérabilité, à l’ouverture.

En discutant avec l’actrice, je comprends qui elle est : une adorable Fräulein, curieuse, sympathique et dynamique, particulièrement ouverte à la communication. Elle peut paraître singulière, mais elle cultive son propre style. Cette jeune ingénue dégage une impression de force et d'assurance, alors qu’en réalité elle est fragile et manque parfois de confiance en elle.

En fait, elle compense sa vulnérabilité par sa facilité d’expression : la joie de vivre et un enthousiasme communicatif. Vive et adaptable, elle possède l’art de la persuasion, de la riposte et des talents de comédienne. Son métier est une évidence.

De plus, elle sait plaire, séduire, charmer et distraire son entourage. En l'occurrence… moi. C'est une fille qui apprécie les jeux et les amusements, et s'efforce de voir la vie du bon côté… Curieuse, son esprit est vif.

Mais, par-dessus tout, l'âme d'une demoiselle très affective ruisselle sur sa chair. Voilà pourquoi, le simple fait d'y penser, mon cœur s'accélère à tout rompre, mon souffle est saccadé et le sang bat dans mes tempes. Une seule pensée me traverse, une seule envie me dévore : m'abandonner tout entier à elle…

Gerhild, dont l'esprit et le désir d'amusement rayonnent, se dirige vers un gramophone, un sourire espiègle aux lèvres.

– Isidore, dit-elle, sa voix mélodieuse comme une promesse. Nous avons parlé d'art toute la soirée. Et si nous parlions maintenant de… la vie, avec un peu de musique ?

Et elle fait jouer un air de jazz léger, entraînant, qui vient remplir le silence sans le briser.

La jeune ingénue se tourne vers moi, ses yeux clairs pétillants de curiosité.

– Vous semblez si pensif, mon cher. Qu'est-ce qui vous préoccupe ?

La comédienne s'assoit sur le canapé et laisse une place à ses côtés. Son geste est simple, mais son regard invite à s'ouvrir.

Je la rejoins maladroitement, conscient de chaque mouvement de son corps, de sa proximité. Le rythme syncopé du jazz, étrangement familier enrichit l'atmosphère.

– Beaucoup de choses, Gerhild, je murmure, presque inaudible. Le monde, l'art… et les ombres que l'on traîne, parfois.

Gerhild ne me presse pas. Elle se contente de poser délicatement sa main sur la mienne, un contact doux, sans attente.

– Les ombres peuvent aussi faire ressortir l'éclat, n'est-ce pas ? réplique-t-elle, sa voix pleine d'affectivité, qui me désarme. Mais ce soir, j'aimerais qu'il y ait plus d'éclat que d'ombre pour vous. conclut-elle.

Son pouce caresse lentement le dos de ma main. La chaleur de son contact se propage dans mes veines, dissipant un fragment de la froideur qui m'habite si souvent. Je lève les yeux vers elle. La lumière des bougies joue dans ses cheveux, et fait scintiller ses mèches claires. Son visage, si expressif, reflète une douceur et une compréhension qui me touchent au plus profond. Je sens le désir monter en moi, mon cœur s'emballe, et mon souffle se coupe. Je suis en train de perdre complètement mes moyens…

– Je… je n'ai jamais rencontré quelqu'un comme vous, Gerhild, je lui avoue, la gorge nouée.

L'envie dévorante de m'abandonner à elle, de lui confier mon âme, devient presque physique. L'innocence apparente de son regard, son rire léger, la manière dont elle apprécie les jeux de l'esprit : tout cela forme un contraste à la fois saisissant et apaisant avec les tourments qui me rongent.

La belle Fräulein sourit, un rictus qui n'atteint que ses yeux, profonds et pleins d'une affection sincère.

– Et moi, je crois que j'attendais quelqu'un comme vous, Isidore.

Sa main se resserre légèrement sur la mienne. Nos iris se verrouillent, et dans ce silence rempli de jazz et de promesses inavouées, le monde extérieur semble s'effacer.

L'attendrissante anticipation que j'ai ressentie plus tôt se transforme en une certitude troublante et exquise : cette nuit n'est pas seulement propice aux confidences, mais à bien plus…

Dans la nuit silencieuse,
Les pétales fruités
Se déposent sur l'asphalte
Du jardin de neige.

La lapine blanche d'Alice
Se couche sur les feuilles de menthe,
Où s'y perd le rêve
De mes mémoires d'amour.

Ton aura magique
Se glisse en un doux souvenir,
Au tendre parfum
De délicates fleurs de pivoine.

Je m'ensevelis
Dans tes fraîches fleurs d'été,
L'expression olfactive
De ton insouciante beauté.

Je m'abandonne
A nos mémoires d'amour,
Les infinies caresses florales
De ton irrésistible féminité.

Je m'abandonne
A ta gorge poudrée,
Je m'abandonne à tes seins,
Mon histoire d'amour sans fin.

Chapitre X

Je n'ai, malheureusement pas, revu Gerhild depuis cette nuit-là. En revanche, mon amitié naissante avec Ilse se nourrit de nos rencontres suivantes, souvent chez Hilde ou lors d'événements artistiques berlinois. Nous nous découvrons une passion commune pour l'art sous toutes ses formes, échangeant des opinions sur la musique, la littérature et, bien sûr, le cinéma et la mode.

Ilse est fascinée par ma vision, par ma capacité à sublimer la féminité à travers mes créations. Quant à moi, son enthousiasme, sa joie de vivre communicative et son regard neuf sur le monde me captivent. Elle ne tarde pas à devenir l'une des premières habituées. Elle apprécie non seulement la beauté de ma lingerie, mais aussi l'attention que je porte au confort et à la liberté de mouvement.

Un soir, elle se tient devant moi, silhouette gracieuse dans la lumière tamisée, attendant avec une confiance tranquille. Entre mes mains, je tiens une pièce d'une délicatesse exquise, un Bullet-bra et une culotte haute en soie couleur perle, ornée de fines incrustations de dentelle.

– C'est une étoffe qui respire, je murmure, mes doigts effleurant le tissu avec une précision d'orfèvre.

Mon amie hoche la tête, un léger sourire sur ses lèvres.

Avec toute ma prévenance et ma concentration, je l'aide à agrafer le soutien-gorge. La soie glisse sur sa peau comme une seconde chair, épousant ses courbes avec une fluidité parfaite. Mes doigts s'attardent un instant pour ajuster les bretelles, puis lisser le drapé du tissu sur sa hanche. Le contact est professionnel, mais chargé d'admiration pour la beauté que j'habille.

– Elle semble faite pour toi, dis-je, la voix empreinte d'une satisfaction artistique.

Je recule d'un pas pour contempler ma création. La lumière des bougies joue sur la soie, faisant scintiller les perles brodées. Parée de cette lingerie, la jeune femme incarne une sculpture vivante, une vision éthérée.

Ilse se sent belle, confiante dans mes confections et, par chance, ne manque pas de me complimenter avec une sincérité désarmante.

– Isidore, tu as une véritable magie dans les doigts ! Ta lingerie me fait me sentir… moi, mais en mieux ! s'exclame-t-elle souvent, son rire clair résonnant dans l'atelier.

Notre relation dépasse rapidement le cadre professionnel. Nous passons des heures à discuter de nos rêves et de nos ambitions. La “jeune première” me confie les pressions du monde du cinéma, les attentes du public et du régime, les compromis parfois nécessaires. En retour, je lui parle de mes espoirs pour l'atelier, de mon désir de créer une lingerie qui célèbre la femme au-delà des idéaux imposés.

Ilse est une bouffée d'air frais dans mon quotidien parfois sombre. Sa présence m'apporte de la légèreté et de l'insouciance. Elle m'encourage à sortir de ma coquille, à profiter des moments de joie malgré le contexte difficile. Elle m'entraîne dans des soirées animées, élargit mon cercle social en me présentant d'autres actrices telles que Brigitte Horney et Kirsten Heiberg, deux séductrices.

L'actrice la plus proche de l'archétype classique de la femme fatale est une norvégienne, Kirsten Heiberg, également chanteuse, à la voix proche de celle de Zarah Leander, mais au physique bien plus sculptural. On la surnomme la Rita Hayworth du Nord. Abonnée aux personnages de meneuses de revue séduisantes par qui le malheur arrive ou d'espionnes chargées d'extirper des secrets industriels sur l'oreiller (ou du moins par l'art de la séduction), elle ne connaît que rarement la rédemption et disparaît souvent de l'histoire pour céder la place aux hommes après avoir servi d'appât. Mais pour sa voix grave, sa beauté, ses tenues affolantes, elle apporte une touche de glamour et de piquant féminin typique du film noir, qui fait largement défaut dans tout le cinéma du IIIe Reich.

Sa première apparition au cinéma allemand dans *C'est toujours la faute de Napoléon* (1938), opérette dans laquelle elle tient le rôle de Joséphine de Beauharnais, donne le ton. Longues jambes parfaites, galbées dans des collants noirs, éventail de plumes, traîne de dentelle : c'est une Zarah Leander bis, en plus mince, mais avec un timbre similaire. Son numéro ne dure que quelques minutes mais sa carrière est lancée, et on revoit la jolie silhouette de Kirsten dans des rôles plus étoffés, qui ne lui permettent toutefois jamais de monopoliser le devant de la scène, à l'inverse d'une Leander.

Brigitte Horney, on l'appelle : la voix érotique. Il semble que les actrices à la voix grave soient décidément abonnées aux personnages interlopes, ou du moins en opposition avec le rôle dévolu aux femmes dans la société nationale-socialiste. L'allemande est une beauté au timbre, chaud et érotique, qui joue, elle aussi, les chanteuses de bar, les séductrices, les maîtresses de l'illusion. C'est d'ailleurs en fille de port qu'elle perce en 1934, dans *La Dernière Escale*, de Heinz Hilpert. Sa chanson *So oder so ist das Leben* (“La vie est ainsi faite”) devient un standard.

En 1936, le réalisateur Gustav Ucicky l’engage pour remplacer au pied levé la grande star du muet Pola Negri, qui devait jouer Nastasia Daschenko, la vamp du film policier *Savoie-Hotel 217*, avec Hans Albers. Brigitte y porte l’attirail habituel de la croqueuse d’hommes : jolis atours, boas et fourrures, rire carnassier. Pour ses beaux yeux, un homme a déjà tué son premier mari. Elle s’apprête à divorcer du second pour en épouser un autre, mais elle est assassinée avant de pouvoir réaliser son projet et détruire sa proie. Hans Albers peut donc vivre avec la douce Daria. Une fois encore, la femme fatale ne fait pas long feu…

Si Zarah Leander et Kirsten Heiberg incarnent surtout des chanteuses, Brigitte est attitrée aux rôles d’actrices. Et d’ailleurs, je suis en pleine confection d’une lingerie pour cette dernière, et Brigitte.

Concernant Ilse, je trouve en cette jeune Fräulein une oreille attentive et un soutien indéfectible. Elle ne juge pas mon passé et elle me pousse à regarder vers l’avenir. Elle est l’une des rares personnes à Berlin à qui je peux parler ouvertement de mes doutes, de mes peurs, sans me sentir vulnérable. Il y a entre nous une confiance mutuelle, une compréhension tacite qui n’a nul besoin de mots.

Notre amitié n’est pas exempte de taquineries affectueuses. Ilse se moque parfois de mon trop grand sérieux, tandis que je souris face à son énergie débordante et, de temps en temps, chaotique. On se complète, apportant chacun à l'autre ce qui lui manque.

La comédienne devient une sorte de petite soeur pour moi, une source de joie et de spontanéité. J'apprécie sa loyauté et sa capacité à me faire rire, même dans les moments les plus sombres. De son côté, Ilse voit en moi un confident précieux, un ami sincère qui comprend sa sensibilité artistique et ses aspirations.

Notre relation est un témoignage de la possibilité de trouver de la lumière et de la chaleur humaine même dans l'ombre de la guerre. Nous sommes deux âmes créatives qui se sont enfin trouvées, s'offrant mutuellement un soutien infaillible et une amitié précieuse qui enrichit nos vies respectives. Les rires d'Ilse résonnent souvent dans l'atelier. Ils m'apportent une mélodie joyeuse à un quotidien qui peut se montrer austère, et ma présence chaleureuse lui donne un ancrage, une écoute authentique dans le tourbillon de sa carrière.

Chapitre XI

Ce soir, dans l'atelier, la lueur des bougies et d'une unique lampe de travail danse sur les tissus délicats, les dentelles fines et les rubans de satin, créant un tableau de textures et de reflets. Je travaille sur des nouvelles pièces, des créations pensées pour sublimer la féminité, mêlant l'élégance et la délicatesse.

Sur un mannequin de couture, une première ébauche prend forme : une pièce d'un crème doux, décorée de broderies discrètes qui évoquent des motifs floraux stylisés. J'ajuste un pan de tulle, le regard concentré sur chaque détail. Je cherche la ligne parfaite, l'équilibre entre transparence et suggestion.

– Vous semblez absorbé, Isidore, dit une voix enjouée.

Brigitte Horney apparaît sur le seuil de la porte, un sourire malicieux aux lèvres. L'actrice est suivie de Kirsten Heiberg, dont le regard curieux balaie les croquis épinglés au mur et les étoffes étalées sur la table.

Je lève les yeux, le visage éclairé d'un sourire rendu.

– Je cherche la perfection, Damen. Une forme de… poésie incarnée. j'ajoute d'un geste de la main vers mes dessins.

– Pour vous, Brigitte, je visualise quelque chose qui associe la force à une élégance intemporelle, comme le murmure d'une confidence.

Elle s'approche, ses doigts parcourant le tissu.

– Une confidence ? J'aime l'idée. Quel est le secret de cette poésie, Isidore ?

Je me tourne vers Kirsten, un autre croquis à la main.

– Et pour Kirsten, je commence, les yeux brillants d'une étincelle créative, je songe à une pièce qui capture l'éclat, mais avec une subtilité de mystère. Quelque chose qui danse, qui ondule, comme une mélodie envoûtante.

L'actrice norvégienne hoche la tête, intriguée.

– Une mélodie… Fascinant. Est-ce que vos inspirations viennent de vos rêves, Isidore ?

Je ris doucement, un rire rare, teinté de mélancolie.

– Elles viennent de mon observation, de mes émotions… et des ombres. Chaque étoffe, chaque coupe, chaque détail doit raconter une histoire, révéler une facette de l'âme, sans jamais la trahir entièrement.

Je les regarde tour à tour, mes muses, dont la présence inspire mon art. Pour moi, créer ces pièces est une manière de comprendre et d'honorer la beauté complexe du féminin, une quête esthétique qui me dévore tout autant que mes démons.

***

Un doux rayon de fin d'après-midi baigne les fenêtres d'Hilde lorsque, d'un sourire discret, j'invite les deux comédiennes à s'asseoir. Les rouleaux de tissus et les croquis de travail sont rangés, laissant place à une table où se trouvent deux écrins élégants, l'un en velours noir, l'autre en gris perle.

– Damen, je murmure, la voix posée, ce fut un privilège de puiser mon inspiration en chacune de vous.

Je tends d'abord le premier à Britta.

– Pour vous, Fräulein Horney, une création qui, je l'espère, capturera votre force tranquille et la profondeur de votre aura. Je l'ai imaginée comme une confidence murmurée.

La jeune femme ouvre délicatement la boîte. À l'intérieur, repose le même deux pièces que le premier offert à Ilse, ma spécialité de lingerie, d'un satin sombre, rehaussé de délicates broderies ton sur ton qui semblent se perdre dans le tissu. Ses yeux s'illuminent d'une reconnaissance sincère.

– C'est magnifique, Isidore. Vraiment… une part de mon âme semble y être tissée, et elle passe un doigt sur la dentelle, visiblement touchée.

Je me tourne désormais vers Kirsten, et lui présente le second écrin.

– Et voici pour vous, Frau Heiberg, une confection qui se veut une mélodie visuelle. J'ai cherché à traduire votre éclat, votre légèreté, avec une touche de mystère, comme un air entraînant que l'on n'oublie pas.

La belle norvégienne ouvre sa boîte avec une curiosité pétillante. La nuisette, d'un crème éclatant avec des incrustations de tulle et de reflets irisés, paraît presque vivante. Un sourire radieux éblouit son visage.

– Isidore ! C'est absolument sublime, s'exclame-t-elle, c'est comme si vous aviez vu la danse que je rêve de faire.

Satisfait de leurs réactions , j'acquiesce d'un signe de tête.

– L'art, n'est-il pas fait pour révéler ce qui est déjà là ?

Dans leurs yeux, je perçois non seulement l'appréciation pour mon travail, mais aussi une forme de connexion, la reconnaissance mutuelle de l'artiste et de ses muses. Pour moi, ces créations sont bien plus que de simples vêtements; elles sont des fragments de beauté et de compréhension partagée.

Chapitre XII

Depuis notre première rencontre, nos conversations avec Heidemarie sont devenues un délicat jeu de séduction. À mon grand bonheur. Un flirt subtil qui se déploie dans les marges des soirées berlinoises et lors de rencontres fortuites. Un jour, nous nous retrouvons par hasard dans un café littéraire prisé par les artistes. Je suis assis seul à une table, esquissant quelques idées dans mon carnet, lorsque je lève les yeux et aperçois Heidemarie entrer, son élégance naturelle attirent les regards sans ostentation. Dès qu'elle me remarque, un sourire doux ensoleille son visage. Elle s'approche et me demande timidement si la place en face de moi est libre.

– Fräulein Hatheyer, dis-je, le cœur battant un peu plus vite, quel agréable hasard.

Nous commandons un thé et un café. La conversation s'engage, légère d'abord, puis plus personnelle. Sa sensibilité me fascine, elle laisse transparaître par moments, une mélancolie feutrée qui contraste avec sa présence sereine. J'apprécie son intelligence vive, ses remarques perspicaces sur l'art et la vie. Elle aime mes compliments, voilés mais sincères, sur sa grâce et son charme. Heidemarie, de son côté, est touchée par ma passion pour mon art et la manière respectueuse dont je la regarde.

À un moment donné, nos regards se croisent et se maintiennent un instant plus long que de coutume. Une teinte délicate colore mes joues, et la charmante autrichienne baisse les yeux, d'un sourire discret. Il y a dans cet échange silencieux une promesse. Une attraction naissante, tissant une toile d'affection entre nous.

Lors de la première du film *La Fille au Vautour*, où Heidemarie est à l'honneur, je me tiens un peu en retrait, admiratif de son éclat sous les projecteurs. Après la projection, la foule se presse autour de l'actrice pour la féliciter. J'attends patiemment mon tour. Tandis qu'enfin, nos regards se croisent, elle m'offre un sourire sincère, une reconnaissance singulière au milieu de l'agitation.

Plus tard dans la soirée, à une réception, nous nous retrouvons près d'une fenêtre donnant sur la ville illuminée. La conversation coule doucement, entre compliments sur le film et réflexions sur l'art. Je remarque une mèche de cheveux qui s'échappe de son élégant chignon. J'hésite un instant, puis tends ma main et la replace délicatement derrière son oreille. Nos doigts se frôlent, une sensation électrique et fugace surgit. Heidemarie me regarde. Ses yeux brillent d'une émotion indéfinissable. Un léger soupir surgit de ses lèvres.

Après une soirée passée en compagnie des actrices que j'ai déjà rencontrées, où je revois Gerhild pour la première fois, je lui propose de la raccompagner. La nuit berlinoise est fraîche, calme. Nous marchons lentement, nos pas cadencés. Le silence n'est nul gênant, mais plutôt empli d'une douce intimité.

Au bout d'un moment, la belle autrichienne s'arrête et se tourne vers moi. Son expression est plus sérieuse, presque vulnérable. Elle me confie une petite anecdote personnelle, une aspiration secrète qu'elle n'a partagée qu'avec que peu de gens.

– Vous savez, Isidore, commence-t-elle, sa voix se faisant plus tendre, presque un murmure, tandis que nous marchons à nouveau sous le ciel étoilé de Berlin. Les gens me voient à l'écran interpréter des rôles, vivre des vies qui ne sont pas les miennes. Ils imaginent peut-être une existence faite de glamour et d'applaudissements constants.

Elle s'arrête un instant, le regard perdu dans le scintillement lointain des lumières de la ville.

– Mais parfois… reprend-elle, jouant avec son pendentif, parfois, je rêve d'une vie beaucoup plus simple. Loin des projecteurs, loin des attentes. J'ai grandi dans une petite ville, Villach, en Autriche, entourée de nature. Et il m'arrive, surtout lorsque la fatigue des tournages s'accumule, de rêver de retourner à cet endroit. D'avoir un petit jardin, de cultiver mes propres fleurs… des roses, peut-être, ou des lilas. Juste le calme, la terre sous mes doigts, le cycle des saisons.

Et elle se tourne vers moi, un léger sourire mélancolique aux lèvres.

Je suis quelque peu abasourdi par ses paroles. Il s'agit donc de cela, cette mélancolie qui ruisselle de son aura de temps à autre, je viens enfin de comprendre. De la découvrir. Ce qui me choque le plus dans ses confidences, c'est que nous aspirons secrètement à retrouver nos vies d'avant. Une vie paisible faite de nature, de sérénité et d'apaisement entourée de la faune et de la flore. Je n'ai jamais osé croire que cela était possible, jusqu'à cet instant précis… Juste avant d'être contraint de quitter ma campagne natale pour atterrir au cœur de la ville parisienne, à cause du travail de mes parents. Je n'en reviens pas.

– C'est peut-être une rêverie naïve pour une actrice, n'est-ce pas ? brise-t-elle le silence, mais cette image… elle m'apaise.

C’est un secret que je garde souvent pour moi. Peu de gens imaginent Heidemarie cultiver des fruits et légumes, pas vrai ?

Dans ses yeux clairs, je vois toute la sincérité désarmante, une aspiration à une authenticité simple, loin du monde artificiel du cinéma. Cette confidence me touche profondément. Elle révèle une vulnérabilité inattendue chez cette demoiselle que je perçois comme si sereine et maîtresse d’elle-même.

– Heidi, je peux vous appeler ainsi ? je lui demande, avant qu’elle n’acquiesce. Il ne s’agit pas d’une rêverie naïve, je poursuis doucement, ma main serrant délicatement la sienne, mais du désir profond d’une âme qui cherche la beauté et la vérité, que ce soit sur une scène ou dans un jardin. Et je crois que cette beauté et cette vérité se reflètent dans tout ce que vous faites.

Ce partage crée un lien plus fort entre nous, dévoilant une facette cachée d’Heidi et renforçant l’affection discrète qui nous unis désormais. Ce soir, je réalise que derrière l’actrice se cache une jeune femme avec des envies simples et un coeur sensible, un secret précieux qu’elle a choisi de me confier sous la lumière tamisée de la nuit berlinoise.

Dès lors, nos échanges sont souvent ponctués de regards prolongés, de sourires complices et de silences chargés de sous-entendus. Je me surprends à chercher Heidi du regard dans une pièce bondée. Mon cœur bat un peu plus vite lorsque je croise le sien. Quant à elle, elle semble apprécier l’attention discrète que je lui porte, la façon dont je l'écoute attentivement.

Quelques jours plus tard, je me trouve dans un charmant petit restaurant berlinois, en compagnie de la jeune actrice autrichienne. Celui-ci est un havre de discrétion, éclairé par la douce lueur des bougies qui dansent sur les verres à pied. Mon tête à tête avec Heidi fait ressurgir mes iris intenses, mais teintés d'une nervosité inhabituelle. Après le service du plat principal, et avant le dessert, un silence confortable s'installe entre nous.

– Heidi, je me lance, la voix plus grave que d'habitude, vous êtes une source d'inspiration rare.

Je marque une pause, puis lui tends une petite boîte rectangulaire, enveloppée dans un papier de soie sombre, rehaussé d'un ruban de velours vert émeraude.

– J'ai créé ceci en pensant à votre… force et à votre profondeur. C'est une pièce que j'ai conçue pour la femme que vous incarnez sur scène, et celle que je perçois au-delà.

La belle me regarde, d'abord surprise, puis avec une curiosité grandissante. Ses doigts fins dénouent le ruban avec une élégance mesurée. Le papier se déplie, révélant une nuisette en soie d'un profond vert émeraude, cousue de fleurs blanches, dont les lignes suggèrent un charme intemporel et un mystère raffiné. Elle la prend délicatement entre ses mains, ses yeux noisette s'attardant sur la finesse du tissu, la précision des détails.

– Isidore, murmure-t-elle, sa voix habituellement plus forte, adoucie par l'émotion, c'est… inattendu. Et d'une beauté à couper le souffle.

Elle laisse la matière glisser doucement sur la table, ses doigts effleurant les broderies.

– Vous avez capturé quelque chose, lève-t-elle les yeux vers moi, son regard intense perçant le mien, une part de moi-même que peu voient.

Un léger sourire apparaît sur mes lèvres, un mélange de satisfaction et de vulnérabilité.
– C'est le plus beau compliment, Heidi. C'est notre soirée de confidences qui m'a inspiré.
Le moment suspendu entre nous est empli d'une connexion profonde, d'un langage silencieux entre l'artiste et sa muse, bien plus éloquent que n'importe quel dialogue.

En la raccompagnant, nos épaules se frôlent et une étincelle semble passer entre nous. J'hésite un instant, puis ose effleurer sa main du bout des doigts. Heidi ne retire pas la sienne, et un sourire énigmatique éclaire son visage dans la pénombre.
– Berlin est une ville étrange, ne trouvez-vous pas, monsieur Hyacinthe ? dit-elle d'une voix murmurée.
– Pleine de rêves et d'ombres. Tout comme les âmes qui l'habitent, mademoiselle Hatheyer, je réplique, mes iris plongés dans les siens.
Il y a entre nous une tension palpable, une attraction mutuelle qui ne demande qu'à s'épanouir. Je me prends à rêver de cette femme douce et mystérieuse, de la profondeur que je sens en elle, je m'imagine des conversations plus intimes, des moments partagés loin du tumulte de la capitale.
Cependant, cette douce idylle reste en surface, un flirt prometteur mais non abouti. Simplement parce que je suis encore marqué par mes blessures passées. J'hésite à m'abandonner à mes sentiments. Heidi, malgré son intérêt évident, conserve une certaine distance, une pudeur qui la rend à la fois attirante et insaisissable. Mais, cela ne m'aide pas à oser franchir le pas avec elle…

Chapitre XIII

En ce début de soirée, dans l'intime et chaleureux boudoir d'Hilde, une brise légère, porteuse du parfum des roses du jardin, caresse les voilages de la fenêtre ouverte. Je suis sur un pouf, un livre de mode posé sur mes genoux, les yeux perdus dans le lointain. Mon esprit vagabonde vers les traits anguleux d'Heidi, l'intensité de son regard lors de notre dernière rencontre au restaurant.

Hilde, assise à sa coiffeuse, observe mon reflet dans le miroir, un sourire énigmatique aux lèvres.

– Mein schatz, brise-t-elle le silence d'une voix douce et amusée. Tu as l'air d'un jeune homme qui vient de rencontrer une énigme. Est-ce que ma magnifique Heidemarie t'a… ensorcelé ?

Je sursaute à peine, ramené à la réalité. Je me sens rougir.

– Heidemarie est… une femme d'une profondeur rare. Son art… est une flamme douce, je réplique d'une voix hésitante.

Ma bonne fée se tourne vers moi, tandis que son sourire s'estompe pour laisser place à une expression plus sérieuse, presque maternelle. Elle connaît mes souffrances.

– Une flamme, oui. Mais toutes les flammes ne sont pas faites pour réchauffer, mon garçon. Certaines consument. Heidemarie est une artiste immense, c'est indéniable. Mais elle dégage une intensité brute.

Elle se lève d'un pas soudain, et s'assoit face à moi, le regard franc.

– Et je ne dis pas qu'elle est incapable d'aimer, Isidore. Mais la passion d'Heidemarie est une force qui exige beaucoup. Beaucoup trop, peut-être, pour un cœur qui cherche la paix. Son monde est le drame, l'exploration des tréfonds de l'âme humaine. Toi, tu as déjà traversé tes propres abîmes, n'est-ce pas ? Tu n'as nul besoin de plonger à nouveau dans les turbulences.

Blessé par la justesse de ses mots, je fronce les sourcils, prenant conscience d'une réalité : une aveugle attirance vers les femmes qui me conduisent à la souffrance.

– Je ne cherche pas la superficialité, Hilde, dis-je plus sèchement que je ne voudrais. Je cherche… une compréhension. Une connexion qui ne soit pas un abandon.

– Et tu as raison de le chercher. Mais Heidemarie… bien qu'elle soit douce en surface, est aussi une tempête, schatz. Une tempête magnifique, mais une tempête tout de même. Tu as besoin d'un port, pas d'une autre traversée périlleuse. Tu cherches une lumière stable pour éclairer tes ombres, pas un éclair qui les accentuerait davantage.

Hilde pose une main sur mon bras : "Je dis cela car je t'estime, Isidore. Et je sais ce que tu portes. Ne te méprends pas sur l'attrait de l'intensité. Parfois, la connexion se trouve dans la douceur, dans une mélodie plus silencieuse qui résonne en toi. Dans un cœur capable de percevoir l'art sans qu'il soit un cri."

Je la regarde, surpris par la franchise et la tendresse de ses paroles. Il y a de la vérité dans ce qu'elle dit. L'intensité d'Heidemarie, si fascinante, pourrait aussi être un miroir de mes propres tourments. J'ai besoin d'une pause. D'un souffle.

– Une mélodie plus silencieuse, dis-je dans une pensée qui m'échappe, je crois que j'ai besoin de voir des choses plus calmes. Des choses qui parlent d'une autre manière.

Un fin sourire se dessine sur ses lèvres.

– Exactement. Il existe, même ici à Berlin, des havres. Des lieux où l'art parle sans fracas, où la beauté se murmure. La petite galerie près de Charlottenburg, vient d'acquérir des nouvelles toiles. Des choses plus… contemplatives. Cela pourrait te faire du bien, mein schatz.

Je hoche lentement la tête. L'idée de cette galerie, de cet art plus silencieux, me semble soudain une nécessité. Je ressens une curieuse impulsion de m'y rendre.

– Peut-être que je devrais y faire un tour. Cela me ferait du bien.

– Je pense aussi, mon cher, sourit-elle. Allez, maintenant, laisse ces tourments de côté pour ce soir, s'exclame-t-elle, et laisse-toi surprendre.

Dans un nouvel élan, je me lève, le livre oublié.

C'est la première fois que je découvre cette petite galerie d'art discrète, nichée dans le quartier de Charlottenburg à Berlin. Les murs sont peints d'un gris sobre, et l'éclairage, principalement naturel, se faufile à travers une verrière, caressant les toiles exposées. L'air y est calme, imprégné de l'odeur du vieux papier et de la térébenthine.

Je me tiens immobile devant un portrait, un tableau de taille moyenne qui domine le mur. Ce n'est pas une œuvre spectaculaire par ses dimensions ou ses couleurs vives, mais elle possède une puissance d'attraction qui me retient captif.

La toile représente une femme d'un âge indéterminé, peut-être dans la trentaine, au teint pâle et aux traits délicats. Sa chevelure, d'un brun profond, est légèrement relevée en une coiffure simple, dont quelques mèches encadrent un visage d'une grande finesse. Elle porte une robe d'un vert forêt, si sombre qu'il semble presque noir par endroits, avec un col montant qui cache son cou, accentuant une impression de réserve.

Ce qui m'obsède, c'est l'expression de ses yeux. D'un vert-gris, insaisissable, ils sont légèrement baissés, fixant un point invisible au-delà du spectateur. Il n'y a pas de larmes, pas de chagrin ouvert, mais une mélancolie profonde et insondable. Il s'agit d'une tristesse tranquille, acceptée, une lassitude du monde qui n'est pas résignation, mais une forme de sagesse résignée. Un doux pincement à la commissure de ses lèvres suggère une tentative de sourire, ou bien la persistance d'une amertume subtile.

La lumière sur la toile est diffuse, presque éthérée, comme si la scène est éblouie par un soleil de fin d'après-midi, filtrant à travers un vitrail ancien. Elle module les pommettes hautes de la jeune femme et souligne l'ombre légère de ses cils qui rend le mystère encore un peu plus prononcé. Derrière elle, le fond est un simple dégradé de gris et de bleu lavé, sans aucun détail qui pourrait distraire la figure centrale.

Je vois à travers elle mes propres silences, des blessures que je ne crie pas mais qui me rongent de l'intérieur. Cette femme sur la toile ne demande rien, ne juge pas, elle existe simplement dans ma mélancolie, une compagne silencieuse à mes propres fardeaux. J'y perçois la force dans l'acceptation de la douleur, une beauté née de la souffrance, une forme de résilience sereine qui me touche au plus profond. Ce tableau n'est pas dramatique au sens théâtral, mais profondément émouvant, une invitation à la contemplation de l'âme humaine.

Mon corps absorbé par la jeune femme, mes mains derrière le dos, je cherche à en extraire un sens caché. Les échos lointains des violences de mon père, le silence assourdissant de ma mère, les abandons passés… tout cela semble tissé dans les couches de peinture. Ici, dans cette bulle calme, je peux respirer, au moins un instant. Ainsi, je me surprends à laisser échapper ma pensée : "J'aimerais tant l'épouser."

C'est à cet instant qu'une ombre délicate se projette à mes côtés. Je ne la remarque que par sa présence discrète, mais non intrusive. Je me raidis imperceptiblement, mon instinct de survie toujours en alerte, prêt à me retirer ou à m'effacer.

– Cette peinture est bouleversante… n'est-ce pas ? murmure une voix douce et mélodieuse.

Je tourne lentement la tête. A ma droite, se tient une demoiselle, dont le visage me semble étrangement familier, sans que je puisse la situer immédiatement. En me perdant quelques instants dans ses yeux, son portrait me revient ! C'est Hilde Krahl, la jeune actrice autrichienne. Avec ma bonne fée, nous avons visionné son film : *Le Maître de Poste*, elle m'a alors dit que la première a eu lieu le 25 avril de cette année 1940. Elle est vêtue d'un tailleur de laine gris clair, et ses cheveux châtains sont coiffés avec une élégance naturelle. Son regard, d'un vert émeraude profond et teinté de mélancolie, fixe la toile, mais il porte une empathie qui me touche.

– Bouleversant, oui, je réponds, la voix plus rauque que je ne l'aurais souhaitée.

Je me déteste pour ma faiblesse ! Pour mon incapacité à masquer le désordre dans mon âme !

La jeune Fräulein se tourne sobrement vers moi. Un sourire infime éclaire ses lèvres. Il ne s'agit de celui, éclatant, des mondaines, mais d' un sourire intériorisé, presque complice.

– C'est là comme une âme mise à nu. On y voit la douleur, mais aussi… une persévérance, une lumière qui refuse de s'éteindre, brise-t-elle le silence.

Ses mots me percutent comme un train qui me roule dessus ! Pour la première fois, une personne, qui plus est une femme, en parlant d'art, paraît décrire précisément mon fardeau. Sa perception me désarme.

– Vous… vous lisez bien, je peine à dire.

– Je crois que l'art est fait pour être lu, répond-elle en jouant avec une de ses nattes ruisselantes sur sa poitrine, pas seulement vu, ajoute-elle, pose-t-elle son regard sur moi avec une douce curiosité. Je m'appelle Hilde Krahl.

J'hésite un instant, puis lui offre un baise-main.

– Isidore.

– Isidore, répète-elle.

Mon nom sonne étrangement juste quand elle le prononce.

– Vous avez un regard si… intense sur les choses, Isidore.

– Avez-vous entendu ce que j'ai pensé tout haut ? je m'inquiète, pris de panique.

– N'ayez crainte, se veut-elle rassurante, êtes-vous artiste, vous aussi ?

J'acquiesce.

– Je crée. Principalement pour habiller la beauté. Je ne me sens pas jugé, pas même examiné, uniquement observé avec une bienveillance que je n'ai pas ressentie depuis l'enfance. Et vous, mademoiselle Krahl ? Vous semblez comprendre les tourments qu'un artiste peut chercher à exprimer.

Elle laisse échapper un léger soupir.

– Je tente de les incarner. Je suis actrice.

Un sourire d'autodérision apparaît.

– Nous aussi, nous cherchons la vérité derrière le rôle, n'est-ce pas ? poursuit-elle. La vérité du cœur.

Dans le silence de la galerie, je sens une connexion s'établir. Ma rigidité habituelle commence à se desserrer. Je n'ai pas besoin de me cacher ou de me défendre avec elle. Hilde Krahl n'est pas une menace, ni une femme exigeant ce que je ne peu donner. Elle est une présence douce, compréhensive, dont la sensibilité résonne avec la mienne. C'est comme si, pour la toute première fois, une lueur attendrissante parvenait à percer les ombres de mon âme, sans me brûler…

– Je vous ai vu jouer dans *Le Maître de Poste,* j'ose lui avouer. Je vous ai trouvée si adorable, conclus-je avec fébrilité.

– C'est votre compliment qui est adorable, Isidore, sourit-elle avec une profonde reconnaissance.

Nous continuons de discuter un long moment durant. Notre conversation est fluide, délicate et profonde à la fois. Je découvre une femme pleine d'esprit, facilement rieuse, mais dont les yeux portent aussi une sagesse tranquille.

Désormais, il est temps de partir, je sens un vide inattendu se creuser.

– J'espère que nous nous recroiserons, Isidore, dit-elle en me tendant sa main.

Son toucher est doux, apaisant.

– Je l'espère aussi, Hilde, je réponds par un baise-main.

Un rare sourire s'épanouit sur mon visage. Je la regarde s'éloigner, le cœur plus léger, une toute petite graine d'espoir vient de se planter au fond de mon âme. Un sentiment que je croyais à jamais perdu. La porte se referme, mais l'écho de sa voix, et la sensation de notre connexion surprenante, continuent de vibrer en moi.

La porte de la maison d'Hilde s'ouvre et se rabat doucement derrière mon dos. Le bruissement feutré des tapis, l'odeur familière du jasmin et de la cire d'abeille m'enveloppent. Je pose les clés sur la petite console d'entrée, mais mon geste lent, presque hésitant, porte encore l'écho d'une musique lointaine. Je traverse le petit couloir, le pas plus léger qu'à l'accoutumée. Les ombres habituelles qui s'accrochent à mes pensées semblent avoir reculé, laissant place à une clarté soudaine.

Hilde, confortablement installée dans un fauteuil du salon, lit un livre de mode. Elle lève les yeux au son de mes pas.

– Alors, mein schatz. De retour de ta quête du silence ? La galerie t'a-t-elle offert la paix que tu cherchais ?

Lorsque j'entre dans la pièce, un sourire à peine perceptible étire mes lèvres. Un sourire authentique, si bien qu'Hilde, habituée à ma gravité, le remarque instantanément.

– Plus que la paix, meine gute Fee. Bien plus.

Je m'approche de la fenêtre, contemplant la rue en contrebas, mais mes yeux voient bien au-delà. Intriguée, Hilde pose son livre.

– Oh ? Et qu'est-ce qui a pu avoir un tel effet sur toi, mon énigmatique Isidore ? Une toile qui a révélé un secret ?

Je me tourne vers ma Fräulein, le regard à la fois rêveur et d'une intensité profonde.

– Quelque chose… ou plutôt quelqu'un. J'ai rencontré une jeune demoiselle. Elle était devant un portrait, une œuvre sombre, mélancolique… et pourtant, en discutant avec elle, la lumière a paru plus vive.

Hilde me regarde attentivement, une lueur de curiosité malicieuse dans ses yeux.

– Une demoiselle, dis-tu ? Et quelle jeune fille a donc réussi à pénétrer les profondeurs de ton âme, Isidore ?

– L'actrice du *Maître de Poste*. Elle possède un regard… Elle voit. Et elle comprend, je crois.

Hilde cligne des yeux. Un léger choc traverse son visage, toutefois vite effacé par un sourire chaleureux. Elle m'a suggéré cette galerie. Le nom d'Hilde Krahl lui vient instinctivement, mais elle ne s'attendait pas à ma réaction.

– Ah, oui. Hilde Krahl. Une jeune femme charmante, pleine de sensibilité. Je vois. La mélodie silencieuse, donc. J'ai eu un bon pressentiment, mon cher. Vraiment, un très bon pressentiment.

À ses paroles, j'hoche la tête, un nouvel éclat dans les yeux. Le salon est soudain moins étouffant, les ombres moins lourdes. La promesse d'une connexion nouvelle plane dans l'air, une bouffée d'espoir dans le monde froid qui m'entoure.

– Puis-je… m'allonger dans tes bras, meine gute Fee ? lui dis-je fébrilement.

– Bien sûr, mon trésor, mes les ouvrent-elle, chaleureusement.

Ainsi, allongé, je m'endors sur sa poitrine.

Chapitre XIV

Dans une boutique de haute couture aérée et lumineuse de Berlin, les rayons du soleil d'été filtrent à travers de larges fenêtres, illuminant des étoffes légères - soies vaporeuses, lins fins et coton brodé - qui flottent dans l'air embaumé d'un parfum délicat de camélia.

Envoyé par ma bonne fée pour "observer les tendances", les mains plongées dans une cascade de voile de coton ornementé, j'analyse la délicatesse du travail, la façon dont le motif floral prend vie sous mes doigts. Dans cet environnement de luxe, loin des bruits de la rue, je me sens presque en sécurité, puisque la création est mon refuge.

Une douce mélodie s'élève, le tintement cristallin de la clochette au-dessus de la porte annonce une nouvelle entrée. Je ne lève pas les yeux immédiatement, absorbé par la complexité de la broderie d'une robe. Puis, je sens une présence, une aura de calme, de distinction qui rompt le murmure habituel de la boutique. Mon regard se lève, enfin.

Une femme se tient là, éclairée par la lumière estivale. Elle porte une robe d'un blanc cassé, coupée avec une simplicité exquise qui met en valeur sa silhouette élancée. Sa chevelure d'un noir profond est relevée avec une grâce naturelle, loin des parures lourdes, quant à ses traits fins aux yeux sombres perçants, ils dégagent une intelligence sereine, une sorte de dignité silencieuse. Cette femme n'a pas l'opulence flamboyante de certaines actrices, mais une élégance pure, presque architecturale. Je la trouve d'emblée fascinante.

Elle s'approche d'un portant de robes d'été, son mouvement fluide et mesuré. Ses doigts effleurent un tissu avec la même délicatesse que je viens d'utiliser. Nos regards se croisent un instant. Les siens, emplis d'une curiosité discrète, se posent sur moi.

– Ce lin est d'une finesse remarquable, dit-elle, la voix posée et légèrement grave, d'une clarté étonnante avec un soupçon d'accent. On ne le trouve que très rarement aujourd'hui.

Mes yeux s'écarquillent, mais je reste touché par sa justesse d'observation.

– C'est vrai. Chaque fil semble respirer. C'est une qualité qui se perd, dis-je avec ma réserve habituelle, teintée d'une sincérité palpable.

Un fin sourire apparaît sur ses lèvres, d'une courbe subtile et ravissante.

– La beauté, comme la qualité, se fait plus rare. C'est peut-être à nous, qui la percevons, de la préserver. Je m'appelle Maria. Maria Von Tasnady.

Elle me tend la main, son geste est d'une prestance innée. Je la saisis, son toucher est doux mais assuré.

– Isidore. Je suis couturier.

Son regard s'attarde un instant sur mes doigts fins et artistes, puis remonte vers mes iris.

– Ah, je vois. C'est un don, Isidore. Pour percevoir l'essence des choses.

L'assistante de vente, qui vient d'arriver à nos côtés, prend la parole, coupant court à notre échange. Maria me fait un signe de tête poli et se détourne pour essayer le lin qu'elle a admiré.

Je reste immobile, le souvenir de ses mots flotta dans l'air, mêlé au léger parfum floral de la boutique. Sans avoir conscience de qui elle est, je suis captivé par cette présence estivale, par la profondeur de son regard et la simplicité de son raffinement. Elle est une énigme ensorcelante, une nouvelle mélodie de mon existence. Je sais, sans savoir pourquoi, que cette rencontre n'est pas anodine.

– Pardonnez-moi, mademoiselle, j'interpelle l'assistante de vente, connaissez-vous cette dame au lin blanc ? j'ajoute d'un geste de la main.

– Nein, Herr. C'est bien la première fois que je la vois dans notre boutique, dit-elle d'un air énigmatique.

Je quitte le magasin, l'esprit encore tourmenté par cette rencontre inattendue. Ma journée se termine avec une nouvelle fascination : celle pour une femme d'une rareté presque éthérée.

Le claquement feutré de la porte d'entrée résonne dans le hall de la maison d'Hilde. Je retire mes gants de satin, l'esprit encore suspendu au raffinement de Maria et à la texture du lin qu'elle a effleurée. Je pénètre dans le salon, le pas hésitant. Assise sur le canapé où Hilde aime lire, une femme lève les yeux d'un livre d'art. Le même livre, peut-être, que celui que je tenais avant de partir à la galerie l'autre jour. C'est Hilde Krahl.

Un sourire doux éclaire son visage, et l'écho de notre conversation sur la toile refait surface à ma mémoire. Pris de surprise, une vague de chaleur soudaine submerge l'étrange fascination que j'ai ressentie ce jour-là.

– Isidore, brise-t-elle le silence, je ne m'attendais pas à vous voir si tôt. Ou plutôt, je ne m'attendais pas à vous voir du tout, Si tôt après notre dernière rencontre.

Avant que je ne puisse répondre, la voix joyeuse et théâtrale de ma bonne fée retentit depuis l'embrasure de la porte du boudoir. Elle resplendit dans une robe de soirée en satin, ses cheveux parfaitement coiffés, un collier de perles brillant à son cou.

– Ah, mein schatz, te voilà ! Pile à l'heure ! Et comme tu es charmant, admire-t-elle ma chemise blanche aux manches longues relevées, portée près du corps. J'étais justement sur le point de partir.

Je la regarde, avant de porter mon attention sur Hilde Krahl, une question muette dans les yeux.

– Hilde, tu…

Elle s'approche, posant une main légère sur mon bras.

– Oui, trésor. J'ai une réception impérative ce soir. Un de ces dîners où l'on sourit sans raison et où l'on rit aux blagues sans humour. La vie de star, tu sais, conclut-elle avec une moue théâtrale.

Elle se retourne vers son homonyme, avec un clin d'œil complice.

– Et je ne pouvais laisser mon cher Isidore seul. Tu sais comme il est… enclin à la mélancolie quand les ombres s'allongent. Et toi, ma douce Hilde, tu possèdes cette lumière tranquille qui saura les chasser. J'ai pensé que ta compagnie lui serait infiniment plus agréable que celle d'un livre ou de ses propres pensées parfois trop sombres.

À cet instant, je sens mes joues rougir, à la fois touché par sa sollicitude, et par le fait d'être ainsi exposé dans ma vulnérabilité. Mais en regardant la jeune Fräulein Hatheyer, je ne vois aucun jugement, seulement une douce compréhension dans ses iris.

– Ce sera un plaisir, Isidore, répond-elle d'une voix attendrissante, nous pourrons parler d'art, de poésie, de tout ce qui peut apaiser l'âme.

D'un rapide geste de la main, mein gute Fee nous envoie un baiser soufflé, et se dirige vers la sortie.

– Excellent ! Je suis entre de bonnes mains. Amusez-vous bien, mes chers ! Ne m'attendez pas trop tard.

La porte se referme derrière elle, me laissant seul avec la jeune demoiselle dans le salon baigné d'une lumière déclinante. Le silence s'installe, mais cette fois, il n'est pas lourd d'inquiétude, mais d'une attente délicate. Je regarde Hilde, le cœur empli d'une gratitude imprévisible pour sa présence qui, je le sens, promet de tenir mes ombres à distance.

Je me tiens près de la fenêtre, dans un calme doux, dont le froissement des pages sous les doigts d'Hilde résonne comme une brise subtile. Le regard perdu dans l'obscurité grandissante de la rue, le souvenir de l'élégante Maria s'efface peu à peu devant la présence tangible et apaisante de la jeune femme dans le salon.

Sans un bruit, elle ferme délicatement son livre, et le pose sur la table basse. Elle ne me presse pas, et ne m'oblige pas à la conversation. Elle comprend intuitivement que j'ai besoin de ce répit, de cette tranquillité. Sa seule présence est un baume.

Au bout d'un long moment, je me retourne. Nos regards se rencontrent dans la douce lumière des lampes. Il y a dans ses yeux une profondeur sereine, une invitation discrète à la confiance.

– Ce tableau que vous regardiez, à la galerie… il avait quelque chose d'une mélodie silencieuse, vous ne trouvez pas ? Une tristesse que l'on entend uniquement en l'écoutant vraiment.

Sa voix est un murmure séraphique, tissé de délicatesse.

Je hoche la tête lentement, reconnaissant le fil d'Ariane qu'elle me tend. Mes muscles se détendent, une tension dont je n'avais même pas conscience, se relâche.

– Oui, une mélancolie… qui ne demandait rien. Juste être perçue. Être comprise.

Je m'avance dans le fauteuil en face d'elle, le corps un peu moins raide que d'habitude.

– C'est souvent le cas avec ce qui nous touche le plus. Les émotions les plus profondes sont parfois les plus discrètes. Elles ne hurlent pas, elles retentissent. Vous y êtes sensible, Isidore. Je l'ai ressenti.

Son observation n'est pas intrusive, mais révèle une perception aiguë. Je me sens tout à coup étrangement à l'aise avec cette demoiselle. Sans effort, elle paraît lire les nuances de mon âme.

– Je crois… que les voix trop fortes m'ont toujours effrayé. Elles assourdissent, elles masquent, dis-je d'une voix adoucie… teintée d'intimité.

Un fin sourire se dessine sur ses lèvres.

– Oui. Comme une musique jouée trop fort. On en perd les notes. La vraie beauté se trouve souvent dans les silences entre elles, dans les teintes subtiles qu'il faut chercher. C'est ce que je cherche dans mes rôles. La vérité non dite d'un personnage.

Sans vouloir l'interrompre, Hilde se met à parler de son art, non comme une star, mais bien comme une artisane, tâchant d'y trouver la vérité dans chaque geste, chaque expression. Je l'écoute avec fascination. Je la questionne sur la façon dont elle a habité son personnage de Dunja dans *Le Maître de Poste.* Comment parvient-elle à trouver l'émotion juste sans la surjouer.

Dans la fluidité de notre conversation, je me mets à lui parler ouvertement de mon art, de mon processus de création, de la manière dont je vois le tissu comme une seconde chair qui doit exprimer l'âme de celle qui le porte.

Le temps s'étire, suspendu dans l'air tiède du salon. Les ombres que ma bonne fée craignait de voir s'installer autour de moi n'ont pas le temps de s'approcher. Elles sont chassées par le chuchotement des âmes qui se reconnaissent, par la délicate lueur d'une conversation fortuite.

L'obscurité derrière les rideaux est plus dense, plus lourde. Le calme de la nuit enveloppe la pièce, interrompu par le tic-tac léger d'une horloge ancienne sur la cheminée. Nos voix se font plus rares, mais nous restons dans le confort de la présence de l'autre. Nous sommes assis, face à face, des tasses de tisane tiède posées entre nous sur la table basse. La conversation a dérivé vers un poème sur des arias oubliées, et sur la façon dont l'art peut laisser son empreinte dans un monde tumultueux. Habituellement si réservé, je m'étonne moi-même de la facilité avec laquelle j'ai partagé mes fragments de pensées les plus intimes avec elle.

Les yeux rivés sur l'horloge, la jeune actrice laisse échapper un léger soupir, teinté d'une douceur amusante.

– Oh là là, s'exclame-t-elle, d'une voix basse et tendre. Le temps s'est envolé comme un oiseau. Il doit être… bien tard. Hilde se fait attendre, mais je crains qu'elle n'ait été retardée par l'une de ces discussions interminables sur l'avenir du cinéma.

Je jette un coup d'œil à l'heure : près de deux heures du matin. Je suis surpris de la rapidité avec laquelle la soirée s'est écoulée. Une pointe de regret me traverse à l'idée que ce moment d'apaisement touche à sa fin.

– Déjà ? Je… je n'ai pas vu l'heure. Ce fut…

Hilde me coupe d'un doux geste de la main.

– Ce fut une soirée précieuse, Isidore. Mais même les moments les plus doux doivent céder la place au repos. Vous avez l'air fatigué. Et vos yeux… ils ont dû travailler dur aujourd'hui.

La délicate autrichienne se penche légèrement vers moi, le regard empreint d'une sollicitude modérée.

– Je pense qu'il serait sage d'aller vous reposer. Vous savez, les ombres de la nuit peuvent devenir plus… insistantes, quand on est seul et éveillé.

Je me sens rougir à la mention des "ombres", le rappel des paroles de ma bonne fée. En une fraction de seconde, je suis exposé, mais sans jugement. Avec Hilde Krahl, il s'agit d'une invitation à se laisser aller, à faire confiance.

– Et vous ? je demande, hésitant,vous allez attendre Hilde ?

Un sourire apaisant éclaire son visage.

– Oh, ne vous inquiétez pas pour moi. Je peux lire encore un peu. Ou simplement écouter le silence de la maison. Je ne suis pas une enfant. Et puis, la maison n'est jamais vraiment vide quand on sait l'écouter.

Elle me regarde avec une telle tendresse que je ne peux refuser. La fatigue commence à se faire sentir, et l'idée de me laisser bercer par le sommeil dans cette atmosphère de sérénité, après une soirée si inhabituelle, me semble soudain très attrayante.

– Vous avez raison, dis-je en détournant les yeux. Je… je devrais. Ce fut une belle soirée… merci, Hilde. Pour tout.

Je me lève, un peu maladroitement, mais avec une légèreté nouvelle. Hilde se lève à son tour avec ses mouvements fluides.

– Reposez-vous bien, Isidore. Que vos rêves soient doux. La lumière revient toujours.

Je l'admire une dernière fois, cette jeune demoiselle qui a su chasser mes fantômes le temps d'une soirée, sans même les nommer. Je m'incline doucement, puis me dirige vers ma chambre, le cœur étrangement apaisé. Le silence derrière moi est rempli de la tendre présence d'Hilde, qui veille sur la maison, et sur moi.

Chapitre XV

La lumière du matin filtre à travers les rideaux, peignant des motifs lumineux sur le mur de la chambre. Je m'éveille lentement, d'un étirement paresseux, une sensation inconnue de légèreté plane comme une auréole au-dessus de moi. Pour la première fois depuis longtemps, j'ai dormi d'un sommeil profond et sans entrave, dénué des cauchemars et des angoisses bien trop fréquentes. L'écho des rires d'enfants jouant dans la rue me parvient.

Je me lève, un peu étonné par cette clarté d'esprit. La présence d'Hilde Krahl de la veille, sa voix séraphique, les silences partagés : tout cela persiste encore comme une douce aria. Je sens subitement le besoin d'aller voir si elle est toujours là.

En sortant de la chambre, je traverse le couloir, la tranquillité de la maison témoignant de l'absence de ma bonne fée. J'arrive dans le salon, caressé par le soleil matinal. Les coussins portent encore l'empreinte de nos corps, les tasses de tisane vides trônent sur la table basse.

C'est ici, posé délicatement à côté de ma propre tasse, que je remarque un petit carré de papier élégant, plié en deux. L'écriture est fine, gracieuse, d'une régularité apaisante. Le mot d'Hilde Krahl.

Je le déplie avec une curieuse appréhension, tandis que mon cœur se met à battre un peu plus fort.

"Isidore,

Le temps passe plus vite quand l'âme est en paix. J'ai dû partir tôt, avant que le soleil ne dissipe entièrement la magie de la nuit. J'espère que vous avez dormi d'un sommeil sans ombres, et que cette lumière du matin vous trouvera apaisé.

N'oubliez-pas : la beauté est aussi dans les silences. Et l'espoir, même le plus fragile, peut éclairer les chemins les plus sombres.

À une prochaine "mélodie", je l'espère.

Avec toute ma considération,
Hilde."

Je lis le message une fois, puis deux fois. Un sourire doux et sincère se dessine sur mes lèvres. Une chaleur se propage en moi : le réconfort d'une connexion véritable et sans exigence. La lettre n'est pas une promesse grandiloquente, mais une tendre affirmation de notre rencontre, une invitation sans voix à la poursuite.

Je plie soigneusement le papier et le glisse dans la poche intérieure de ma veste. Le soleil inonde la pièce, et pour la première fois depuis longtemps, je sens qu'une fenêtre s'ouvre en moi, laissant entrer un air frais et un espoir nouveau. Mes démons n'ont peut-être pas disparu, cela-dit, ils paraissent bien moins menaçants sous cette lueur naissante.

Soudain, trois coups brutaux retentissent à la porte d'entrée. Un bruit trop sonore, trop impérieux pour la charmante demeure. Un frisson parcourt mon échine.

Le visage blême, je fixe la porte s'ouvrir avec fracas, sans la moindre réaction. Derrière moi, Hilde, impeccable dans une robe de jour sobre, se tient droite, le corps tendu comme une corde de violon. Ses yeux, d'habitude si expressifs, sont réduits à des fentes prudentes, me lançant un avertissement silencieux.

– Entrez, Herr Kessler.

Sa voix est glaciale, dénuée de toute chaleur, ne trahissant que sa colère contenue.

L'homme qui s'avance est une incarnation de la discipline et de la menace. Herr Kessler. Costume sombre, chemise d'un blanc pur, cheveux brillants de gomina. Il n'a pas besoin de hausser la voix, l'autorité émane de lui telle une vague de froid. Deux laquais en uniforme discret se postent à la porte, mutins et immobiles.

Mein gute Fee ne recule pas. Au contraire, elle se rapproche de moi, au point que son souffle murmure à ma nuque. Le port de tête d'une reine, contrainte à l'audience : une ligne fine et dure remplace son sourire habituel. Hilde ne montre aucune peur, aucune soumission apparente, mais je déduis sans mal sa tension débordante, une force maîtrisée prête à se briser.

– Frau Hildebrand. Herr Julian, n'est-ce pas ? Je m'appelle Herr Kessler. Adjoint du Reichsminister Goebbels.

Ce nom : “Goebbels”, il le prononce comme une sentence qui écrase l'air déjà lourd. Ma Fräulein cligne des yeux une seule fois, un geste infime, la seule fissure dans sa façade. Ses doigts se serrent imperceptiblement au bras autour du fauteuil.

– Nous avons des échos de votre talent, Herr Isidore. Vos créations… Le ministre est informé de votre potentiel.

Il me dévisage avec une froideur clinique, comme on évalue une ressource.

– La culture est le reflet de l'âme de notre nation, poursuit-il. Et le cinéma, Herr Julian, est l'outil le plus puissant pour former cette âme. Nous avons besoin de talents comme le vôtre.

Hilde analyse chacun de ses mots, chacune de ses inflexions de voix. Elle respire à peine, ses yeux rivés sur moi me transmettent un message muet : ne rien faire qui puisse nous mettre en danger. Elle sait parfaitement que la résistance est futile, la survie, la seule option.

– Le Ministre Goebbels est d'avis que vous devriez mettre votre art au service du Reich. Vous serez le styliste principal pour les tenues de scène de nos plus grandes actrices. Pour les films qui inspireront notre peuple. Kristina Söderbaum, dont la pureté et la force morale doivent être magnifiées. Ou Jenny Jugo, dont la gaieté doit refléter la vitalité de notre nation. Et même Irene Von Meyendorff, dont l'élégance doit incarner notre raffinement culturel.

À chaque nom prononcé, un nuage sombre passe dans les yeux d'Hilde. Elle connaît ces femmes, ses collègues, ses amies parfois, désormais réduites à des instruments d'une idéologie. La douleur de cette instrumentalisation se reflète dans son regard, vite dissimulée.

– Mon travail est plus… artistique. Non politique, j'ose tout juste répondre d'un timbre à peine audible.

Hilde voit la lueur dangereuse dans les yeux de Kessler. Son cœur se comprime. Elle n'a pas le temps de l'arrêter.

– Herr Isidore, réplique-t-il avec fermeté, aujourd'hui, tout est politique. L'art, la beauté, le silence. Le Ministre Goebbels vous offre une opportunité. Une chance de servir, de briller. Votre refus… ne serait pas compris. Frau Hildebrand, je sais que vous comprenez l'importance de ce que je dis. Herr Isidore est désormais sous l'égide du Reich. Nous attendons ses premières esquisses dans les plus brefs délais.

L'homme fait un bref signe de tête à Hilde, un geste qui se veut une marque de respect, mais lourd de menaces. Puis, il se retourne et quitte le salon, suivi de ses acolytes. La porte claque. Le silence se fait plus assourdissant que n'importe quel cri.

Ma bonne fée reste un instant immobile, figée, le regard vide. Après quoi, comme si l'on avait coupé une corde sensible, sa carapace se brise. Ses épaules s'affaissent. Elle se laisse tomber lourdement sur le canapé, livide. Ses mains tremblent. Elle les porte à ses tempes qu'elle frotte vigoureusement comme pour effacer le cauchemar.

– Des salauds. Des putains de salauds ! crie-t-elle d'une voix au souffle rauque, pleine d'une colère sourde et d'une amère résignation. Ils souillent tout ce qu'ils touchent. L'art, la beauté… ils transforment même nos âmes en engrenages pour leurs machines infernales.

Hilde lève les yeux vers moi. Désormais, la peur et la tristesse se lisent ouvertement sur son portrait.

– Je suis désolée, Mein Schatz. Tellement désolée. Je savais que cela arriverait un jour, qu'ils finiraient par s'intéresser à ton talent. Mais je pensais avoir encore un peu de temps… Nous n'avons pas le choix, Isidore. Si tu refuses…

Elle secoue la tête, le mot non dit “camp” plane, trop horrible pour être prononcé.
– Ils ne plaisantent jamais. Tu dois le faire.
Elle vers moi une main tremblante, que je saisis, et je m’écroule à mon tour à côté d’elle.
Je la regarde, compatissant et impuissant, le cœur lourd d’une répulsion grandissante.
– Mon art… pour eux ? je demande d’une voix brisée. Pour habiller leurs mensonges ? Je ne peux pas, meine Schonheit. Je ne peux pas.
Hilde se lève brusquement. Le corps tendu par une détermination nouvelle, ses yeux retrouvent une lueur stratégique malgré la douleur.
– Non ! Tu ne peux pas te permettre de ne pas pouvoir ! Écoute-moi bien, Isidore. Tu vas le faire. Tu vas faire ce qu’ils te demandent. Mais… pas ici. Pas sous mon toit, pas sous ma protection directe. Je suis trop visible. Ma propre vie est un numéro d’équilibriste, et ton lien avec moi pourrait te nuire plus qu’autre chose maintenant que Goebbels a posé ses yeux sur toi.
Je la regarde, les sourcils froncés par l’incompréhension.
– Que veux-tu dire ? Où… où vais-je aller ?
Hilde se dirige vers la fenêtre, le regard plongé dans la rue, à la recherche d’une solution. Ses doigts tambourinent d’un rythme nerveux sur le cadre.
– Il me faut quelqu’un qui puisse te protéger, te donner un autre rempart. Quelqu’un dont la position est inattaquable, dont l’aura est différente de la mienne, moins “scandaleuse” pour eux, plus… classique, plus solide. Une femme de principe. Une force tranquille.

Elle se retourne, et me fixe ardemment.
– Dorothea Wieck.
Son nom, prononcé avec cette gravité, me surprend.
– Dorothea Wieck ? Mais… je ne la connais même pas. Pourquoi elle ?
- Dorothea est une femme d'une intégrité rare, dit-elle d'une voix calme, en pesant chaque mot. Elle est respectée, même par les plus zélés. Son talent n'est jamais remis en question, et ses films, bien que populaires, ont souvent une profondeur qui les met à l'abri des accusations de pure propagande primaire. Elle incarne l'élégance, mais une élégance forte, pas fragile. Elle a aussi… des accointances. Dorothea saura te guider, te donner des "conseils" sur la manière de te mouvoir dans leur monde sans te briser. Elle possède une aura de respectabilité qui peut servir de bouclier. Et surtout, je lui fais confiance. Elle comprendra.
Ma bonne fée s'approche de moi, enroulant ses bras autour de mon cou, son regard perçant le mien.
– Tu vas déménager, mein schatz dès que je pourrai l'organiser. Tu vas t'installer chez elle, sous son aile. Officiellement, tu seras son couturier personnel, tu travailleras sur ses prochains films. Mais en réalité, elle sera ta protectrice. Elle te cachera des regards trop insistants, elle t'apprendra à exister dans l'ombre tout en brillant à la lumière. C'est le seul moyen que j'ai de te garder en sécurité, et de garder ton art en vie, même si cela est sous contrainte.
Durant un instant, je reste sans voix, abasourdi par la rapidité et la radicalité de sa décision. Une part de mon être se sent une fois de plus déraciné, arraché à ce lieu devenu un refuge. Mais

d'autre part, je comprends la puissance de cette protection inattendue, ce sacrifice silencieux qu'Hilde est prête à réaliser.

– Partir… De chez toi, meine Süße ? dis-je d'un murmure.

Ses mains se posent sur mon visage, que je referment de la mienne. Une muette mélodie d'amour et de douleur.

– Je sais, mon trésor, répond-elle, les yeux embués. C'est pour ton bien. Ma lumière est trop vive, sourit-elle avec ironie, elle attire l'attention. Toi, tu dois apprendre à te mouvoir dans l'ombre, à devenir une mélodie silencieuse qu'ils ne pourront pas saisir. Dorothea t'offrira cet abri. J'organiserai tout.

Les mots sont prononcés. Une nouvelle page se tourne pour moi. Une page vers la survie. Me plongeant plus encore au cœur du paradoxe du Troisième Reich.

Ainsi, nous nous allongeons. Nous nous câlinons, tentant d'apaiser notre peine. Du revers de mes doigts, je caresse le visage de ma protectrice, tentant d'effacer ses larmes…

Chapitre XVI

Les deux jours après l'incident sont marqués une tension palpable, même dans le calme de la demeure. La présence de ma protectrice n'est plus qu'une forteresse ébranlée, ses rires sont rares, son regard constamment préoccupé. Elle s'affaire sans relâche, multipliant les coups de fil, ses mots chuchotent dans l'écouteur, souvent accompagnée d'un soupir d'agacement ou de frustration.

Quant à moi, j'ai l'impression de n'être qu'un pantin aux fils coupés, en attente de la sentence, de la prochaine étape de ma vie que je ne contrôle plus. Le mot d'Hilde Krahl, malgré sa douceur, ne parvient plus à dissiper complètement le nuage noir menaçant du Reich qui s'abat sur moi. L'élégance de Maria, de la boutique, me semble désormais ironique : une chimère de liberté dans un monde qui se referme.

Ce matin du troisième jour, meine Süße me rejoint dans le salon, une valise de voyage en cuir posée à ses pieds. Cela me rappelle étrangement Gerhild lors de sa pièce de théâtre… Ses yeux sont cernés, mais son port, reste malgré tout, altier.

– C'est réglé, mein schatz. Dorothea est d'accord : elle t'attend, dit-elle d'une voix douce, empreinte d'une mélancolie résignée.

Face à l'inévitable, un pincement me traverse le cœur.

– Si vite ?

Elle s'approche de moi, le regard empli d'une sollicitude maternelle.

– Plus vite nous agirons, moins ils auront le temps de respirer sur nos cous. Dorothea est déjà en train de préparer les premières ébauches pour son prochain film. Tu seras officiellement son styliste privé, sous contrat avec la *UFA*. C'est le meilleur camouflage.
Elle s'arrête devant moi, ses mains saisissant les miennes.
– Tu vas terriblement me manquer, ma protectrice, retené-je mes larmes.
– Et toi, ma béquille artistique, mon confesseur silencieux. Mais nous ne sommes pas loin. Juste quelques rues plus discrètes. Tu viendras me voir quand tu le pourras. Nous devons simplement être prudents.
Hilde me serre une dernière fois les mains, puis tourne les talons en direction de la porte. La voiture nous attend, une berline noire aux vitres opaques. Le court trajet s'accomplit sans un bruit, dans l'air lourd de l'adieu. Hilde me tient la main, son pouce caressant lentement ma chair.

Nous voici arrivés devant une charmante maison de ville, plus à l'abri des regards que celle d'Hilde, mais d'une grande distinction. La porte s'ouvre presque aussitôt, et Dorothea Wieck apparaît. Elle se tient là, grande et droite, dans une robe simple mais parfaitement ajustée. Son portrait, bien que sans fard excessif, est d'une beauté grave. Ses yeux gris m'observent avec une intensité à la fois curieuse et bienveillante. Il n'y a pas de sourire forcé, pas d'exubérance. Juste une présence calme et forte.
Sa voix est chaleureuse, mais posée.
– Hilde, je suis ravie de te revoir. l'embrasse-t-elle.
– Isidore, entrez.

Bien que leur amitié soit sincère, l'échange de regards en dit plus long que des mots. Une entente tacite entre deux femmes contraintes de jouer une partie dangereuse.

– Je te le confie, Dorothea. Prends bien soin de lui, me balaye-t-elle du regard. Son âme et son talent… sont précieux.

Les yeux perçants de son amie se posent sur moi.

– Je veillerai sur lui, Hilde. Je veillerai sur son talent.

Mes membres s'alourdissent, un mélange d'épuisement et de soulagement. Nous échangeons un dernier regard avec ma protectrice. Les yeux larmoyants, elle esquisse un faible sourire, un mélange de peine et de fierté. De la paume de sa main, elle me caresse le visage, et je lui offre un dernier baiser. Il n'y a rien d'autre à ajouter, nous nous sommes déjà tout dit. C'est notre au revoir. Peut-être notre adieu, suspendu dans l'air. Un départ contraint vers l'inconnu. Puis, elle tourne les talons, remonte dans sa voiture, et s'éloigne.

Désormais, je me retrouve seul avec une jeune femme que je n'ai jamais croisée, dans le hall de cette nouvelle maison. L'air est différent ici, plus sobre, plus… austère. Une page blanche s'ouvre, celle de la "mélodie silencieuse" que je dois apprendre à jouer sous le regard scrutateur du régime, sous la protection d'une femme dont je ne connais rien.

Immobile, la porte se referme devant moi, coupant le lien ténu avec le départ d'Hilde. Le silence de cette demeure est moins familier que celui de la précédente, plus… imposant. Le hall, bien que moins opulent, respire une élégance simple, des lignes pures et des couleurs tamisées. Des toiles modernes, dont je reconnais le style audacieux d'artistes d'avant-garde, ornent les murs. Un étrange contraste avec le climat artistique actuel.

Dorothea se tient devant moi. Sa stature, sa dignité naturelle, emplissent l'espace sans l'écraser. Son regard profond m'analyse, sans curiosité déplacée, mais avec une intensité qui semble chercher au-delà de la surface.

– Bienvenue, Isidore. Votre valise sera portée dans votre chambre.

Sa tessiture est grave, posée, sans la moindre trace de sentimentalité forcée. Elle ne cherche pas à me consoler avec des mots vides, mais sa présence dégage une forme de solidité rare, une solidité qui me fait penser à celle de Paula Wessely.

– Merci, madame Wieck, je réponds d'une voix hésitante. C'est… c'est très aimable à vous.

Elle hausse légèrement l'épaule.

– La situation est ce qu'elle est. Hilde m'a tout expliqué, poursuit-elle, le regard assombri un instant. Je ne suis pas une femme de grands discours. Mais je suis une femme d'engagement. Et j'ai beaucoup d'estime pour le talent.

L'actrice fait un geste de la main vers le salon contigu, plus lumineux, aux grandes fenêtres donnant sur un petit jardin intérieur.

– Vous devez être fatigué de ce voyage… et de ce qui l'a précédé. Venez. Je vais vous faire un thé. Nous parlerons du travail plus tard. Pour l'instant, vous avez besoin de reprendre pied.

Elle ne me laisse pas refuser. Son autorité n'est pas celle de Herr Kessler, mais invitante, enveloppante, bien qu'elle me paraisse distante. Dorothea marche devant moi, la démarche légère et élégante, même dans la simplicité de sa tenue de maison.

Dans le salon, l'atmosphère est lumineuse, sereine. Des livres remplissent les étagères, des partitions de musique reposent sur le piano à queue. Une grande table de travail trône près d'une fenêtre, baignée de lumière. Un espace de création.

La jeune femme me désigne un fauteuil confortable. Elle-même se dirige vers un petit meuble de service, où elle prépare le thé avec des gestes précis et silencieux. Dorothea ne pose aucune question intrusive sur mes émotions, mon passé, ou même la visite de Kessler. Elle m'offre un refuge, non un interrogatoire.

Lorsqu'elle me tend la tasse fumante, nos doigts s'effleurent. Je sens la chaleur de la porcelaine et la force tranquille émanant de cette beauté allemande.

– Vous êtes ici en sécurité, Isidore. Autant que cela soit possible, tout du moins. Votre art aussi. Je sais ce que c'est que de devoir plier sans se briser.

Son regard me transperce un moment, et je comprends qu'elle porte elle aussi ses compromis, ses propres résistances silencieuses. Je ne suis pas seul dans cette lutte, et sa protection n'est pas une simple formalité, c'est l'acte conscient d'une âme sœur dans l'adversité. Pour la première fois depuis l'irruption de Kessler, je sens poindre une infime lueur d'espoir à l'horizon, non pour la liberté, mais pour la survie de mon essence.

Chapitre XVII

Depuis des semaines, les journées s'organisent autour des exigences du studio et des rituels calmes de la maison. Le travail est intense, mais Dorothea, fidèle à sa promesse, veille à ce que je dispose d'un espace où ma créativité, bien que carcante, puisse encore respirer. Je couds les robes que j'ai dessinées pour qu'elle les porte sur le tournage de son prochain film : *Knopf Hoch Johannes !* Le projet raconte les exploits d'un jeune allemand durant la Seconde Guerre mondiale en Argentine. Des vêtements qui doivent refléter une certaine "esthétique germanique", mais sous l'œil attentif de l'actrice, je parviens parfois à y glisser une ligne inattendue, une texture subtile, un murmure de ma vision.

Un après-midi, je me penche sur mon carnet de dessins, traçant la chute d'une étoffe pour une robe de soirée de Dorothea. Le silence de la pièce n'est brisé que par le léger crissement de mon crayon. Elle entre, sans bruit, une tasse de café à la main. Elle s'arrête un instant pour observer mon travail, son regard perçant, mais jamais intrusif.

– Ces lignes sont… audacieuses. Elles dansent, dit-elle d'une voix douce, mais d'une clarté habituelle, la tête penchée au-dessus de moi.

Je lève les yeux et esquisse un sourire discret. J'apprécie sa capacité à percevoir au-delà de la simple technique.

– La robe doit avoir sa propre mélodie, n'êtes-vous pas d'accord ?

Dorothea hoche la tête, puis s'assoit dans un fauteuil non loin, posant sa tasse. Son regard s'arrête sur moi, et un fin rictus énigmatique apparaît sur ses lèvres.

– Je crois comprendre que vous avez… une nouvelle amie dans l'industrie. Quelqu'un qui apporte une mélodie très différente, cette fois.

À ses mots, la rougeur monte à mes joues. Je pense spontanément à Ilse. Je l'ai rencontrée chez Hilde, lors d'une soirée que j'oublierai jamais. Sa joie de vivre, sa spontanéité et son rire cristallin contrastaient vivement avec la gravité de mes journées. Nous avons partagé quelques pauses déjeuner ensemble, à discuter de tout et de rien.

– Ah… Ilse Werner. Oui. Nous nous sommes rencontrés chez Hilde. Je l'adore. Elle est… si solaire.

La jeune femme m'observe attentivement, sondant mon regard.

– Solaire, en effet. Une véritable étoile pour égayer les ombres. Elle est d'une légèreté… rafraîchissante, n'est-ce pas ? Surtout quand l'air est parfois si lourd.

Un sourire sincère se dessine sur mes lèvres.

– Oui, elle chante beaucoup, même entre les prises. C'est… contagieux. C'est une bouffée d'air frais, vraiment.

Dorothea prend une gorgée de son café, sans me quitter des yeux.

– Je l'imagine. Sa popularité est immense. Elle a cette capacité à apporter la joie, même dans les moments les plus sombres. C'est un don précieux, surtout aujourd'hui.

Elle s'interrompt un instant et pose sa tasse sur la table basse.

– Je vais la faire venir ici pour qu'elle puisse réaliser ses retouches. Mes collègues aussi, tant qu'à faire. Dès que la situation le permettra.

À ces paroles, je tourne brutalement la tête vers elle, avec le regard mielleux d'un chat.

– Dorothea, êtes-vous sincère ?

– De toute évidence. Je ne veux que votre bien, Isidore. Telle est ma mission. Et si pour tenir parole auprès d'Hilde, cela consiste à ce que vous puissiez rencontrer d'autres actrices, puisque ma chère amie ne peut plus le faire, désormais, ce sera mon rôle.

– Vous me rendriez le plus heureux, dis-je avec gratitude.

Chapitre XVIII

Cet après-midi, je suis concentré sur un corsage en satin que j'ajuste sur un mannequin de bois, le fil et l'aiguille dans la magie de mes mains. Je dois terminer les derniers ajustements des robes pour que Dorothea les porte lors du tournage de Knopf *Hoch Johannes !* Il faut que tout soit parfait. Sa présence, bien que discrète, me rappelle constamment les murs protecteurs érigés autour de moi.

Soudain, un coup peu audible retentit à la porte de l'atelier, suivi d'une voix mélodieuse et joyeuse.

– On m'a dit que l'artiste couturier est en pleine création ! On frappe ou on entre en sifflant une mélodie entraînante ?

Je redresse lentement la tête, et détourne le regard. Un sourire inattendu irradie mon visage. Ilse apparaît sur le seuil, un véritable coucher de soleil dans sa robe d'automne. Ses yeux pétillent de malice, et un rire cristallin s'échappe de ses lèvres. Elle porte un bouquet de petites fleurs des champs, épanouies.

– Isi ! C'est bien toi ! Je craignais que Dorothea ne te cache dans un donjon secret pour ne pas que tes talents ne soient gâchés par la lumière du jour.

Elle s'avance dans la pièce, son énergie remplit l'espace. Je l'admire, les yeux brillants, soulagé et ému par cette brise rafraîchissante. Il y a toujours ce quelque chose d'enfantin dans sa spontanéité, quelque chose de profondément humain qui rivalise avec le formalisme qui m'entoure désormais.

Mon sourire s'élargit.

– Ilse ! Je… je n'étais pas certain que ce jour arriverait. C'est une merveilleuse surprise !

Ma jeune amie fait une révérence exagérée, le bouquet pressé contre sa poitrine.
– Eh bien, monsieur le grand styliste ! On m'a ordonné de venir faire mes costumes pour le prochain film, et qui est le magicien qui doit s'en charger ? Toi ! Quel délicieux hasard, rit-elle d'un son clair et musical. Dorothea a insisté pour que ce soit toi. Elle a des goûts si… raffinés.
Nous échangeons un regard amusé, une entente instantanée qui court-circuite la solennité des lieux.
– Alors, comment vas-tu ? Nous ne nous sommes pas revus depuis… des mois, remarque-t-elle, une douce mélancolie dans la voix. Mes collègues et moi nous languissons de tes silences éloquents et de tes confections divines !
– Je… je vais bien, Ilse, je réplique d'une tessiture plus légère qu'elle ne l'est depuis des semaines. Un peu dépassé par les événements, comme tu peux l'imaginer. Mais Dorothea est… une hôtesse formidable. Et le travail ne manque pas.
Une once de tendresse dans les yeux, Ilse s'approche de moi, percevant la nuance de ma voix.
– Je m'en doute. Mais tu as l'air un peu plus… sérieux. Moins de soupirs artistiques qu'avant ! ajoute-t-elle en me donnant coup de coude amical. Je suis ravie de te revoir. Vraiment. J'ai eu l'impression qu'on nous a… éloignés.
Un frisson parcourt ma nuque. J'ai un sentiment étrange. Quelque chose de différent de notre première rencontre.
– C'est pour moi une joie de te retrouver, Ilse. Je partage ce même sentiment de séparation. J'avais besoin de ton… ton éclat.
La demoiselle rit à nouveau. Posant le bouquet sur une table, elle se prépare déjà à essayer une tenue. L'atelier, jusqu'ici

sérieux, s'illumine quand elle entre. Un poids se soulève de mes épaules. Même sous l'aile protectrice de mon hôtesse, le monde n'est pas entièrement fait d'ombres. Il y a encore des éclats, des rires, et l'amitié sincère d'une jeune femme capable d'illuminer le plus noir des ateliers.

Sur un mannequin, se tient la robe, drapée et épinglée, conçue pour le prochain rôle d'Ilse : *Jenny Lind, le rossignol suédois.* L'histoire d'amour entre l'écrivain Hans Christian Andersen et la cantatrice Jenny Lind. Il ne s'agit pas d'une toilette flamboyante de gala, comme j'aurais pu imaginer dans d'autres circonstances, mais d'une robe d'après-midi, élégante et fluide, dans des tons de vert mousse et de crème. Ses délicates broderies symbolisent l'espoir discret du personnage.

– Oh ! Mais c'est magnifique, Isidore ! s'écrie-t-elle en voyant la robe. Elle ressemble à… une prairie sous la pluie ! Tu as le don de rendre les tissus vivants.

En voyant ses yeux pétillants, mon cœur se gonfle de fierté. Ilse a cette capacité à comprendre l'essence de mes créations, mêmes les plus subtiles.

– J'espérais qu'elle refléterait la résilience de ton personnage, dis-je dans un sourire. La beauté qui persiste dans l'adversité.

L'étoile allemande cligne des yeux, l'air taquin.

– Tu parles de Jenny Lind, ou de moi, mon cher Isi ? Allez, aide-moi à l'enfiler. Je suis impatiente de voir si cette beauté se plie à mes mouvements !

De mes mains fines et expertes, je l'aide à glisser dans la robe. Le tissu tombe parfaitement sur ses épaules, épousant ses formes sans contrainte. Le décolleté, modeste pour le rôle, encadre également son cou, et les manches peu bouffantes se terminent par des poignets ajustés.

Tandis qu'elle la porte, la toilette semble prendre vie. Ilse se tourne vers le grand miroir et effleure la matière du bout des doigts.
– C'est… incroyable, Isi. On dirait une seconde peau. Et ces broderies ! On dirait des lianes qui montent vers la lumière.
Ilse fait quelques pas, puis se met à pirouetter doucement telle une ballerine. La jupe fluide s'élève autour d'elle. Elle rit, un rire joyeux qui résonne dans l'atelier. Je l'observe, fasciné.

Cette Fräulein adorée habite sa toilette, elle lui donne une respiration par son propre mouvement, par sa propre énergie. C'est une danse silencieuse entre l'artiste et son œuvre, magnifiée par sa personnalité.
La jeune beauté allemande s'arrête, reprenant son souffle haletant.
– Oh, c'est parfait ! je peux danser dedans, courir, rire… et peut-être même pleurer un peu si le scénario l'exige. C'est ça, une robe, non ? souffle-t-elle, les mains glissant sur ses hanches. Quelque chose qui accompagne la vie, pas qui l'entrave.
Une profonde satisfaction m'envahit. Il ne s'agit pas de la gloire pour laquelle j'ai rêvé, mais d'un moment de pure création, un fragment de mon âme qui résonne dans la joie d'Ilse.
Dorothea, observant la scène en silence, referme son livre.
– Isidore a le don de faire chanter les tissus, intervient-elle, d'une tessiture calme avec une approbation certaine. Ilse, tu lui donnes la mélodie, ajoute-elle. C'est une belle harmonie.
En me regardant dans le miroir, Ilse sourit.

– Une très belle harmonie, en effet. Maintenant, les retouches, maître des fils ! Je suis à ton entière disposition.

Je les épingle et prends le mètre. Ma chère amie se tient devant moi, amusée. Nos échanges deviennent plus agréables, émaillés de rires et de blagues sur les coulisses du cinéma. Mon cœur s'allège. Il trouve un répit dans cette bulle de gaieté que la jeune femme crée autour d'elle.

Le temps de l'essayage s'écoule, porté par notre complicité retrouvée. Le travail terminé, Ilse se prépare à partir. Son sourire s'adoucit.

– Je suis tellement heureuse que tu sois ici, Isidore. Vraiment. Les plateaux sont… un peu ternes depuis que je ne te vois plus. Et puis, maintenant, j'aurai une excuse pour venir déranger Dorothea plus souvent !

Elle lui lance un clin d'œil complice, courbe les lèvres, et se tourne vers moi, ses yeux bleus perçants.

– Ne te laisse pas engloutir par les ombres, mon cher Isi. Promets-moi de toujours chercher la lumière. La tienne.

La jeune première agite doucement la main, puis quitte l'atelier. Son rire s'estompe au fur et à mesure qu'elle s'éloigne. La lumière qu'elle a porté semble s'atténuer un peu avec son départ, laissant la pièce retomber dans un calme plus feutré.

Je range mes affaires, le visage encore joyeux, mais une pointe de mélancolie se glisse déjà dans mon cœur. L'éclat d'Ilse est comme une étoile filante, magnifique, mais éphémère.

Dorothea, qui a assisté à la scène sans un mot, se lève et s'approche de moi.

– Ilse à une belle âme. Elle vous apporte le réconfort nécessaire. Mais rappelez-vous, Isidore, celui-ci est un luxe fragile en ces temps.

Elle pose une main sur mon bras.

– Vous avez fait du bon travail aujourd'hui. Elle est ravie. C'est cela qui compte pour eux. Pour le reste, nous continuons de construire nos murs. Un point, une ligne, une couture à la fois.

Mon hôtesse se détourne pour rejoindre son bureau, reprenant son livre. Quant-à moi, je reste seul au milieu des tissus et des mannequins. Le rire d'Ilse résonne encore faiblement en moi, une mélodie fine mais ô combien précieuse. J'ai découvert un havre, une protection, une amie inattendue. Mais les paroles de Dorothea sont un rappel constant : les façades sont nécessaires, la prudence absolue. La lueur est là, oui, et pourtant toujours bordée d'ombres. Et le chapitre de ma vie sous contrainte ne fait que commencer…

Chapitre XIX

Les mois suivants mon installation chez Dorothea, s'écoulent dans unc routine étrange, faite de mutisme studieux et de travail acharné.

Son atelier lumineux est mon sanctuaire et ma prison dorée. De fin octobre 1940 à ce début du mois de mars 1941, je plonge corps et âme dans la création des costumes pour *Kopf hoch, Johannes !* Le film sur la jeunesse nazie va propulser mon hôtesse sur la scène du grand écran, mais aussi l'enchainer un peu plus au régime. Chaque jour est un dilemme. Les directives des producteurs et des metteurs en scène sont claires : les robes doivent refléter une esthétique "pure", "germanique", dénuée de toute "décadence". Pour m'y tenir au mieux, mon application est d'un professionnalisme froid, traçant des lignes nettes avec le choix de tissus nobles. Malgré tout, mon âme d'artiste souffre sans voix. En cela, je m'ingénie à glisser de subtiles parcelles de ma sensibilité - une broderie délicate sur un col, une coupe inattendue qui donne au tissu une vie propre, une "mélodie silencieuse" que seuls des yeux avertis comme ceux de Dorothea, ou bien, je l'espère, quelques autres âmes sensibles, pourraient percevoir.

Fidèle à son rôle de protectrice, l'actrice allemande veille sur moi avec une vigilance discrète. Elle passe souvent me voir dans la pièce, une tasse de café à la main, échangeant des mots rares mais pertinents sur les exigences du studio, la fragilité de la vie sous le joug. Elle me conseille sur les compromis inévitables, m'apprenant à plier sans jamais se briser. Les brèves visites d'Ilse, toujours aussi éclatante et pleine d'humour, m'apportent les seules bouffées d'air frais dans cette atmosphère oppressante. Nos rires résonnent un instant dans l'atelier, avant de laisser place au silence et à la pression constante. Tandis que la guerre s'intensifie, mes échos parviennent même jusque dans les salons feutrés de Berlin. Je sens le filet se resserrer autour de moi. Ce 11 mars, a lieu la première de *Kopf hoch, Johannes !,* et avec elle, la confrontation inévitable de mon art face à la réalité la plus crue de la propagande.

Le *Ufa-Palast am Zoo* brille de mille feux dans la nuit berlinoise de ce 11 mars 1941. Une cohue joyeuse d'officiels en uniformes impeccables, d'acteurs aux sourires figés, de journalistes empressés se dépêche sous le grand auvent de l'entrée. D'immenses et omniprésents drapeaux à croix gammées flottent tandis que les flashs des photographes crépitent, transformant la façade du cinéma en une succession d'éclairs aveuglants. C'est la première de *Kopfs hoch, Johannes!* L'air lui-même semble chargé d'une tension électrique qui se mêle à l'odeur fort désagréable du cigare, du parfum capiteux et de la cire des parquets fraîchement cirés.

Dans un trois pièces irréprochable mais sobre, choisi par Dorothea, je me tiens en retrait, tel un fantôme élégant au milieu d'une grande messe propagandiste. Je suis l'ombre transparente de la starlette allemande, le créateur qui ne doit pas éclipser l'icône. Dorothea Wieck, à mon bras, avance avec une majesté froide et calculée. Son visage : un masque d'impassibilité courtoise. La robe de soirée en velours bleu nuit conçue par mes soins, épouse sa silhouette avec une dignité austère. Les broderies discrètes de son col capturent la lueur sans jamais l'aveugler. Je suis parvenu à infuser dans cette toilette toute la résilience que je peux imaginer, un défi silencieux à la rigidité qu'elle doit représenter.

Alors que mon accompagnatrice s'arrête pour saluer un dignitaire nazi aux yeux perçants, je reconnais Her Kessler. Son œil s'attarde une fraction de seconde sur moi avant de passer outre . Une main légère se pose sur mes bras.

– Isidore ! Te voilà ! Je craignais que tu ne te sois évaporé comme un beau rêve !

Je me tourne, et le rire cristallin d'Ilse éclate en une note de musique surprise dans la cacophonie ambiante. Ma jeune amie porte une robe d'un jaune éblouissant, une audace euphorique qui tranche avec les teintes plus sombres de la soirée. Ses yeux pétillent d'une sincérité rafraîchissante.

– Ilse ! Je suis là, en chair et en os. Et tu es… lumineuse. Comme à ton habitude, je lui lance un regard complice.

– Ton travail, cher Isi ! Tu as ce don de me faire danser avant même que la musique ne commence, me déclare-t-elle d'une pirouette rapide. Mais quelle atmosphère, pas vrai ? On dirait un peu trop… un défilé militaire pour un film. Mais bon, la guerre exige ses fanfares.

Son ton est léger, cela dit, je perçois une pointe d'ironie dans son regard. Un instant, nos yeux se rencontrent, partageant une complicité muette face à l'absurdité du spectacle. Puis, la foule nous pousse doucement vers l'entrée de la salle de projection.

À l'intérieur, l'obscurité se forme, puis le grand écran s'anime. Entre Dorothea et Ilse, le cœur serré, je regarde la bobine se dérouler lentement. Les premières scènes défilent, et soudain, la vedette de la soirée apparaît, son visage magnifié par la lumière du projecteur. Elle joue son rôle avec une conviction troublante et sa dignité rend crédible des dialogues qui, autrement, sonneraient creux. Et ses robes, les miennes, elles apparaissent sur l'écran géant, épousant le corps de l'actrice, un symbole de ce nouvel ordre que je hais. J'y vois les coupes que j'ai imaginées, les drapés réalisés avec soin, les détails subtils brodés avec la secrète intention d'y glisser un authentique fragment de beauté. Mais le personnage qu'incarne Dorothea, les messages qu'elle véhicule, tout cela vient souiller mon œuvre. Chaque fois que l'une de ces toilettes apparaît, je ressens un mélange de fierté professionnelle et de nausée morale.

Les lumières se rallument. D'un seul homme, le public de la salle éclate en applaudissements nourris. Des vivats s'élèvent des rangs. Goebbels, depuis sa loge, se dresse et salue le public. Son visage rayonne d'une satisfaction triomphante. Dorothea, descendue sur scène, accepte les éloges avec sa gravité habituelle et son regard croise un moment le mien. Un infime hochement de tête, presque imperceptible, passe entre nous, un lien invisible dans cette mer de portraits. Quant à Ilse, elle me lance un sourire complice, ayant tout remarqué.

Dans la cohue de la sortie, alors que les limousines patientent, je peux sentir encore sur moi le parfum de cette soirée : une composition entêtante de propagande, de peur et de mon propre désespoir. Les robes, que j'ai si minutieusement créées, ont brillé. Mais la lueur qu'elles reflètent n'est pas la mienne. En regagnant la voiture de Dorothea, et laissant Ilse derrière moi, je me sens désormais plus seul que jamais. Comme si j'avais abandonné sur cet écran une part de moi, au service des maîtres que je ne pourrais jamais véritablement servir. Le chapitre fort de ma vie d'artiste vient de s'ouvrir en grand, avec une visibilité aussi éclatante que cruelle.

Chapitre XX

Courbé sur une pièce de broderie complexe, les fils d'or et d'argent glissent entre mes doigts avec une dextérité mécanique. La première du film m'a laissé vide. Une étrange amertume persiste au fond de ma gorge. Les applaudissements me semblent encore un écho lointain, une ovation pour le monstre que mon art contribue à habiller. L'atelier de Dorothea est mon refuge, mais aussi le lieu de ma captivité dorée. Je suis seul, et le silence n'est rompu que par le léger crissement de mon aiguille.

Soudain, un coup à peine audible se fait entendre à la porte, suivi d'une voix qui me fait tressaillir. J'arrête net mon geste : C'est la voix du majordome.

– Monsieur Isidore, mademoiselle Krahl souhaite vous consulter au sujet d'un projet futur. Madame Wieck l'a fait venir.

Le nom… Mademoiselle Krahl.

Mon cœur rate un battement. Un court-métrage me submerge : la douceur de ses mains, son rire contenu, la galerie, le petit mot glissé dans ma poche, le parfum d'iris qu'elle porte, alliance de fraîcheur et de sagesse. Je n'ai pas osé la revoir, de peur de confronter la pureté de notre brève connexion à la souillure de ma nouvelle vie. Je me redresse, le souffle court.

La porte s'ouvre lentement. Elle apparaît, Hilde Krahl, moins flamboyante que les autres actrices, mais son élégance est intemporelle, elle possède une aura de tendresse et de dignité qui émane de son corps tel un sillage discret. Vêtue d'une simple robe de jour violette, ses yeux vert émeraude profonds balaient la pièce avant de se poser sur moi.

Nous restons immobiles un instant, l'un face à l'autre, comme des sculptures figées dans le temps. Nos regards se rencontrent. Un nœud se forme dans ma gorge. Je remarque dans ses iris, une lueur de surprise, puis une profonde compassion. Enfin, une tristesse voilée, comme si elle lisait les épreuves que j'ai traversées.

– Isidore. Vous… vous êtes ici.

Son timbre, tendre et murmuré, est porté avec la clarté d'une source de montagne. Je n'arrive pas à articuler un mot. Mon nom, prononcé par elle, a une résonance particulière, un son venu d'un monde enfoui où j'étais encore libre. Je m'incline légèrement d'un geste formel, dicté par les convenances, sans la quitter du regard.

– Fräulein Krahl. C'est… une surprise !

Un subtil sourire effleure les lèvres d'Hilde, empreint d'une mélancolie partagée.

– Je… je l'imagine. J'ai eu vent de votre nouveau rôle auprès de Dorothea. Et de la première, ajoute-t-elle d'une voix plus grave, j'espérais que cela vous serait… bénéfique.

La belle autrichienne s'approche délicatement. Ses pas résonnent sur le parquet. Son regard ne me juge pas, il m'enveloppe d'une compréhension mutine. Je sens cette odeur délicate d'iris qui m'est familière. Le souvenir de notre dernière rencontre m'assaillit subitement. De ma naïveté que je n'ai plus. De mon innocence éteinte depuis. Mes doigts serrent involontairement l'aiguille et la pointe me pique la paume.

Rauque, ma voix cherche les mots justes.

– Frau Wieck est… une protectrice attentive. Et le travail… exigeant.

Je ne peux lui dire la vérité. Je ne peux lui avouer le dégoût que mon art suscite parfois en moi, l'impression d'être pinocchio baladé sur scène. Pas à Hilde, pas à cette demoiselle dont la pureté me rappelle tout ce que j'ai perdu.

Hilde hoche doucement la tête, telle une liseuse de pensées. Elle n'insiste pas. Elle comprend sans devoir m'expliquer.

– Je suis venue pour des… conseils. Pour un rôle que l'on me propose. Dorothea a loué vos talents, et je… je voulais votre avis. Votre œil est unique, Isidore.

C'est une perche tendue, un moyen de nous connecter sans évoquer les fantômes. Un soulagement s'empare de moi, mêlé d'une étrange douleur. Notre relation est désormais cantonnée à ces échanges professionnels sous la surveillance invisible d'un monde qui n'admet plus la spontanéité.

– Bien sûr, mademoiselle. C'est un honneur. Dites-moi ce que vous avez en tête, je vous écoute.

Je fais un pas vers la mannequin, réfugiée derrière l'armure de mon art. Nos yeux se croisent une dernière fois, dans un moment d'une intensité douloureuse, où toutes les paroles non dites flottent entre nous. Puis Hilde esquisse un sourire triste et commence à décrire son nouveau rôle : Philine Schröder, élève de Caroline Neuber, grande comédienne et directrice d'une troupe de théâtre, qui m'entraîne dans le sanctuaire des tissus et des croquis. Son parfum d'iris circule dans l'air. Une mélodie douce-amère pour mon cœur, un rappel constant de ce qui fut, et qui ne sera peut-être plus jamais.

Chapitre XXI

Le *Ufa-Palast* est de nouveau paré de ses lumières les plus ostentatoires, mais pour moi, l'éclat est plus terne, les rires plus forcés. Ce soir, c'est la première du long métrage d'Ise : *Jenny Lind, le rossignol viennois,* un divertissement plus léger, hélas, toujours imprégné de l'air du temps. Je me tiens près d'une colonne, le dos tourné à la foule, à chercher un semblant d'anonymat. L'odeur entêtante du parfum des dames et des cigares des messieurs me noue l'estomac.

– Isidore ! Tu boudes la fête, s'exclame la starlette de la soirée, ou tu médites sur la perfection du velours ?

Je me retourne, un sourire contraint aux lèvres. Ma jeune amie resplendit dans une robe de soie vert émeraude. Elle me tire le bras avec sa vivacité habituelle.

– Viens donc ! C'est ma soirée ! Et je t'ai repéré, caché comme une violette timide. Tu sais, Dorothea insiste pour que tu sois vu. Elle dit que tu es son "trésor caché".

L'actrice me pousse gentiment vers le centre du foyer, où les conversations bourdonnent. Je me sens exposé, vulnérable. Mon cœur palpite. L'angoisse monte. C'est alors que je la vois. Hilde Krahl. Elle se trouve là, un peu à l'écart, vêtue d'une robe simple mais élégante, d'un bleu pâle qui met en valeur son teint de porcelaine. Son regard, d'une douceur infinie, survole la foule, et s'arrête sur mon portrait. Le sillage de l'iris, léger et pur, parvient jusqu'à mon quatrième sens, une senteur familière qui fait vibrer une corde sensible dans mon cœur.

Sans le savoir, Ilse devient notre entremetteuse.

– Ah ! Hilde ! Te voilà ! Viens, je te présente mon cher Isidore, le magicien des étoffes ! Il a fait des merveilles pour mon film, tu sais !

La belle autrichienne s'approche, ses lèvres s'élargissant doucement.

– Isidore, c'est un plaisir de vous revoir. Votre performance est magnifique, Ilse, ajoute-t-elle, se tournant vers cette dernière.

Puis, elle reprend, son regard tourné vers moi avec une lueur de compréhension…

– Et les costumes… sont à la hauteur de votre talent, Isidore.

Mon cœur s'apaise un instant. Elle comprend, elle voit au-delà de l'uniformité forcée et elle perçoit la patte de mon âme.

– Mademoiselle Krahl. Je suis honoré.

Dorothea, nous scrutant de loin, s'avance vers nous. Son regard s'attarde sur Hilde et moi avant qu'elle ne pose une main légère sur l'épaule d'Ilse.

– Ilse, ma chère, le réalisateur te cherche. Une dernière photo avant la projection, vas-y.

Toujours prompte à l'action, l'ingénue allemande s'éloigne en compagnie de ma seconde protectrice, non sans me lancer un clin d'œil.

– Ne t'enfuis pas, Isidore ! s'exclame-t-elle, nous aurons beaucoup à discuter après le film !

Nous sommes seuls à présent, ou du moins aussi seuls que nous pouvons l'être dans une salle bondée. Le bruit environnant devient un murmure lointain.

– J'ai vu *Kopf hoch, Johannes!*, dit-elle d'une voix basse, presque confidentielle.

Mon estomac se noue. Je m'attends à un compliment ou à une question gênante.
– Ah. Oui.
Hilde, en cherchant ses mots, me dit que mes robes ont une âme. Une âme qui ne correspond pas toujours au reste. Que cela est frappant. Je la regarde, empli d'une gratitude inattendue. Elle a remarqué. Elle a compris le paradoxe, la résistance silencieuse tissée dans chaque fibre.
– C'est… c'est tout ce que je peux faire. je réplique d'un soupir à peine audible. Elle reprend en disant que c'est beaucoup.
Hilde fait un pas vers moi, son regard empli de compassion.
– Je sais que ces temps sont… difficiles. Pour les artistes. Pour ceux qui… voient les choses différemment.
Ses paroles sont un baume pour mes plaies invisibles. Sous ses iris, le poids de mes traumatismes, de ma vie contrainte, s'allège un instant. Il y a une compréhension partagée, une reconnaissance de nos âmes blessées par le même monde.
Mon timbre est simplement perçu.
– Vous aussi, Fräulein. Votre jeu est… si vrai. Même quand le rôle ne l'est pas.
Une courbe mélancolique dessine ses lèvres. Le parfum d'iris qui l'entoure devient une mélodie réconfortante. Une promesse de ce qui peut encore exister.
– Vous savez, mon nouveau projet : *Les comédiens*, un film historique sur le théâtre. Après notre dernière entrevue, j'aimerais beaucoup…
Elle hésite, puis son regard se fait plus intense.
– ... que vous en soyez. J'ai dit à Dorothea que votre vision serait essentielle.

C'est plus qu'une proposition professionnelle; il s'agit là d'une invitation, une main tendue dans l'obscurité. Je sens une lueur d'espoir s'allumer en moi. Plus de temps avec elle. Plus de moments où nos âmes pourraient se rencontrer à travers l'art, et peut-être autre chose encore.

– Je… je serai honoré.

Nos yeux se croisent de nouveau, et dans ce regard échangé, au milieu du brouhaha de la première, une promesse silencieuse est scellée. Une promesse de réconfort mutuel, de beauté trouvée dans les interstices d'un monde brutal, et d'un amour naissant, aussi fragile et précieux que le sillage d'iris dans la nuit berlinoise. Le film va commencer, mais pour moi, une autre histoire, plus intime, plus dangereuse, vient de prendre son envol.

Le salon de réception est une ruche bourdonnante de congratulations et de rires à outrance. Adossé à un pilier, j'observe, verre de jus de fruits à la main. En véritable soleil, Ilse, dans sa robe vert émeraude, fonce sur moi, le visage rayonnant.

– Mon cher Isi ! Tu as vu cela ? Un triomphe ! Je suis un vrai rossignol, n'est-ce pas ? Mon costume t'a plu, j'espère ? J'ai senti que je chantais mieux, grâce à toi.

Elle rit d'un rire frais et sincère, capable de percer la cacophonie ambiante. J'esquisse un sourire, un peu plus authentique que les précédents.

– Tu as été… éblouissante, Ilse. Le costume n'a fait que sublimer la mélodie qui est déjà en toi, je réponds d'une main douce sur son épaule.

– Oh, Isidore, toujours aussi poète ! réplique-t-elle, amusée, en clignant des yeux. Viens ! Il y a des petits fours délicieux, tu as l'air de te nourrir d'ombres et de silence !

Elle me tend un canapé miniature que j'accepte. Je reconnais cette bulle de légèreté que la belle de Berlin crée autour de nous. Un instant de répit avant de replonger dans une réalité plus sombre.

Chapitre XXII

Depuis des semaines, je tisse des fils d'espoir fragile. La promesse d'Hilde, son invitation silencieuse à travailler sur *Les comédiens,* est devenue un phare dans la grisaille. L'idée de passer plus de temps à ses côtés, de voir son visage s'illuminer sous mes créations, est le rouge inespéré du mercurochrome sur mon âme meurtrie.

L'atelier de Dorothea devient le théâtre de nos rencontres clandestines, sous le voile protecteur de la “collaboration artistique”. Hilde et moi vivons chaque essayage pour le film comme un pas de danse mesuré, où nos corps se frôlent sous la surveillance invisible des aiguilles et des fils. Je m'applique avec ferveur à concevoir des robes qui, pour ma belle Autrichienne, sont plus que de simples costumes; elles sont une seconde chair, une expression de mon propre art au service du sien. J'imagine des drapés qui chuchotent les passions théâtrales, des teintes qui traduisent les émotions les plus subtiles, tentant d'y coudre les non-dits de mon cœur.

Quant à Hilde, elle vient avec une ponctualité discrète, son parfum d'iris précédant souvent son arrivée. Dans le calme de la pièce, brisé seulement par le travail des outils, nos voix se font plus douces, nos confidences plus profondes. Nous ne parlons ni de guerre, ni de politique. Nous parlons de l'art. De la vérité des personnages. De la beauté qui peut encore exister dans un monde qui semble s'effondrer. Je lui décris les nuances d'une toile, les jeux de lumières sur un drapé Hilde me partage ses interrogations sur la justesse d'une réplique, la sincérité d'une émotion. Dans nos échanges, j'y retrouve une part de moi-même que je croyais perdue : la capacité à créer sans compromis, à me connecter à une âme sœur sur un plan purement artistique et humain.

La jeune actrice est le miroir de mes traumatismes et mon antidote. Sa présence apaise mes cauchemars renfermés, ceux que *Kopfs hoch, Johannes!* avait ravivés. Ses yeux, empreints d'une infinie compassion, me voient, moi, Isidore, et non le couturier menotté au Reich. Un jour, alors que j'ajuste un col, ma main effleure la nuque d'Hilde. Un frisson parcourt la jeune femme. Son regard se lève vers le mien. Dans ce contact fugace, il n'y a pas d'électrisation spectaculaire, mais une reconnaissance tendre, un pacte tacite de réconfort mutuel dans l'adversité.

Dorothea observe. Assise dans un coin, un livre à la main, elle ne manque rien de cette chorégraphie réservée. Elle ne dit jamais un mot, ne donne jamais un conseil explicite sur nos rapprochements. Cela dit, ses absences de l'atelier sont de plus en plus fréquentes, et plus longues lors des essayages de la starlette. Les discussions avec les costumiers du studio, les réunions avec la production, prennent soudain plus de temps, nous offrant des parenthèses de quelques minutes, quelques heures, où le monde extérieur paraît s'estomper. Elle comprend que j'ai besoin de cette lueur, de cette alchimie pure, pour ne pas sombrer. Sa complicité est un filet invisible, tendu avec une prudence calculée.

Parfois, Ilse, ma meilleure amie, tel un tourbillon de gaieté, fait irruption.

– Alors mes artistes, toujours à comploter la beauté ? lance-t-elle dans des rires qui remplissent l'atelier. Sa présence, à la fois si innocente et si exubérante, sert de paravent parfait. Personne ne se doute de l'intensité qui se cache derrière ces séances d'essayage, pas même des sentiments qui commencent à s'épanouir sous le couvert des étoffes.

Pourtant, le monde extérieur ne cesse de rappeler sa présence menaçante. Un matin, un officiel du ministère de la Propagande, un homme au regard froid et perçant, fait une visite impromptue, à l'atelier, "pour s'assurer de la bonne marche des travaux". Son aura glace le sang. Hilde et moi, figés, jouons parfaitement nos rôles d'artistes concentrés sur leur tâche, tandis que l'odeur de l'iris se mêle au parfum métallique de la peur. L'homme repart, mais l'incident laisse un goût amer, évoquant la fragilité de notre bulle.

Mais même ce danger ne peut briser ce qui grandit en nous. Chaque regard, chaque contact, chaque mot murmuré renforcent notre lien. Hilde devient pour moi : ma Lady chérie, ma religion, ma mystique, vivante. Un après-midi dans les jardins de Berlin, sous les yeux indiscrets des passants, je me surprends à visualiser le sillage d'Hilde comme l'esprit indomptable de ma campagne d'enfance. Qu'elle était verte ma vallée, chante mon cœur muet.

Lors du dernier essayage durant le tournage des *Comédiens,* Hilde se retourne vers moi, sa robe parfaitement ajustée, son visage rayonnant d'une confiance retrouvée.

– Vous avez tissé une part de mon âme dans cette toilette, Isidore. Je sens… que je peux tout affronter quand je la porte.

Ses paroles sont un don précieux. Je pose un doigt délicat sur une broderie, cachée près du poignet, un motif que j'ai créé uniquement pour elle, un secret daphné, parfumé de son sillage. Nos doigts se frôlent, et dans l'échange de nos regards, je ne vois qu'une lueur. Une lueur qui promet que, même dans les ténèbres, notre parfum commun peut tracer une voie, aussi discrète soit-elle.

Chapitre XXIII

Dans l'atelier de Dorothea, lieu sacré de mon intimité grandissante avec Hilde, chaque jour est une tissage d'ombres et de lumière. Chaque costume pour cette dernière : une lettre d'amour silencieuse que je lui écris, brodée de fils indécélables. Au fil des essayages, nos mains s'effleurent plus longuement, nos regards plongent dans des profondeurs inexplorées, et nos voix sont faites de murmures partagés, loin des oreilles indiscrètes. Par fragments, je lui confie les blessures de mon âme, les cauchemars, le dégoût des compromis. En retour, Hilde m'offre la douceur de son écoute, la force tranquille de ses iris, et un réconfort qui s'enlace à mon être tel le sillage de son parfum. Elle est mon ancre, mon royaume de vérité dans un monde de mensonges. Dorothea, avec une sagesse distante, crée délibérément ces fenêtres de solitude, inventant des rendez-vous urgents ou des discussions improvisées pour nous laisser respirer.

Ce 5 septembre 1941, l'air de Berlin est vif, tranchant. La guerre grignote déjà l'ordinaire, mais le cinéma, lui, doit continuer de briller. La première des *Comédiens* s'annonce comme un événement majeur. J'arrive discrètement au bras de ma bienfaitrice, le cœur qui bat d'appréhension. Cette fois, ce n'est pas le travail pour le “monstre” que je vais voir s'élever, mais celui que j'ai créé pour ma beauté d'Autriche, celle qui a ravivé mon étincelle.

Le foyer du cinéma grouille d'une foule en liesse. Les mêmes sourires forcés, les mêmes uniformes, cependant, pour moi, tout est transfiguré par la présence d'Hilde. Tout à coup, Ilse apparaît, un tonnerre de gaieté dans sa robe éclatante.
– Isi ! Hilde est magnifique ! Tu as encore fait des merveilles ! Ah, la voilà !

Elle la désigne, qui s'avance vers nous, radieuse. Dans la lumière crue des projecteurs, la Fräulein est une vision, drapée dans une robe du soir que j'ai conçue spécialement pour l'événement : d'un vert forêt sombre, dont les broderies d'argent évoquent les étoiles d'un ciel nocturne. Son parfum d'iris flotte autour de sa silhouette. Une promesse de fraîcheur et de pureté dans l'atmosphère saturée.

Nos regards se croisent dans une danse d'œillades, longue et intense. Il n'y a plus de gêne, uniquement l'aveu muet d'un amour grandissant. Sans la quitter des yeux, je m'incline légèrement.
– Fräulein Krahl. Vous êtes… parfaite, embrassé-je sa main délicate.

Une courbe timide, mais réelle, dessine ses lèvres.
– Grâce à vous, Isidore. Vous avez compris l'âme de mon personnage, et la mienne.

D'un coup d'œil, Dorothea intercepte un officier qui s'approche d'Hilde, détournant avec habileté son attention vers une discussion sur les futurs projets. Son geste est imperceptible pour la plupart, mais j'en saisis la signification : elle nous offre un répit, un instant volé.

Tandis que la foule commence à se presser vers la salle de projection, Hilde trouve le moyen de se glisser un peu plus près de moi, dans le sillage de Dorothea et d'Ilse.

– Je voulais vous remercier, Isidore, chuchote-elle d'une voix à peine audible au-dessus du brouhaha. Vous remercier pour tout.

En tapinois, sa main se connecte à la mienne, un contact fugace qui brûle sous la manche de ma veste. Un frisson parcourt ma colonne vertébrale. Je tourne mon visage vers elle, mes yeux s'enfoncent dans les siens.

– Le remerciement est pour moi, je réponds d'une voix rauque, chargée d'une émotion contenue. Vous… vous êtes ma lueur.

Nous entrons dans l'obscurité de la salle, côte à côte, coude à coude. Durant toute la projection, je ne peux m'empêcher de l'admirer. Je la vois sur l'écran, sublime, vibrante, portant mes créations avec une grâce qui défie la propagande. Je me remémore les moments passés dans l'atelier, sa confiance, son regard attendrissant.

Après le long métrage, le public éclate en applaudissements. Tout le monde se lève. Les acteurs montent sur scène. Parmi eux, Hilde, radieuse sous les ovations. Je reste dans l'ombre, mais ce soir, la fierté l'emporte sur la nausée. Mes robes servent un art, porté par la femme que j'aime.

Plus tard, lors de la réception organisée dans un salon adjacent, le chaos des conversations et le tintement des verres offrent l'occasion que nous attendons. Je repère Hilde près d'une grande fenêtre, légèrement à l'écart. Je m'approche. Elle se tourne dans un sourire plus intime.

– C'était… étrange. De me voir ainsi.

– Vous étiez divine. Chaque scène était un tableau.

Nos timbres se taisent. Nos iris se parlent. Le tout accompagné de la musique symphonique d'un orchestre.
– Je… je ne pensais pas pouvoir retrouver une telle connexion avec l'art. Avec… hésite-t-elle, son regard s'ancrant dans le mien, avec quelqu'un qui comprenne vraiment.
Je lui tends la main. Sous le couvert de la pénombre relative près de la fenêtre, je caresse sa joue, audace folle en ce lieu.
– Vous n'êtes pas seule, ma chère. Jamais.
Nos portraits se rapprochent. Le souffle d'Hilde devient plus rapide. L'odeur d'iris est enivrante. Dans un élan commun, nos lèvres s'embrassent. Un baiser tendre, lent, un murmure de promesses et de réconfort, volé au monde. Un chaste baiser qui contient toutes nos peurs, toutes nos attentes, enfin, tout notre amour silencieux qui grandit entre nous. Un fragment de pureté dans un univers corrompu. En cet instant, enveloppé de cette fleur tendre à mes côtés, je ne me sens plus tout à fait seul.

Chapitre XXIV

Cet après-midi de septembre, tandis qu'un soleil pâle filtre à travers les rideaux du salon-bureau de Dorothea, celle-ci me fait signe de la rejoindre. La pièce, d'habitude baignée d'une lumière chaude, semble plus austère aujourd'hui. Une nouvelle présence féminine, élégante et un brin distante, se tient près de la cheminée.

– Isidore, cher ami, permettez-moi de vous présenter mademoiselle Irene von Meyendorff. Irene, voici Isidore, le créateur dont je t'ai tant parlé. C'est lui qui a habillé nos plus grands succès récents.

Voilà donc la fameuse Irene. Sa réputation la précède - une actrice d'une beauté froide, aux rôles souvent complexes, nimbée d'une aura mystérieuse. Elle me tend une main fine, son regard bleu acier me scrute avec une intensité professionnelle. Il y a chez cette demoiselle un charme racé, presque altier, très différent de la douceur lumineuse d'Hilde ou de la vivacité d'Ilse.

– Enchantée, monsieur. Votre travail sur *Kopfs hoch, Johannes!* est… remarquable. Et j'ai eu l'occasion d'admirer quelques-unes de vos premières esquisses pour *Les comédiens.* Un sens de la silhouette d'une grande justesse.

Son compliment, direct et précis, me touche. Une vague de fierté m'envahit, bien que la mention du film laisse toujours un goût amer.

– L'honneur est pour moi, Fräulein. Votre talent est indiscutable.

Dorothea intervient et rompt la formalité.
– Irène prépare son prochain film : *Was geschah in dieser Nacht?*, (Que s'est-il passé cette nuit-là ?). C'est une comédie, mais une comédie pleine de quiproquos, de malentendus… où l'élégance doit parfois souligner l'absurdité sans jamais tomber dans la farce.

Je sens un mélange d'excitation et d'une légère appréhension artistique. Une comédie. C'est un terrain nouveau pour moi, habitué aux drames et aux fresques plus sérieuses. Cela dit, l'idée de "l'élégance qui souligne l'absurdité" pique ma curiosité. La personnalité d'Irène, malgré le côté détendu du film, paraît exigeante, et je perçois une attente d'une perfection que je dois, en tant que "créateur caché", traduire.
– Je recherche une esthétique très précise, intervient-elle, des robes qui soient d'une impeccable sophistication, mais qui puissent, par leur coupe ou un détail inattendu, mettre en lumière les situations cocasses sans que mon personnage n'en soit conscient. Comprenez-vous cette subtilité, monsieur ? Il faut que le costume soit le complice silencieux du comique.

Son ton est direct, sans fioritures. Je comprends le défi. Il s'agit d'un test, d'une nouvelle épreuve, de nature différente. Je peux imaginer des lignes épurées qui, dans un certain éclairage, donneraient une ombre étonnante, ou des tissus fluides qui s'emmêlent avec une grâce calculée.

Je me redresse, et reprends le dessus.
– Je pense que l'habit peut être le plus fidèle des confidents, mademoiselle. Il peut raconter une histoire même lorsque les mots manquent. Je crois pouvoir saisir cette nuance, cette ironie visuelle. Nous pourrions jouer avec des coupes

classiques, des couleurs trompeuses, des accessoires qui révèlent plus qu'ils ne cachent la situation.

Irène m'observe attentivement, un subtil plissement au coin de ses yeux clairs. Un infime sourire courbe ses lèvres.

– Je sens que nous allons bien travailler ensemble, monsieur. Vous semblez comprendre que la comédie est une affaire sérieuse. Nous pourrons commencer les premiers dessins dès la semaine prochaine. Dorothea me dit que vous avez un sens unique du détail.

Le ton est donné. Une autre collaboration est scellée, encore un pan de ma vie contrainte qui s'ouvre. J'acquiesce, l'esprit déjà en ébullition face aux possibilités artistiques. Pourtant, au fond de moi, une autre pensée persiste, douce et insistante : comment cette nouvelle figure, aussi imposante, va-t-elle influencer la tapisserie délicate de ma vie, alors que le sillage d'Hilde continue de tracer les chemins de mon cœur ?

***

L'atelier est prêt. D'imposants rouleaux de tissus aux textures variées - soies moirées, laines fines, velours mats - et une collection de planches d'inspiration et de premiers croquis est disposée sur la table. La porte s'ouvre avec une discrète précision. Irène entre, ponctuelle. Son allure est toujours impeccable, son regard aiguisé balaie l'espace avant de se poser sur moi. Elle porte un tailleur de tweed gris, d'une coupe irréprochable, qui embrasse sa silhouette élancée.

– Bonjour, monsieur Isidore. Je vois que vous êtes prêt. J'apprécie la ponctualité.

– Bonjour, mademoiselle. L'inspiration est au rendez-vous.

Je la guide vers les tables. J'ai déjà préparé quelques premières esquisses pour son rôle de "Marion", une femme veuve. Je veux lui montrer comment l'élégance peut servir la comédie sans en faire une caricature, et comment le costume peut devenir un personnage à part entière dans le quiproquo.

– j'ai pensé à une série de robes pour votre personnage, lancé-je d'emblée. L'idée serait de les rendre si parfaites, si classiques, que le décalage avec les situations absurdes dans lesquelles elles se retrouvent serait d'autant plus grand. Imaginez une robe du soir d'une sobriété absolue, dont la longue traîne se pendrait dans un mécanisme imprévu, ou un manteau de fourrure somptueux qui cacherait un objet incongru.

La belle blonde racée, toute ouïe, le visage masqué de concentration, saisit un dessin, le tourne et le compare à un échantillon de tissu.

– Intéressant. J'aime l'idée que mon personnage soit à tout instant élégante, même lorsqu'elle est au bord de la crise de nerfs ou qu'elle se retrouve dans une situation ridicule. C'est là que réside le comique : le public doit rire avec elle, non d'elle. Montrez-moi cette étoffe pour la scène du dîner.

Je lui tends un échantillon de satin lourd, d'un noir profond, qui joue avec la lumière.

– Ce satin, mademoiselle, a un tombé très fluide. Il pourrait glisser avec une grande dignité, également se draper de manière fortuite si l'action le demande. Pour le dîner, nous pourrions envisager une coupe très épurée, une ligne quasi architecturale.

Irène fait quelques pas, imaginant la scène.

– Une ligne simple, oui. Mais avec un détail qui accroche le regard, sans être ostentatoire. Peut-être un nœud sculptural dans le dos, ou bien une broderie subtile sur l'épaule, juste assez proéminente pour être remarquée… ou pour s'accrocher à quelque chose au mauvais moment.

Je sens l'excitation monter. Irène n'est pas uniquement une actrice : c'est une partenaire exigeante, qui pousse son propre art à se renouveler. Collaborer avec elle est une véritable stimulation intellectuelle. C'est un défi différent de la douce complicité que je partage avec Hilde, certes non moins gratifiant sur le plan artistique. J'y trouve une satisfaction à transformer ces idées abstraites en formes concrètes, à faire rire le charme sans le dénaturer.

Soudain, Dorothea entre, un sourire énigmatique aux lèvres. Ma bienfaitrice observe le travail en cours.

– Il semble que la magie opère déjà. Irène, Isidore, je savais que vous seriez une équipe formidable. Le talent reconnaît le talent.

La jolie blonde, à la beauté froide, lui accorde un bref hochement de tête. J'entends la fierté de Dorothea dans sa voix, sa conviction que je suis, “son protégé”, indispensable. La matinée s'écoule ainsi, entre dessins, choix des matières et discussions précises sur les nuances du rire et de l'élégance. Au fil des heures, une routine se met en place, celle d'un travail d'équipe professionnel intense, où chaque détail compte. Je suis plongé dans ma tâche, l'esprit absorbé par les challenges posés par ma partenaire, mais au fond de moi, persiste le souvenir d'un autre regard, d'un autre parfum : l'Arpège de

Lanvin, pourtant plus doux, plus crémeux et plus rond que le N°5, une mélodie discrète, attendant son tour pour réapparaître.

Chapitre XXV

Le doux ronronnement de la machine à coudre emplit l'atelier, un son familier et apaisant. Penché sur une pièce de satin noir, j'ajuste une pince avec la précision d'un chirurgien. A quelques pas, Irène, drapée dans une toile à patron esquisse les lignes d'une future robe de soirée, se tient devant le grand miroir. Son regard fixe sa propre silhouette, critique chaque pli, chaque tombé, avec une intense concentration.

Notre collaboration est désormais une routine exigeante mais stimulante. Nous sommes deux perfectionnistes. Je suis son complice silencieux par mon talent ainsi que par ma capacité à traduire ses moindres désirs. Nous parlons peu de choses personnelles, nos conversations tournent autour des coupes, des textures, de la manière dont une étoffe peut accentuer un trait de caractère ou une situation comique. J'apprécie cette rigueur, cette quête de l'excellence, qui m'aide à sortir de mes propres pensées sombres. Le film *Was geschah in dieser Nacht?* prend forme, et avec celui-ci, une série de costumes d'une élégance trompeuse, conçus pour sublimer le burlesque sans jamais le trahir.

Irène, le profil impeccable, se détache dans la lumière, se tourne vers moi.

– Je pense que cette épaule doit être légèrement plus tombante, monsieur Isidore. Juste un souffle. Pour donner l'impression d'une nonchalance qui, dans le contexte de la scène du quiproquo, deviendra un désarroi charmant.

Je m'approche, une épingle en bouche, et ajuste le tissu avec dextérité. Nos mains se frôlent brièvement, un contact purement professionnel, sans la moindre once d'intimité.
– C'est noté, Fräulein. Un tombé plus doux pour suggérer une vulnérabilité inattendue sous la surface.
Je recule et observe le résultat. La belle blonde racée acquiesce à peine.
– Parfait. C'est exactement cela. Vous avez un œil… unique.
Un compliment venant d'elle est une victoire. Une pointe de satisfaction m'enveloppe. Ce travail m'absorbe, entre le défi de cette nouvelle création et la présence exigeante mais inspirante de la jeune starlette allemande.
À ce moment précis, la porte s'ouvre lentement. Hilde Krahl apparaît sur le seuil, un sourire hésitant aux lèvres. Son parfum d'iris, qui m'est si cher, embaume soudain la pièce. Elle porte une simple robe de laine, et ses cheveux châtains sont partiellement ébouriffés par le vent. Hilde a manifestement l'intention de me faire une surprise.
Ses yeux balaient l'atelier, s'attardant sur ma silhouette penchée au-dessus de sa collègue, puis sur celle de la ravissante actrice drapée dans la toile. Le sourire de la belle autrichienne vacille un instant, remplacé par une expression plus neutre, presque interrogative.
Devant ce changement d'atmosphère immédiat, je lève la tête. Mes yeux rencontrent les siens. Durant une fraction de seconde, l'atelier des tissus et des croquis s'efface, laissant place à une sourde anxiété. Les deux femmes, l'une icône de la sophistication froide, l'autre incarnation de la douceur et de la tendresse, demeurent là, face à face, muettes.

Hilde reste sur le seuil de la porte, immobile. Ses iris, d'abord teintés de surprise, s'assombrissent imperceptiblement, traversés par une touche de jalousie ou un questionnement mêlé d'une subtile déception.. La fleur de son parfum semble moins légère, plus profonde, chargée d'une émotion différente.

Irène, plongée dans sa réflexion artistique, brise le silence la première, avec la politesse glaciale qui la caractérise. Elle tourne son visage vers l'entrée.

- Ah, mademoiselle Krahl ! Quelle agréable surprise. J'espère que nous ne vous dérangeons pas. Monsieur Isidore et moi sommes absorbés par les détails de mon nouveau projet cinématographique.

Sa voix est mesurée, sans aucune chaleur superflue, mais aussi sans malice. Elle est simplement professionnelle. En tentant de retrouver un semblant de contenance, une sueur froide perle sur mon front.

- Hilde ! Quelle bonne surprise ! Je m'exclame d'une voix qui trahit la fine tension que je m'efforce de masquer.

La jeune femme avance de quelques pas, une courbe affinée et un peu figé sur ses lèvres. Ses yeux restent fixés sur moi, puis glissent un coup d'œil rapide vers Irène et la toile à patron qui la couvre, comme pour évaluer notre proximité.

– Bonjour, mademoiselle von Meyendorff. Non, pas du tout, je vous en prie. J'espère trouver Dorothea. J'ai quelque chose à lui demander.

Hilde se tourne vers moi, son rictus devient un peu plus forcé.

– Je vois que vous êtes déjà bien occupé, Isidore, poursuit-elle. Ce nouveau projet semble… fascinant. Une comédie, n'est-ce pas ? C'est un registre nouveau pour vos talents, je suppose.

Je décèle dans son ton de voix une pointe à peine perceptible : une question voilée sur mon engagement dans ce nouveau domaine, peut-être aussi des doutes sur l'intensité de ma collaboration avec Irène.

– En effet, mademoiselle Krahl. Une comédie qui demande une précision chirurgicale. Monsieur Isidore comprend parfaitement cette subtilité. Nous explorons comment une coupe impeccable peut révéler le comique d'une situation et sa capacité à en saisir les nuances est… remarquable.

Le compliment d'Irène, bien que sincère et sans ambiguïté, résonne comme une confirmation de notre forte complicité artistique, jetant une ombre sur mon cœur. Je me sens écartelé entre ces deux demoiselles, chacune représentent une facette de ma vie : le refuge secret et tendre avec Hilde, et la façade publique et rigoureuse avec Irène.

– Oui, c'est un défi intéressant, j'ajoute en m'efforçant de paraître décontracté.

Son sillage d'iris, d'habitude si réconfortant, semble désormais porter une délicate mélancolie dans l'air de l'atelier, imprégnée aux notes plus froides, plus structurées de celui d'Irène.

Le majordome passe devant la porte. Il cherche ma bienfaitrice. Je vois là une échappatoire à ce moment tendu.

– Ah, je crois que quelqu'un cherche Dorothea. Elle doit être dans son bureau. Je peux l'appeler si vous le souhaitez, ma chère.

La belle autrichienne acquiesce. Son regard glisse de moi à Irène, puis s'arrête un instant sur le dessin que j'ai posé sur la table, avant de revenir vers moi. L'atmosphère est palpable, même si aucun mot ne la trahit ouvertement. À présent, je sais que cette rencontre aura des répercussions sur l'équilibre fragile de mon monde.

À peine ai-je fini ma phrase sur Dorothea qu'elle est déjà dans son bureau. Un bref signe de tête à notre encontre, et Hilde se dirige vers la pièce où se trouve ma bienfaitrice. De notre côté, Irène et moi reprenons le travail avec une concentration presque trop parfaite. Le parfum d'iris, d'ordinaire si serein, vibre d'une nouvelle urgence. Elle pousse la porte et trouve Dorothea, comme prévu, penchée sur des papiers. Sa silhouette élégante se segmente contre la lumière pâle de la fenêtre.

Cette dernière lève les yeux, stupéfaite par l'irruption soudaine de la jeune femme. Son regard perçant balaie le visage tendu de la starlette autrichienne, et perçoit spontanément que quelque chose d'important s'est produit. Le calme naturel d'Hilde se change en une détermination palpable, parcourue d'une agitation sourde.

– Hilde ? Je t'attendais à l'atelier. Tout va bien ?

Celle-ci referme la porte derrière elle, comme pour sceller l'intimité du bureau. La beauté douce s'avance d'un pas décidé, les yeux fixés sur Dorothea, sans considérer les convenances.

– Non, Dorothea. Rien ne va bien. Ou plutôt… je dois faire en sorte que quelque chose aille bien, maintenant.

Elle prend une profonde respiration, ses doigts serrent et desserrent un pli de sa robe. Mon image penchée sur Irène, nos têtes si proches, pendant cette conversation intense sur les coutures, je sens que les détails, brûlent encore sur sa rétine.

– Je suis venue te demander une chose. Très… délicate. C'est à propos d'Isidore.

La tension dans sa voix est évidente. Ma bienfaitrice reste silencieuse, le portrait impassible, bien que ses iris montrent une écoute attentive, accompagnée d'une curiosité et d'une appréhension subtile.

– Je sais que la situation est complexe, poursuit Hilde. Je sais qu'il est sous votre protection, que sa vie est faite de contraintes invisibles. Mais… je dois le revoir. Vraiment le revoir. Non pour des essayages, ou des discussions de travail sur la "subtilité du comique".

Son ton devient urgent, ses mots pressés. Elle fait un pas vers le bureau de l'amie de Mlle Hildebrand.

– Je veux l'inviter. Chez moi. Pour une soirée. Pour une nuit. Pour… fixe-t-elle le sol un instant, pour reprendre là où nous nous sommes arrêtés, Dorothea. Le baiser. À la première des *Comédiens*. Pour nous, pour ce que nous avons vécu pendant la création… c'est là que tout s'est scellé. J'ai besoin de savoir si c'était.. réel. Si nous pouvons y retourner.

L'actrice berlinoise cligne lentement des yeux. Son visage, jusque-là impassible, trahit une fraction de seconde de surprise, avant qu'une expression de calcul froid ne s'installe. Le risque est immense. Pour elle comme pour moi. La moindre erreur pourrait avoir des conséquences catastrophiques.

– Hilde, tu comprends la gravité de ta demande ? Isidore vit sous une surveillance constante, même ici. Chaque déplacement est un risque. Chaque absence inexpliquée, une menace.

– Je comprends ! Je ne suis pas naïve, Dorothea. Mais il en a besoin. J'en ai besoin. Le voir ainsi, si absorbé, si sollicité par d'autres… Il ne faut pas qu'il perde ce qui le fait vibrer au plus profond, ce qui le maintient humain. Et je crois, j'espère, que je peux être cela pour lui. Ou, du moins, lui offrir un moment où il n'aura pas à faire semblant.

Le timbre d'Hilde est empreint d'une sincérité désarmante. Dorothea la regarde longuement, pesant les mots, les intentions et surtout les dangers. Elle connaît ma fragilité, la nécessité de me maintenir en vie, artistiquement et émotionnellement. Une telle connexion, si risquée soit-elle, pourrait bien devenir ma bouée de sauvetage.

– Il n'y a pas d'autres "essayages de dernière minute" qui justifieraient son absence ici. Il faudra trouver une couverture plausible. Et la discrétion devra être absolue. Personne, je dis bien personne, insiste-t-elle sèchement, ne devra se douter de sa présence chez toi. Les domestiques…

– Mes domestiques sont dévoués, réplique Hilde frénétiquement, ils sont discrets. Je sais comment faire. Je sais être prudente. Une panne de voiture, une visite imprévue d'un "cousin éloigné" venu de province… Je trouverai une explication.

Le regard de la demoiselle est déterminé. Elle ne reculerait pas. Dorothea laisse échapper un léger soupir, presque imperceptible.

– Très bien. Je vais voir comment organiser cela. Il me faudra du temps pour préparer sa sortie d'ici sans éveiller les soupçons. Une soirée en semaine serait moins remarquée. Je te téléphonerai. Mais sois bien consciente, ma chère, que si cela est découvert, les conséquences seront incalculables pour nous tous. Pour Isidore, ce sera bien pire.

Hilde s'avance et, dans un geste de gratitude impulsive, prend la main de Dorothea.

– Je ferai attention. Je le jure. Merci, Dorothea… merci infiniment.

La main de ma bienfaitrice serre légèrement celle de la jeune actrice, un rare geste d'approbation personnelle. Pour moi, elle risque beaucoup. Mais peut-être que l'amour, même tapi dans l'ombre de la guerre, est un risque que son âme a besoin d'affronter.

Le reste de l'après-midi avec Irène se déroule dans une tension feutrée. Avec toute sa concentration, elle ne laisse rien paraître pourtant, je reste hanté par l'image du visage d'Hilde sur le seuil, le sourire vacillant, cette pointe d'interrogation dans son regard. J'attends avec une anxiété sourde la réaction de Dorothea, sachant que la jeune fille s'est rendue auprès d'elle.

Tandis que le crépuscule s'installe, je range mes dessins. À ce moment, ma bienfaitrice franchit le pas de la porte de l'atelier. Malgré son expression neutre, je reconnais une gravité inhabituelle dans ses yeux.

– Isidore, un instant, dans mon bureau.

Je la suis, le ventre noué. Je me doute déjà du sujet de notre conversation. Dorothea s'assoit derrière son grand bureau en bois sombre, le visage éclairé par la seule lampe de la table qui crée des zones d'ombre dramatiques.

– Hilde est venue me voir. Juste après votre… rencontre impromptue à l'atelier.

J'acquiesce, les mains jointes devant moi, impatient du verdict.

– Je m'en doutais. Elle avait l'air…

– Elle avait l'air déterminée, réplique-t-elle immédiatement. Elle veut vous inviter chez elle. Pour une soirée. Une nuit. Elle veut reprendre ce que vous avez commencé à la première des *Comédiens*. Le baiser.

Mon coeur fait un bond. S'ensuit alors une vague d'espoir, si intense que cela en est douloureux. La confirmation de ce désir, après l'incertitude et la tension de l'après-midi, est un soulagement brutal. Bien que l'avertissement de l'amie de ma protectrice sur la "gravité" de la situation bourdonne encore dans mes oreilles.

– C'est… c'est possible ? je murmure.

Dorothea me fixe d'un regard perçant.

– Rien ne l'est dans les circonstances actuelles, mon cher. Tout est un risque. Le moindre mouvement que vous faites en dehors de ces murs représente une mise en danger de votre vie. Et de la mienne, qui plus est. Et, si vous deviez être découvert chez Hilde, les conséquences pour elle seraient tout aussi désastreuses.

L'actrice marque une pause, me laissant le temps d'assimiler la dure réalité de ses paroles.

– Cependant… reprend-elle, mademoiselle est très insistante. Elle est prête à prendre des précautions extrêmes. Et je crois… je crois que cet exutoire, cette connexion, est nécessaire pour vous.

Dorothea m'explique qu'elle me trouve trop tendu, trop refermé sur moi-même. Que l'art seul ne suffit pas toujours à l'âme. Une reconnaissance profonde me submerge. Cette femme, pragmatique, calculatrice, voit au-delà de la façade, et discerne mon besoin le plus profond.

– Je… je ne sais comment vous remercier, Dorothea, je bégaye, je serai prudent. Je le jure.

Son ton me fait comprendre que je n'ai pas le choix. Elle m'informe des conditions de cette invitation : ce sera la nuit prochaine, un mardi. Moins de monde dans les rues, moins de patrouilles régulières. Officiellement, je serai en train de travailler sur des esquisses "urgentes" pour un projet du ministère, qui nécessitent de m'isoler dans un appartement discret dont elle a les clés. Personne n'y verra rien à redire.
Elle sort une feuille de papier sur laquelle sont tracés quelques croquis.
– Un chauffeur de confiance vous déposera à plusieurs rues de son domicile. Vous irez à pied, seul, et vous vous fondrez dans l'ombre. Pas de taxi direct. Portez des vêtements sombres, mais sombres. Une fois chez elle, vous ne bougez plus. Vous y resterez jusqu'à l'aube. Je l'ai informée de tout cela, elle prendra donc les précautions utiles de son côté pour que personne ne vous voit arriver, ni partir.
Dorothea lève les yeux sur moi, l'air grave.
– C'est un test, Isidore. De votre discrétion, de votre prudence. Mais aussi… de la force de votre connexion. Ne faites rien qui puisse trahir votre présence. Soyez un fantôme. Compris ?
– Compris, madame, je hoche la tête, absolument compris.
L'excitation et la peur dansent en parfaite harmonie dans mon être. Je vais enfin revoir Hilde, sous un autre jour, dans une intimité que je n'osais espérer. Le visage d'Irène von Meyendorff s'efface de mon esprit, remplacé par le souvenir du parfum d'iris, de la douceur des lèvres d'Hilde. A nouveau, une lueur perce les nuages, promettant un moment de pureté volé au monde en guerre.

Chapitre XXVI

Une attente, une torture exquise. Chaque minute semble s'étirer, chaque heure me rapproche d'un instant volé. Ce mardi soir est nimbé d'un ciel lourd et bas qui promet la pluie. Je me concentre à suivre à la lettre les recommandations de Dorothea. Je quitte la résidence peu après la tombée de la nuit, sac de voyage en main. Ma silhouette se fond dans l'obscurité des rues, tel un fantôme parmi les rares passants. Un chauffeur taciturne aux yeux vifs me dépose à plusieurs mètres du domicile d'Hilde, dans un quartier huppé, étonnamment silencieux et obscurci par le couvre-feu.

Le froid me saisit dès que je pose le pied sur le pavé mouillé. L'air sent la cendre et l'humidité. Je marche d'une cadence rapide, mesurée, le col de mon manteau relevé. Les bruits, les corps, les faisceaux de lumière qui transpercent les rideaux des maisons, sont une menace potentielle. J'ai la sensation d'être à la fois exposé et étrangement vivant, porté par l'anticipation.

L'immeuble d'Hilde se sculpte enfin en une forme sombre et élégante. Je découvre la porte entrouverte, comme convenu. Le calme du vestibule, uniquement troublé par l'écho de mes pas, me soulage. Je monte les escaliers, chaque marche un battement de cœur.

Je frappe doucement à la porte, deux coups brefs, puis un troisième. Celle-ci s'ouvre presque aussitôt. La belle Fräulein se tient là, éclairée par la douce lueur intérieure. Vêtue d'une robe de chambre de soie vert pâle, ses cheveux châtains sont légèrement ébouriffés. Ses yeux émeraude, d'ordinaire si expressifs, sont empreints de nervosité et de tendresse infinies. Le sillage d'iris m'enveloppe aussitôt d'une vague de familiarité, de pur bonheur.

– Isidore…

Son timbre, un murmure à peine audible, me serre la gorge d'émotion. Je ne peux que la regarder, l'incarnation de tout ce que je chéris. Enfin, je suis là. Dans ce sanctuaire, loin du chaos, de la noirceur.

Elle ne dit rien, ne fait aucun geste hâtif. Pour mon plus grand plaisir, ses yeux ne me quittent pas. Subitement submergé par un courant d'apaisement et d'amour, je pose mon sac à terre et tends mes mains vers elle. Ses doigts fins se referment sur les miens. Nos regards s'enlacent. Il y a dans les miens une question, une imploration. Dans les siens, une réponse muette.

– Hilde…

Sans avoir besoin d'en dire davantage, la jeune femme se blottit contre moi. Je referme mon étreinte, enfouis mon visage dans sa chevelure, où je respire son parfum, devenu ma seule ancre, puis dans son cou. La chaleur de son corps, la délicatesse de ses doigts dans mon dos, me réconfortent.

– Je n'ai pas cru que vous viendriez. Le risque…

– Pour vous, je serai venu au bout du monde, je la rassure d'une voix rauque, vibrante de sentiments.

Dans cet élan, lentement d'abord, nos lèvres cherchent l'approbation de l'autre, avant que cela ne devienne une urgence croissante. Il ne s'agit pas du baiser volé de la réception, teinté d'adrénaline et de la peur d'être surpris. Non, celui-ci est profond, suave, imprégné de tous nos émois refoulés, de toutes nos attentes, de toute la vulnérabilité de nos âmes qui se reconnaissent. Il s'agit de notre premier acte charnel de consolation, de promesse, un sceau sur un amour qui défie les ténèbres du monde.

Nous restons longtemps ainsi, enlacés au milieu du salon, où nos bouches se nourrissent d'une intimité retrouvée. Plus rien dehors n'existe. Tout cela est irréel. Ici, dans le refuge de l'iris, il n'y a qu'Hilde, moi-même, et la fragilité inestimable de notre amour.

Ce soir, je me laisse porter à l'ouverture du cœur, aux confidences. Sans réflexions, sans doutes, sans peur. Rien de tout cela. Mais avec délicatesse tout de même, pour ne pas la brusquer. Il n'y a que la sincérité et la loyauté à son égard qui comptent pour moi. Alors je lui parle avec retenue de mon enfance en France, des cercles obscurs qui me consument, que je préférerais ne pas déranger. Hilde me regarde avec douceur et intensité.

– La souffrance ne s'efface pas en étant ignorée, Isidore, dit-elle, la voix grave et pleine de compréhension poignante. Parfois, il faut l'écouter, la regarder en face pour qu'elle perde son pouvoir.

Ces mots ont une résonance profonde. Avec une hésitation douloureuse, je commence à évoquer les violences, les sévices sexuels, le silence assourdissant de ma mère. À chaque bribe de souvenir partagé, je guette dans ses yeux le dégoût ou la pitié, mais je n'y trouve rien de tout cela. Je n'y vois qu'une empathie silencieuse de ma douleur.

À son tour, Hilde laisse transparaître des fragments de sa propre histoire, des peines tues, des luttes intérieures. Elle ne s'étend pas sur les détails, bien que je perçoive une sensibilité à fleur de peau. Une âme qui elle aussi connaît les combats.

Hilde relève la tête, les yeux émeraude rencontrent les miens. Ils brillent de détermination et d'une humidité contenue.
– J'ai eu si peur, Isidore, murmure-t-elle dans un souffle, peur de ne plus jamais… de ne plus jamais revoir ces yeux.
Sa main caresse doucement ma joue, son pouce effleure ma tempe. Je ferme les paupières un instant, savourant ce contact d'affection pure.
– Je suis là, ma chère. Je suis là.
Un léger sourire peint ses lèvres. La belle autrichienne s'écarte juste assez pour me regarder de plain pied, ses mains posées sur mes épaules.
– Dansons, très cher, propose-t-elle soudainement, avec une tendresse qui voile une impulsion.
Hilde glisse une main dans la mienne, et garde l'autre sur ma carrure. Je la serre contre moi, où je l'agrippe naturellement aux creux de ses reins. Un pas après l'autre, nos corps se meuvent, sans musique audible, seulement épris d'un rythme régulier, alangui, et de notre respiration. Une valse lente, intime.

Au fond d'un bois, dans un château, vit une jolie princesse aux yeux gorgés de tristesse comme les roseaux. Elle est pourtant belle, bien plus fraîche que la source, aussi frêle qu'une gazelle, bien plus douce que la mousse. Oui, mais elle pleure toujours, car elle sait qu'elle est une princesse sans amour.

On raconte cette histoire à la bonne fée, la fée des mal-aimés. Qui, de sa baguette magique, touche un rosier. Et le rosier, pudique, se transforme en un prince magnifique qui épouse la princesse, et l'on dit depuis que la princesse rit de ne plus être princesse sans amour.

Cette valse de Vienne s'achève, aussi docilement que son début. Front contre front, nos sublimes demeurent unis. Dans le calme douillet du salon, le cœur d'Hilde bat contre ma poitrine, d'un rythme rassurant, une aria à lui seul.

Hilde est la première à briser le silence. Sa voix bourdonne contre mon épaule.

– Tout cela… cette bulle que nous créons, commence-t-elle, ses doigts caressant ma nuque. Le monde entier pourrait s'écrouler dehors, et je…

L'actrice inspire doucement, cherche ses mots, puis les trouve du fond de son âme.

– Rien que pour ça, Isidore, rien que pour ça.. je l'aurais fait.

Je relève la tête, et la fixe, le cœur serré. Dans ses yeux chante l'écho de mes propres peurs, mais aussi une résolution inébranlable. Je ressens sa force, capable de trouver la lumière au milieu de la plus sombre des nuits.

– Vous auriez fait quoi, ma violette rose poudrée ? je murmure d'une voix rauque.

La belle sourit tendrement, une étincelle de malice et d'amour dans le regard.

– Tout : venir ici, braver les interdits, vivre chaque instant comme si c'était le dernier. Les risques… les peurs…

Elle secoue légèrement la tête.

– Rien que pour ça, je l'ai aimé.

Sa main remonte pour me caresser la joue. Son pouce effleure mes lèvres.

– Chaque instant, chaque souffle, passé avec vous. Rien que pour ça, j'aurais tout donné. Mon coeur, mon âme.

Ses paroles sonnent avec tant de véracité que mon souffle se coupe. Il s'agit de la même certitude qui m'a poussé à braver Berlin sous le couvre-feu, l'exactitude conviction que cette Fräulein vaut tous les dangers, tous les sacrifices.

– Et moi, Hilde, je réponds d'une voix plus profonde, chargée d'émotion brute. Rien que pour ça, pour ce que nous sommes ici, ce que nous bâtissons. Mon monde, il est ici, avec vous.

Je la serre plus fort, et l'embrasse avec délicatesse sur le front.

Oui, rien que pour ça. Simplement parce que les Hommes ont tous les mêmes droits. Simplement parce que personne ne peut dire qui est modèle ou maudit.

Rien que pour ça. Simplement parce que la terre est à toi et à moi, rien qu'un point dans l'univers. Et si l'on a grandi en étant si petit, c'est qu'un jour nous nous sommes dit...

Que rien que pour ça, il ne faut pas laisser hurler ceux qui aboient. Mais qu'est-ce qu'ils croient ? Ont-ils oublié que l'amour ne choisit pas ?

J'ai le coeur en noir, la couleur de l'espoir. Rien que pour un enfant qui voit son père par terre, pour le choix que l'on a tous et que l'on doit faire. De dire maintenant c'est trop, et qu'un cheval au galop, parfois ne s'arrête pas...

Il faut leur apprendre qu'à se regarder, l'on finit par se comprendre. Il faut leur dire que juger quelqu'un sur sa peau, il n'y a rien de pire.

Oui, j'ai le coeur en noir… la couleur de l'espoir.

Hilde d'un pas, me regarde avec une tendresse infinie, ses doigts fins toujours posés sur mon portrait. Le temps a cessé d'exister. Or, la fatigue émotionnelle et celle de la journée se font sentir.

Hilde pose un doux baiser sur la pointe de mon nez, un baiser sur ma bouche, léger et prometteur. Elle quitte son étreinte, juste assez pour prendre ma main. Ses doigts se referment autour des miens avec une grâce invitante.

– Venez, Isidore, dit-elle d'un timbre caressant. Le feu s'endort et la nuit nous attend. Mais avant cela…

Hilde me tire doucement vers la porte adjacente au salon, celle qui donne sur sa salle de bain.

Je la suis sans hésitation, nos regards ancrés. Je sens la chaleur de sa main, le contact apaisant de nos peaux. L'idée d'un bain, après les tensions d'aujourd'hui, le froid des rues, est une délicatesse inouïe.

La demoiselle ouvre la porte. Une vapeur chaude aux effluves de savon et d'herbes aromatiques s'échappe. La pièce est baignée d'une lumière tamisée, qui vient de quelques bougies, où des ombres se projettent sur les murs carrelés. Au centre trône une baignoire ancienne, déjà remplie d'eau fumante, de fines bulles flottent à la surface.

– J’ai préparé l’eau chaude, dit Hilde, les yeux pétillants d’une proposition silencieuse, pour apaiser les corps… et les esprits.

Elle me regarde avec une limpidité telle que je ne peux mal comprendre ses intentions.

– Viens, mein liebling. Détends-toi.

Ça y est, elle vient de faire tomber une barrière d’intimité entre nous. Toute la tension accumulée dans mes muscles commence à fondre. Ce refuge auquel j’aspire tant n’est pas uniquement dans ses bras. Il est dans chaque geste, dans chaque attention qu’elle me porte. Il s’agit là d’une promesse de sérénité, un sanctuaire de tendresse où le monde extérieur n’a pas sa place. Je la rejoins au bord de la baignoire, nos mains éternellement liées l’une à l'autre.

Je crois que nous n’avons pas le droit d’être là. Et pourtant, nous sommes bien en train de nous mettre à nu. Je n’ai qu’une prière pour les temps qui viennent : que les déesses protègent toujours ma famille, mes nymphes de Berlin. Et qu’elles me donnent si possible l’envie de vivre encore plus fort, dans la grisaille des villes, mettons-nous d’accord. Je ne demande pas grand-chose, ni argent ni bouquet de roses. Je veux seulement garder pour moi cette soirée en photo, un drapeau blanc sur cette demeure, le sens de l’humour, quelques notes d’un piano… Un ciel d’Allemagne tout là-haut, un peu de parfum sur la peau, et beaucoup d’amour… C’est mon cadeau… J’ai peur du monde et des temps qui viennent, j’ai peur de dire “je t’aime”. Que les déesses protègent mon cœur des coups de cœur faciles. Et qu’elles me donnent si possible la force d’être toujours moi, dans les moments fragiles où je ne saurai pas..

L’eau est chaude. Adossé à Hilde, mon dos contre son buste, mes épaules vulnérables frémissent sous son souffle. Ses doigts fins glissent au-dessous de l’eau, sur mes hanches, le long de mes cuisses, dessinant des cercles. Je retiens ma brise mais mon corps réagit à chacune de ses caresses. Elle effleure sans jamais presser. D’abord le creux de mon ventre, puis l’intérieur de mes jambes. Ma tête bascule sur sa clavicule, les yeux clos, mon bras autour de son cou, abandonné. Sa main glisse sur ma poitrine, la frôle de ses phalanges, remonte jusqu’à mon cou, puis descend plus lentement encore, éveillant tout ce qui, en moi, veut s’ouvrir.

Mes doux gémissements, presque malgré moi, noient ma voix dans sa gorge pleine. Le meilleur refuge qu’un homme puisse rêver. Sa main trace son chemin au cœur de mes cuisses, et se referme juste assez pour me faire grogner sous l’effet de ses mouvements. Hilde bascule dans mes bras, le regard enraciné dans le mien, les lèvres entrouvertes. Ma douce gazelle pose ses mains sur ma nuque, puis descend sur mon torse. Elle se soulève délicatement dans l’eau, me place contre son corps. Nos respirations s’entrechoquent, nos regards brûlent, et quand j'atteins le cœur de sa fleur, c’est dans un silence chargé de vertige. Je me retrouve dans l’interdit, dans l’ardeur d’un amour que je n’aurais jamais cru pouvoir goûter…

Dans les profondeurs d'un bain
De pétales d'iris,
La nymphe romantica, tu m'enveloppes
De ta peau de soie.

Messagère des dieux,
Tu me fais ressentir
Ce que l'amour veut dire
Par l'émeraude de tes yeux.

Cajolé à tes seins,
Tu abreuves la libellule
De ta rivière pourpre,
Tu me fais vivre ce qu'est l'amour.

Chapitre XXVII

Blottis l'un contre l'autre sous les couvertures, nous laissons la chaleur de nos corps effacer les dernières traces du monde extérieur. Cette nuit a été un havre de paix, un sanctuaire d'amour où le temps n'a plus de prise, où seuls nos murmures et nos tendresses peau contre peau existent. Je caresse avec distraction la soyeuse chevelure de *Ma Hilka*, le souffle régulier sur son front. Enlacés, nos bras unis sur nos tailles, nous nous sentons en sécurité. Quand je pense à cet abandon dans le bain… jamais je n'aurais cru qu'un jour une fille sache comment s'occuper de moi. Elle a compris comment s'y prendre, malgré les sévices sexuels que l'on m'a infligés - cette cicatrice cristalline. Pourtant, jusqu'à cet instant, je n'en avais pas conscience. Désormais, je rêve de vivre chaque jour qu'il me reste avec *Ma Hilka*, que toutes mes prochaines nuits se passent ainsi…

Mais le lever du soleil qui peint les cieux d'un gris pâle, s'insinue par les fentes des rideaux. En sa compagnie, la réalité du dehors, les dangers, les missions, la guerre, commencent à nous rappeler nos souvenirs. Un silence plus lourd s'immisce, celui des choses inexprimées mais ressenties.

– Tu dois partir, moja draga ljubavi, soupire Hilde, doucement. Il s'agit malheureusement d'un constat. Je la serre plus fort.

– Je le dois. Pour que des nuits comme celle-ci deviennent la norme. Pas un luxe volé.

Je dépose un baiser sur sa tempe.

– Je reviendrai, *Ma Hilka, Ma Violette Rose Poudrée.* Chaque fois que je le pourrai.

Ma belle autrichienne d'origine croate lève les iris vers moi, ses prunelles émeraude emplies d'une tendresse infinie et d'une pointe d'appréhension.

– Je t'attendrai. Toujours. Mais sois prudent, mon amour. Le monde…

Sa voix s'étrangle un instant.

– Le monde est si cruel derrière les rideaux.

J'écarte une mèche de cheveux de son visage.

– Ce monde-là ne nous aura pas, moja princeza. Pas tant que nous aurons des nuits comme celle-ci à espérer.

Mes doigts se posent sur son menton, je la regarde intensément.

– Souviens-toi de chaque moment. Ils me donneront la force.

Un léger sourire tremble sur ses lèvres.

- Chaque moment. Rien que pour ça.

Et Hilde m'embrasse d'un baiser profond, rempli de promesses tacites, un serment chuchoté entre deux âmes qui savent que leur amour est une étincelle frêle, bien que indomptable dans les ténèbres. Lorsque le son d'une sirène lointaine déchire le calme matinal, annonçant le réveil de la ville et de ses dangers, nous savons qu'il est temps de se quitter.

Penché sur la table de travail, crayon à la main, je fronce les sourcils devant un croquis complexe. Les lignes de la robe de soirée prennent vie sous mes traits, cela dit, j'hésite sur le drapé des hanches. Irène, elle, tourne autour d'un mannequin, épinglant un corsage de satin d'une couleur crème délicate, les lèvres pincées de concentration.

– Non, Isidore, déclare-t-elle, sans même me regarder. Elle sent mon hésitation. Sa voix est douce mais ferme, avec une subtile inflexion qui trahit ses origines plus aristocratiques.

– Cette traîne… elle manque de drame pour mon entrée. Rappelez-vous, je dois arriver comme une apparition, pas une simple entrée.

Je redresse la tête, un sourire au coin des lèvres.

– Une apparition, Irène, avec un minimum de tissu en ces temps de rationnement ? Vous me demandez des miracles !

La belle blonde à la beauté froide, d'origine germano-balte née en Russie, me jette un regard amusé par-dessus son épaule.

– C'est pourquoi j'ai Isidore Hyacinthe. Vous êtes un magicien avec une aiguille, pas vrai ? Pensez à la façon dont la lumière de la salle jouera sur le mouvement. Imaginez-moi, me déplacer, et le tissu qui me suit comme une vague, décrit-elle d'un geste ample de la main, traçant une ligne imaginaire dans l'air.

Je hoche la tête, et reprend mon crayon. Irène a raison, comme toujours. Elle a ce don unique de visualiser non seulement sa robe de soirée, mais aussi la manière dont elle vivrait le soir de première, épousant son déplacement et sa personnalité. Les contraintes du temps de guerre, les pénuries de matériaux ne font qu'aiguiser notre créativité. Chaque mètre d'étoffe est précieux, chaque pli doit compter.

– La lumière sera plus intime avec des reflets sur les verres et l'argenterie. La toilette doit capter l'ambiance. Moins de grandiloquence… plus de mystère subtil. Une élégance qui se révèle sous le regard, non qui s'impose.

Irène courbe ses lèvres, approuvant mon raisonnement.
– Exactement, mon cher. Pas une apparition théâtrale, une révélation. La robe doit être une seconde peau. Pensez au velours, peut-être. Un velours de soie sombre, qui absorbe la lumière et ne la restitue qu'en caresses. Ou un satin lourd qui glisse sans un bruit.
– Un double biais sur le jupon interne, je suggère, l'esprit déjà plongé dans la complexité du patron, dont je réajuste la vision. Cela donnerait plus de volume sans nécessiter des mètres de tissus supplémentaires pour la traîne. Et si l'on ajoute une broderie discrète de perles noires ou de jais, le long du col ou des poignets ? Juste un scintillement, un piège à la lumière.

La journée avance au rythme du cliquetis des ciseaux, le son de la matière sous les doigts, et nos discussions passionnées, sur la coupe, la couleur et l'impact émotionnel de chaque détail. À l'extérieur, le monde est en conflit, mais dans cet atelier, Irène et moi tissons des rêves, des illusions, des fragments de beauté destinés à briller, sous l'œil de Dorothea, ne serait-ce que pour un instant, dans les allées de la salle de spectacle. Et moi, je me sens à ma place, au cœur de cette création qui, à ma manière, est une forme de résistance à la grisaille ambiante.

Irène est rentrée chez elle. Plongé dans mes pensées, je me repose de cette journée assis dans un fauteuil en cuir. Dorothea, installée dans un fauteuil identique, en face de moi, tient un livre ouvert sur ses genoux. Elle le lit, ou feint de le faire, car son regard revient sans cesse vers moi, empreint d'une sollicitude discrète.

– Mon amie vous manque, n'est-ce pas ? me demande-t-elle d'une voix douce, en gardant ses yeux sur son livre.

Sa question, lancée avec tant de simplicité, me frappe de plein fouet. Je me raidit légèrement. Je ne l'ai pas revue depuis le matin où Hilde, ma bonne fée, a dû me confier à Dorothea, après l'intrusion de Herr Kessler.

Mes souvenirs, soudain, se remémorent que chaque jour sans elle n'est qu'un vide, une absence douloureuse qui résonne dans le silence de cette demeure.

– Elle me manque, oui, j'admets finalement, la voix rauque, surpris par la sincérité de mes propres mots.

Je relève les yeux vers mon hôtesse, qui a enfin posé son livre. Ses iris gris me fixent d'une compréhension quasi maternelle.

– Je m'en doutais, dit-elle simplement, la distance est parfois plus cruelle que la menace elle-même. Mais elle est nécessaire, Isidore. Pour vous deux. Et je suis persuadée que tu lui manques aussi beaucoup.

Je hoche la tête, les mâchoires serrées.

– Je sais. C'est juste que… l'incertitude est difficile à supporter. La savoir seule, chez elle, exposée…

Dorothea se lève et se rapproche de la petite desserte où se trouve la théière.

– Hilde est forte, Isidore. Bien plus que beaucoup ne l'imaginent. Elle a affronté bien des tempêtes, et elle a survécu. Elle survivra à celle-ci.

L'actrice me tend une tasse de thé chaud.

– Buvez ça.

Je la prends. La chaleur réconfortante m'infuse les doigts. Dorothea ne me laisse jamais m'apitoyer sur mon sort. Elle est devenue mon ancre, ma protectrice, mais aussi ma conscience pragmatique, me rappelant qu'il est nécessaire d'agir, de survivre, pour le futur que j'espère tant. Dans cette maison, sous son œil attentif, je sais que je suis en sécurité. Cependant, je sais également que cette sécurité n'est qu'une étape avant le prochain acte de cette guerre qui ne cesse de dicter nos vies.

Chapitre XXVIII

La fin d'après-midi est triste. Le ciel est gris. Les rideaux épais de la pièce sont tirés pour laisser passer une luminosité maximale. L'air est lourd, malgré la tenue des lieux, et le silence de la maison pèse sur mes épaules.

Assis à la table de travail, les dessins du film d'Irène sont étalés devant moi, mais mon regard est vide. Je réfléchis. Je me perds dans les lignes sinueuses, or, mon esprit est ailleurs. Dans le souvenir de ce que j'ai perdu, de ce que je ne peux plus créer.

La porte s'ouvre doucement, Dorothea entre, le port majestueux adouci par la délicatesse avec laquelle elle tient un bouquet de fleurs. Elle n'est pas seule. Derrière sa carrure, je distingue à peine une jeune fille brune à l'épaisse chevelure bouclée. Vêtue d'un pull en tricot à rayures sombres et claires, d'une jupe longue et plissée, ses bras sont croisés avec une décontraction pleine d'assurance, mais son regard direct et pétillant trahit une intelligence vive, de surcroît, une pointe de malice.

– Isidore, mon cher, commence Dorothea, la voix posée, chaleureuse, et un léger sourire aux lèvres, j'ai le grand plaisir de vous présenter Fräulein Hannelore Schroth. Hannelore, voici Isidore Hyacinthe. Tu as sans doute déjà admiré son travail.

La jeune demoiselle s'approche de moi, et me tend une main. Son sourire est vif, ses yeux brillants.

– Monsieur Hyacinthe, je suis enchantée. Vos créations ont une âme. La façon dont elles bougent, dont elles subliment… Je suis fascinée par votre sens du détail.

Touché par sa sincérité, je me lève et embrasse sa main.

– Fräulein, l'honneur est pour moi. Votre présence éclaire mon horizon.

– Charmant, rit Hannelore, dont l'expression douce et intense laisse transparaître une force intérieure, mais je ne suis pas ici pour un rôle, Herr. Pas directement, du moins.

La jeune starlette allemande se tourne vers Dorothea, nous regardant avec une bienveillance complice.

– Hannelore a une requête très personnelle, Isidore, m'explique cette dernière avec des yeux insistants., une envie que j'ai bien du mal à refuser.

La jeune femme s'approche davantage de la table avec une moue délicate.

– Je ne veux pas de costumes pour un film, monsieur Hyacinthe. Je veux… retrouver un peu de ce qui se cache sous les étoffes.

Son regard croise le mien, soudain plus vulnérable.

– Les temps sont si durs. Tout est utilitaire, gris, contraint. On oublie la beauté pour soi, la douceur pour son corps. J'aimerais que vous me créiez de la lingerie, Herr. Quelque chose d'exquis, de tendre, juste pour moi. Pour me sentir encore… femme, au-delà de l'actrice, au-delà de la guerre.

Sa demande me frappe telle la foudre qui rompt un chêne. De la lingerie… La dernière fois que j'ai confectionné ces pièces d'intimité, c'était il y a plusieurs mois, avant mon enrôlement forcé. Depuis, le régime me pousse à mettre mon talent au service du Hollywood nazi. De la propagande. Des robes qui doivent exalter la grandeur du Reich. Mes dessous, eux, sont scrutés comme une frivolité décadente, un nouveau diamant brut que l'on veut enterrer. S'y atteler serait un acte d'insubordination, un risque immense. Si ma reprise d'activité est découverte, je serais sévèrement puni… Et cela mettrait Dorothea en danger tout autant.

La gorge nouée, j'ouvre la bouche pour refuser.

– Mademoiselle… je.. ce n'est pas… les circonstances… je ne peux pas, je cherche mes mots pour refuser poliment, une raison plausible pour masquer ma peur.

Hannelore perçoit avec perspicacité la source de mon hésitation qui va bien au-delà des fournitures.

– Je sais qu'il s'agit là d'une folie. Mais Dorothea m'a dit que si quelqu'un peut le faire, avec goût et ingéniosité, c'est vous. Elle a parlé de vos “chants de beauté”, des pièces si raffinées qu'elles frôlent l'invisible, et pourtant transforment tout.

Dorothea intervient, d'une voix grave et posée, coupant court à toute objection de ma part. Mon regard croise le sien. J'y lis un message plus profond : *je sais les risques, mais j'ai un plan.*

– C'est un défi, Isidore. Aussi une occasion de créer de la beauté là où elle est nécessaire : dans l'intime. Voyez-le comme un acte de résistance, non contre un régime, contre la laideur que le monde nous impose. Ne vous inquiétez pas, je veillerai personnellement à la discrétion la plus absolue. Personne ne saura.

Je m'arrête sur les œillades implorantes d'Hannelore, puis sur les yeux confiants et stratégiques de mon hôtesse. Le dilemme est clair : risquer l'exposition pour une commande de luxe privée, ou m'enfermer encore plus dans le nuage sombre de la propagande. Cependant, l'idée de sculpter à nouveau de la soie, du satin, de la dentelle, de faire vibrer la féminité en secret, réveille en moi une flamme presque oubliée, un rappel de ma véritable passion d'artiste, avant qu'elle ne soit emprisonnée.

J'expire lentement.

– Très bien, très chère Fräulein, dis-je, les lèvres courbant un sourire forcé mais déterminé, nous allons défier… le reste. Quand pourrais-je prendre vos mensurations ?

Le mot est prononcé, l'atmosphère change. La tension d'un refus potentiel s'évapore. Hannelore affiche un sourire radieux.

– Maintenant ! Si vous êtes libre, Herr Hyacinthe. Je suis à votre entière disposition.

Observant la scène avec attention, Dorothea se lève.

– Excellente initiative. Nous allons utiliser ma petite pièce attenante, Isidore. Vous y trouverez toute la discrétion nécessaire.

Dorothea fait un geste vers une porte dissimulée dans la boiserie.

– Je vous laisse tous les deux. Je ferai en sorte que personne ne nous dérange. Nos regards se croisent. Prenez votre temps, conclut-elle.

Je hoche la tête, un mélange de concentration professionnelle et de légère nervosité. Je prends mon carnet de dessin, mon crayon, et un mètre-ruban de soie que je n'ai pas sorti depuis longtemps. Je n'ai plus mesuré une femme pour de la lingerie depuis ma rencontre avec Heidemarie. L'écho de ces souvenirs traverse l'esprit. La pièce annexe, plus petite, plus intime, possède un grand miroir mural ainsi qu'une petite coiffeuse. La petite demoiselle y entre, son sourire intact présent, mais voilé d'une timidité subtile. Elle commence à défaire son pull rayé, d'un geste à la fois naturel et délibéré.

– Je dois… me déshabiller ? demande-t-elle avec un frisson d'amusement dans la voix, comme pour détendre l'atmosphère.

Une rougeur apparaît sur mes joues. Je me force à adopter une attitude adéquate. Puis je sors mon accessoire.

– Si vous voulez que votre lingerie soit adaptée, mademoiselle, oui. Chaque centimètre compte. Je vous promets d'être irréprochable, ajouté-je pour me justifier.

Hannelore rit doucement.

– Oh, je n'en doute pas, monsieur. Après tout, c'est votre réputation qui est en jeu, n'est-ce pas ? Et la mienne, à porter votre… chef-d'œuvre.

La jolie brune ôte son haut, révélant une simple combinaison de soie pâle sous laquelle se dessine sa silhouette délicate. Elle ne cherche pas à cacher son corps, bien au contraire, elle me le présente avec une confiance tranquille. Tandis que je me focalise sur ma tâche à accomplir, carnet en main, je débute.

– Tour de poitrine, s'il vous plaît, je m'efforce de garder une voix neutre, le ruban glissant doucement, et je note.

– Dessous de poitrine.

Mes doigts effleurent parfois la finesse de sa peau. Hannelore ne bouge pas. Son regard fixe son propre reflet dans le miroir. Je sens émaner la chaleur de sa chair, l'odeur légère de son parfum, le silence de la pièce. Chacune de mes mesures devient une exploration de la forme, de la courbe, du potentiel.

De sa taille à ses hanches, de ses cuisses à l'entrejambe, je note, calcule. Et mentalement, des lignes de dentelle, des drapés de satin commencent à prendre forme dans mon esprit. Le travail est intime, certes, mais il est aussi une forme de concentration intense. Un tunnel où seul l'art existe.

– Et pour la longueur des jambes, jusqu'à la cheville, si vous envisagez une culotte-jupe ou un panty plus long, je demande en m'accroupissant pour mieux prendre la mesure.

Hannelore répond à toutes mes questions avec une patience remarquable. La confiance implicite d'une muse et son artiste respire, telle une colombe guidée dans son voyage par l'alizé. J'en oublie presque les risques, la peur. Aujourd'hui, je suis à nouveau l'artiste qui mesure la beauté d'une femme. Dans cette pièce isolée, au cœur de Berlin en guerre, je redécouvre une liberté que je croyais perdue.

– Parfait, je me relève, le carnet annoté, j'ai tout ce dont j'ai besoin.

Hannelore courbe ses lèvres d'une expression teintée d'une anticipation joyeuse.

– Alors, le magicien est au travail. J'ai hâte de voir ce que vous créerez.

Mon esprit tourbillonne déjà d'idées. Je ne réponds pas tout de suite. Je la regarde, puis mon reflet dans le miroir. Et pour la première fois depuis longtemps, je ne vois pas l'homme brisé par la guerre, mais l'artiste sur le point de confectionner quelque chose de véritablement beau, de terriblement dangereux.

Chapitre XXIX

En ce jour d'Halloween 1941, le faste d'une première cinématographique berlinoise est une bulle éphémère de glamour, une illusion maintenue avec une détermination féroce malgré l'ombre grandissante de la guerre. Ce soir, les flashs des rares photographes et les murmures excités de la foule animent la capitale. D'immenses affiches de *Was geschah in dieser Nacht?* ornent la façade de *l'UFA-Palast am Zoo,* promettant évasion et mystère. L'air est froid, humide, mais l'intérieur du cinéma exhale des parfums coûteux, des cigares et de l'agitation.

Irréprochable dans le costume que Dorothea m'a fourni, je sens le poids de ma situation sur mes épaules. Je ne suis plus l'artiste rebelle, ni l'homme épris des passions interdites. Ce soir, je suis "Isidore Hyacinthe, le couturier privilégié, sous la coupe du septième art nazi," dont le bras est élégamment pris sous celui de Dorothea. Somptueuse dans une robe sombre et raffinée, elle attire l'attention, un bouclier glamour derrière lequel je peux me fondre.

Le hall du bâtiment est une ruche qui bourdonne d'officiers en uniformes irréprochables, d'actrices aux coiffures sculptées et aux lèvres écarlates, ainsi que des figures influentes du régime et de l'industrie. Les rires sont parfois un peu trop forts, les conversations un peu trop animées, comme si chacun voulait chasser la réalité par le bruit.

– Gardez la tête haute, Isidore, murmure Dorothea, d'une voix à peine audible dans la clameur, mais ne vous faites pas remarquer.

Mon regard balaie la foule, je cherche Irène. Je finis par la repérer, au centre d'un cercle d'admirateurs. La belle blonde rayonne dans une toilette de sa propre création : une robe de satin noir sobre, mais d'une élégance intemporelle, avec des discrètes touches de passementerie rouge sur le revers, clin d'oeil à son drapeau personnel de l'audace. Elle rit, accepte les compliments, ses yeux pétillent de triomphe et de soulagement. Je sais qu'elle en est fière, et à juste titre. Les costumes du film, malgré les contraintes, sont des merveilles de son art… et du mien.

Alors que je me fraye un chemin, Dorothea me guide vers un petit groupe de personnalités. Une voix mélodieuse me frappe.

– Isidore ! Mon cher Isidore ! Mais quel plaisir !

C'est Ilse Werner ! Ma tendre amie au sourire franc, qui irradie une joie de vivre communicative, même en ces temps troublés. Elle porte une toilette ajustée de velours bleu nuit, qui met en valeur sa silhouette.

Dans son étreinte, son parfum fleuri m'enveloppe.

– Ton travail sur cette robe est d'une finesse incroyable ! s'exclame-t-elle, les iris étincelants d'admiration, on sent presque la soie souffler quand Marion apparaît à l'écran. Tu es un génie, vraiment !

Je parviens à articuler un remerciement, mon rictus masqué voile une légère gêne. Je trouve les flatteries sur mon travail toujours agréables, cela dit, chaque louange me ramène au danger de ma position.

Tandis qu'Ilse est accaparée par un producteur, mon regard dérive. Mon cœur manque un battement. Au-delà de la population brillante, près d'une colonne ornée, se tient Hilde Krahl. Elle se trouve là, recouverte d'un manteau sombre, son visage d'ordinaire expressif, empreint de gravité, me fend le cœur. Sa chevelure châtain, ramenée en arrière, accentue son air plus mince et plus fragile, ou est-ce le produit de mon imagination ? Nous sommes pourtant parvenus à nous revoir depuis cette nuit d'au revoir forcés. Comment a-t-elle pu autant changer en l'espace de quelques semaines ? Je me souviens parfaitement de cette seconde nuit, au début de ce mois d'octobre.

Un violent cauchemar vient interrompre mon sommeil. Je revis l'une des agressions de mon père lorsque je suis bébé. Je me réveille en sursaut, le souffle court, mon corps tout entier tremble encore. Ma violette rose poudrée, qui s'est endormie à mes côtés, me prend instinctivement dans ses bras. Son câlin : n'est-il pas une émanation de sa propre capacité à comprendre la terreur et la douleur. Je me blottis contre elle, trouvant dans sa chaleur et sa force la sécurité de sa première étreinte.

Nos œillades se croisent dans la foule en mouvement. Le temps d'un instant. Un éclair d'enchantement, de douleur, et d'un amour qui n'a pas faibli malgré la séparation et la peur. Un océan de mots inexprimés passe entre nous, une promesse silencieuse de survie. De se retrouver. Ses iris émeraude me supplient de ne pas la reconnaître, de ne rien trahir.

Une vague de désir me submerge, une envie dévorante de traverser la salle, de me jeter à son cou et de l'emmener loin de tout. Mais le bras de Dorothea se resserre imperceptiblement sur le mien. Un rappel à l'ordre mutique. Je dois détourner le regard, la gorge nouée, me forçant à écouter les banalités qu'elle échange avec un réalisateur.

Le film commence bientôt. Dans l'obscurité de la salle, je regarde l'écran, j'essaie de me concentrer sur l'élégance de la robe qu'Irène et moi avons conçue pour la scène du restaurant. Mais mon esprit est ailleurs. Je revois le visage de ma Hilde, ses yeux chargés de tous les dangers et de toutes les espérances du monde. La projection, le glamour, tout n'est qu'un voile, une illusion. La seule réalité qui compte est cet amour interdit, ainsi que le risque qu'il encourt pour le protéger.

Les dernières images s'estompent, et laissent place au générique. Un silence suspendu flotte dans la salle, comme si le public, encore sous l'emprise du rêve tissé sur l'écran, hésitait à rompre le charme. Puis, les mains claquent, d'abord quelques-unes, hésitantes, avant que les applaudissements ne deviennent une ovation tonitruante. Le son se propage en une vague, roulant des fauteuils du parterre jusqu'aux balcons, mêlé aux sifflements enthousiastes et aux cris des "bravos". L'espace d'un instant, les visages passent des tensions de la guerre à l'illumination, mélange de soulagement et d'admiration. Les spectateurs se lèvent, avides, pour saluer les talents des artistes, surtout celui d'Irène, mais aussi cette parenthèse enchantée offerte par le cinéma, un oubli temporaire des sirènes et des privations. Leurs expressions montrent l'émotion, le plaisir de les avoir transportés, ne serait-ce que pour quelques heures, loin de la réalité du Berlin de 1941.

Les lumières se rallument, la foule se disperse vers les réceptions officielles. Dorothea se tourne vers moi, un sourire calculé sur les lèvres.

– Isidore, dit-elle d'une voix assez forte pour qu'Ilse, qui s'apprête à partir, l'entende, j'ai pensé qu'une fin de soirée plus… intime serait des plus agréables. Que dirais-tu, Ilse, de venir prendre un réchauffant à la maison ? Isidore, j'en suis certaine, serait ravi de discuter plus longuement avec toi.

Surprise et charmée par l'invitation inattendue, Ilse répond de son sourire le plus éclatant.

– Oh, Dorothea ! Quelle excellente idée ! Je serai ravie ! Et oui, Isidore, il y a tant de choses que j'aimerais te dire, ajoute-elle d'un ton plus posé.

Un vent de panique me porte. Après l'intensité de revoir ma Hilde, me retrouver avec ma meilleure amie dans d'intimes conversations travaille profondément mon esprit.

– J'en serai honoré, ma chère amie.

Arrivé à la maison, j'ôte ma veste, le cœur toujours serré par le souvenir du regard d'Hilde. En revanche, Ilse est pleine d'entrain, vibrant encore de l'énergie de la première. Mon hôtesse, déjà en robe de chambre de soie, nous tend des tasses de thé.

– Asseyez-vous, asseyez-vous, mes chers, lance Dorothea d'un ton décontracté, c'est l'avantage de ne pas devoir se précipiter vers la prochaine réception mondaine. Nous pouvons discuter à loisir.

Je m'installe sur le canapé, essayant de me concentrer sur ce qu'elle a à me dire.

À côté de moi, Ilse ne tarde pas à relancer la conversation sur le film.

– Vraiment, Isi, la robe que porte Marion dans la scène du restaurant… un chef-d'œuvre, s'exclame-t-elle d'un geste de la main. La façon dont elle capte la lumière, le mouvement. Comment as-tu réussi cela ? demande Ilse, les yeux bruns grands ouverts d'admiration.

Je commence à lui expliquer les techniques, les plis discrets, la coupe ingénieuse d'Irène. Je lui évoque mon art, mais mon esprit s'échappe parfois. Il dérive vers le portrait de ma douce Hilde. La discussion avec ma chère amie est légère, pétillante, pleine de rires, un masque parfait pour mes pensées profondes et sombres.

Jusqu'au moment où, après quelques gorgées, la "première Dame du cinéma" devient plus sérieuse dans sa voix, avec une mélancolie surprenante qui me laisse perplexe sur ce qu'elle veut me dire.

Elle me raconte que l'interdiction de son plus beau film, *La vie peut être si belle,* en 1938, l'ébranle. L'année dernière, elle refuse d'interpréter son rôle prévu par Goebbels dans *L'Épreuve du temps*, un film de propagande. Après une confrontation assez musclée avec Fritz Hippler, le directeur du département cinématographique au ministère de la Propagande, elle se soumet. Les menaces font toujours leur effet, et si les acteurs sont mieux payés que les meilleurs des scientifiques, il leur faut accepter le revers de la médaille, à savoir le statut de bien public au service du régime.

Désormais, Ilse découvre que sa vie ne lui appartient pas plus que sa carrière.

– Je suis amoureuse du fils du consul guatémaltèque à Hambourg, René Larrave. Je me suis mis en tête de l'épouser, de rompre avec la UFA et de le suivre au Guatémala, où il est contraint de retourner après l'entrée en guerre des Etats-Unis. Seulement, mes parents ne me donnent pas leur consentement, puisque je suis encore mineure.

Goebbels et la UFA, qui ont des yeux partout, ont eu vent de la liaison et font pression sur ses parents pour empêcher la nouvelle perle du Hollywood nazi de quitter le territoire. Comme dans un film, Ilse et son fiancé fuient en Suisse, où elle se présente au consulat hollandais de Zurich en qualité de migrante et demande des papiers pour partir en Espagne.

– Au bout de onze jours, deux représentants de la UFA viennent me chercher à mon hôtel et me ramènent en Allemagne, où je suis immédiatement convoquée au ministère de la Propagande pour essuyer la colère de Goebbels.

Il la menace de l'envoyer “dans un lieu où Ilse reprendrait ses esprits”, à savoir un camp de concentration.

– J'ai capitulé pour la seconde fois, conclut ma chère amie, d'un regard résigné.

– Je suis tellement navré pour toi, ma petite perle, je réplique avec une main compatissante dans son dos.

– Ça ne fait rien, les choses sont ainsi, sourit-elle furtivement.

– Je suis contente que tu aies accepté mon invitation, ma chère. Tu avais grand besoin de compagnie, de te confier, se contente d'ajouter Dorothea.

– Je le reconnais volontiers. Merci à vous deux d'être là pour moi, souffle Ilse.

Et nous lui adressons un regard bienveillant, partagé.

Chapitre XXX

La lumière du jour filtre doucement à travers les lourds rideaux de dentelle, créant une atmosphère intime et tamisée. Le silence de la maison est à peine rompu par le crépitement du poêle dans la pièce voisine. L'air est teinté d'une légère odeur de toile neuve et de lavande.

Mon cœur bat d'un rythme inhabituel. J'attends dans le boudoir de Dorothea. Sur la coiffeuse de marbre, se trouvent les fruits de mon travail clandestin, disposés d'une précision quasi sacrée : un bustier sculptural et une "culotte étoile", qui couvre juste assez le ventre pour offrir aux femmes une véritable silhouette de pin-up ultra glamour. Chacune de ces pièces est un défi muet à la grisaille du temps. La première, confectionnée dans un satin de coton de haute qualité, d'un blanc cassé doux, épouse des lignes fluides, sans armature rigide, mais dotée de découpes ingénieuses qui promettent de modeler la silhouette avec une tendresse inattendue. La seconde, quant à elle, est une merveille de finesse, coupée dans une soie délicate et douce, d'un noir profond, où de minuscules étoiles brodées au fil d'argent scintillent discrètement. Ce travail, si intime, si loin des exigences de Goebbels, est un retour à l'essence même de mon art.

La porte s'ouvre. Hannelore entre. Vêtue d'une simple robe de chambre de soie, son expression mêle anticipation et agréable nervosité. Dorothea la suit, son regard grave mais bienveillant, comme une gardienne du temple de l'intimité.

– Vous avez travaillé vite, Herr Hyacinthe, lance la jeune fille, la voix plus basse que de coutume.

Ses yeux pétillants se posent sur la lingerie exposée. Un sourire éclaire son visage.

– Oh… C'est… magnifique.

Dorothea, d'un pas en arrière, me laisse la place.

– Je vous laisse faire, Isidore. Il n'y a personne pour vous déranger.

Et elle m'adresse un signe de tête, insistant sur la discrétion.

Je m'approche de la coiffeuse et je soulève délicatement le bustier.

– Fräulein, si vous le permettez, nous allons commencer par le haut.

Hannelore hoche la tête. Avec confiance et tranquillité, elle défait sa robe de chambre et la laisse glisser sur le sol. La nouvelle étoile du cinéma allemand se tient là, devant mes yeux, les jambes croisées, totalement mise à nue, m'offrant sa silhouette.

Concentré, je me saisis du bustier. Mes doigts effleurent le satin frais et doux. Je prends place derrière Hannelore, admiratif de ses formes pleines, envoûtantes, puis l'aide à l'enfiler. Je tente tant bien que mal de cacher mon désir. J'ajuste avec la plus grande douceur les bretelles fines, dont le tissu épouse à merveille sa poitrine et sa taille. Ce bijou sculpte sa silhouette sans la contraindre, elle la rend même plus élancée, plus gracieuse.

– C'est… étonnant, murmure la jolie brune, se tournant légèrement devant le grand miroir.

Elle pose ses mains sur ses hanches, puis sur la couture de la pièce.

– On le sent à peine. C'est aérien, mais il maintient. C'est une sensation… de force tranquille.

Un frisson de satisfaction me traverse le corps. Il s'agit de l'exact effet recherché.

– Il ne s'agit pas de contraindre, mademoiselle, mais de révéler. La beauté vient de la forme naturelle.

Je lui tends désormais la culotte.

– Et voici… le bas.

Hannelore la prend entre ses doigts, les broderies d'argent des petites étoiles brillent docilement. Un petit rire spontané s'échappe de ses lèvres.

– Les étoiles… Oh, c'est charmant !

Elle l'enfile avec aisance. La soie noire ruisselle sur sa peau de porcelaine. La coupe parfaite se fond à ses courbes. Les motifs, discrets, ajoutent une touche de fantaisie, un secret ludique. Hannelore se tourne et se retourne devant le miroir, son sourire s'épanouit. Elle lève les bras, esquisse un mouvement de danse.

– C'est… c'est merveilleux ! s'exclame-t-elle, le regard empli d'une joie enfantine, puis plus profonde. Je me sens… libre. Légère. C'est comme si je retrouvais un peu de moi-même, un secret précieux que la guerre ne peut pas m'enlever.

Elle pivote vers moi, ses yeux brillants de gratitude.

– Danke, monsieur Hyacinthe. Vraiment. C'est plus qu'une simple lingerie. C'est… un murmure d'espoir.

Les bras croisés, un sourire sincère sur les lèvres, je sens une chaleur m'envahir. Je ne réalisais pas à quel point cela me manquait de créer ce genre de beauté, cette intimité dérobée qui n'est pas destinée aux projecteurs de Goebbels, mais au coeur d'une femme. Dans ce boudoir pudique, loin des yeux du régime, je suis de nouveau un artiste, et mon art, aussi petit et caché soit-il, est un acte de défi.

Restée silencieuse, Dorothea fait un pas en avant, un subtil sourire sur les lèvres.

– Je crois que votre talent n'est pas perdu, mon cher Isidore. Loin de là.

Ses mots, à la fois observation et encouragement, scellent la réussite de cette première. Ainsi que la promesse d'autres créations secrètes à venir.

Chapitre XXXI

L'après-midi touche à sa fin. Penché sur la table de travail, mon esprit est déjà tourmenté par les prochaines pièces de propagande que je devrais bientôt commencer. Une joie créative éphémère, vite remplacée par le poids de mes obligations. Le salon est silencieux, la lumière tamisée adoucit mes traits fatigués.

La porte s'ouvre. Dorothea entre, le pas assuré, le visage plus expressif que d'habitude. Elle tient dans sa main un petit morceau de papier plié qu'elle pose sur la table de travail, sans un mot. Intrigué, je soulève la feuille. C'est un message concis, rédigé à l'encre fine. Mais le nom qui y est inscrit me raidit.

– “Jenny Jugo,” lis-je à voix haute, dans un murmure d'incrédulité, elle nous demande de venir la voir ?

Dorothea s'assoit en face de moi, un léger sourire sur les lèvres.

– Elle m'a contactée. Elle a entendu parler d’Hannelore et de son bonheur avec ses... nouvelles créations. Le bouche-à-oreille va vite dans ce milieu, mon cher. Jenny souhaite vous rencontrer. Elle a un projet personnel et très confidentiel.

Je la regarde, les yeux écarquillés par l'inquiétude. Jenny Jugo n'est pas une actrice de second plan. En fréquentant le milieu du cinéma, j’ai appris que c’est une star, une icône. Sa demande est un honneur immense, mais aussi un risque décuplé.

– Dorothea… c'est trop dangereux. C'est une chose de travailler pour Hannelore dans l'intimité de votre appartement. Mais se rendre chez Jenny Jugo… c'est un tout autre niveau. Si on nous voit…

Ma voix s'éteint, le scénario de la punition se dessine dans mon esprit.

– Si on nous voit, renchérit Dorothea avec une assurance imperturbable, c'est que je suis en consultation avec une de mes amies, qui a besoin de vos talents pour les costumes d'un futur film. Jenny a besoin d'une bonne excuse pour continuer de s'éloigner des projets de propagande. C'est la couverture parfaite.

Mon hôtesse se penche en avant, adoptant un ton plus persuasif.

– Écoutez-moi, Isidore. Jenny n'est pas n'importe qui. Elle est l'une des muses de l'art allemand, adulée par le public et, plus important encore, respectée par Goebbels. Si vous travaillez pour elle, votre couverture est encore plus solide. On verra en vous un artiste dont les talents sont vitaux pour le succès espéré des actrices.

Les poings serrés, mon combat interne fait rage. D'un côté, la peur. Le visage d'Hilde Krahl, sa prudence, les mises en garde d'Hilde Hildebrand. De l'autre, l'attrait irrépressible du défi. Créer pour Jenny Jugo, la femme qui incarne tant de rôles inoubliables, est une opportunité artistique unique. Il s'agit d'un acte de défiance encore plus grand.

Lisant mes hésitations, elle ajoute d'une voix plus douce :

– Pensez-y, Isidore. C'est un pas de plus vers la liberté, vers un retour à votre art, un acte qui nous permet de tisser notre réseau en plein jour, sous les yeux de ceux qui croient nous contrôler. Nous irons ensemble. Je serai là pour vous.

Je prends une grande respiration. Le nom de Jenny Jugo résonne dans mon esprit comme un signal d'alarme et un appel à l'aventure. Le danger est là, palpable. Cependant, je suis un artiste, et l'idée de créer de la beauté pour une telle femme est pour moi une promesse bien trop tentante pour la refuser.

En réponse, j'acquiesce lentement. Mes yeux retrouvent une étincelle de leur ancienne détermination.

– Très bien. Quand irons-nous ?

Dorothea m'offre un sourire victorieux.

– Demain, mon cher. Demain, nous allons rencontrer Jenny Jugo.

***

La lumière d'une matinée grise de novembre filtre à travers les grands arbres dénudés des quartiers élégants de Berlin. La villa de Jenny Jugo se dresse, imposante mais discrète, son architecture moderne contraste avec le poids de l'histoire qui pèse sur la ville. L'entrée est un havre de paix, loin des bruits de la guerre, avec un portail en fer forgé et une allée de gravier neuve. Un homme d'un certain âge, en livrée sobre, nous accueille à la porte.

Irréprochable dans mon costume porté à la première du film de Dorothea, mon cœur s'accélère. Ce n'est pas l'angoisse de la performance, mais la tension de la supercherie. À côté de moi, Dorothea, d'une élégance irréprochable dans un manteau de laine et un chapeau chic, avance avec la désinvolture d'une

femme de son rang, comme si ce rendez-vous n'était qu'une simple visite entre amies.
– Tenez-vous bien droit, Isidore, murmure-t-elle sans tourner la tête. Vous n'êtes pas un criminel. Vous êtes un artiste en consultation.

La porte s'ouvre sur un vestibule lumineux et épuré. Des œuvres d'art modernes ornent les murs, et le silence des lieux devient presque plus intimidant que le brouhaha d'une foule. Une voix riche et posée nous reçoit depuis le fond d'une pièce. Jenny Jugo se tient dans son salon, une pièce vaste et lumineuse, meublée avec un goût assuré. La jeune femme est plus petite que je ne l'aurais imaginée, mais sa présence est immense. Elle porte une robe de jour en soie fluide, d'un vert forêt, d'une simplicité exquise. Ses cheveux foncés sont coiffés avec un charme insouciant, et son sourire, bien que chaleureux, ne touche pas tout à fait ses yeux, qui conservent une intensité perçante.
– Dorothea, quelle joie de te voir ! s'exclame l'actrice, s'approchant avec une grâce féline.

Elle embrasse l'air des deux côtés de son amie, puis se tourne vers moi, d'un regard scrutateur.
– Et vous devez être Isidore. Votre talent vous précède.

Je m'incline légèrement.
– Mademoiselle Jugo, l'honneur est pour moi.
– Asseyez-vous, asseyez-vous, dit-elle en désignant un canapé, j'ai entendu dire que vous aviez quelques idées pour une nouvelle ligne de lingerie de luxe. Ainsi, si quelqu'un peut insuffler à ces pièces une telle grâce, c'est vous.

Elle nous sert elle-même du thé, d'un geste à la fois simple et délibéré.

Une dizaine de minutes durant, la conversation reste en surface. Nous parlons de l'importance de l'élégance dans l'intimité, des matières rares, et de l'art de sublimer la silhouette. Sous le regard attentif de Dorothea qui parle de lignes, de motifs, et de l'importance de la finesse dans la création, un subtil mouvement de tête fait comprendre à Jenny que le moment est venu.

L'icône s'interrompt, et pose sa tasse de thé.

– Assez parlé de choses officielles. Je me demandais, Isidore, si je peux vous montrer mon bureau : j'ai quelques idées que j'aimerais vous soumettre en privé.

Sans attendre de réponse, elle se lève et nous conduit à travers un couloir qui donne sur un petit bureau attenant à sa chambre. Une pièce sombre, tapissée de livres et de photographies, un lieu de réflexion loin des regards, se dresse devant nos yeux. Une fois la porte fermée, Jenny ne perd pas de temps.

– J'ai vu ce que vous avez fait pour Hannelore, dit-elle d'une voix plus basse et plus directe, elle me l'a montré. En secret, bien sûr. C'est magnifique. Ce n'est pas de la frivolité, c'est de l'art.

L'actrice croise les bras, son regard perçant me fixe.

– La lingerie dont je parle n'est pas pour une collection. Je veux que vous créiez pour moi.

Le sang bat dans mes tempes. Voilà l'instant de vérité, l'instant où le danger devient réel, physique.

– Je veux quelque chose qui me rende invisible, poursuit-elle d'une voix plus intense. Je suis toujours sous les projecteurs, toujours sous le regard des autres. Je veux un bustier qui ne se sente pas. Une combinaison qui glisse sur ma peau comme un souffle. Quelque chose qui soit un secret, rien qu'à moi, pour moi. J'ai de l'influence, Isidore, je peux obtenir des choses que d'autres ne peuvent pas, mais en retour, je perds ma liberté. Je veux retrouver, ne serait-ce qu'un instant, la sensation de n'appartenir qu'à moi-même.

Je l'observe attentivement. Sa demande est différente de celle d'Hannelore. Il ne s'agit pas de retrouver une sensualité perdue, mais de créer une armure d'intimité, une protection invisible contre les regards et la célébrité qui l'étouffe. En voilà une idée audacieuse, sombre, et profondément stimulante pour mon esprit d'artiste. Bien davantage, j'y vois le défi de ma vie jusqu'alors.

– Je comprends, Mademoiselle, je réplique, mon hésitation s'effaçant derrière ma concentration créative. C'est un défi. Mais c'est un défi que j'accepte.

Jenny sourit, un vrai sourire cette fois-ci, qui illumine son visage. Elle fait un pas en arrière et se tourne vers Dorothea qui reste silencieuse.

– J'ai confiance en vous deux, ajoute-elle, avant de conclure par ces mots : montrez-moi ce dont vous êtes capable.

Chapitre XXXII

Lors de notre retour à la maison, à ma demande, Dorothea me parle davantage de Jenny Jugo, cettc actrice autrichienne devenue une icône du Hollywood nazi.

Elle me raconte que ce n'est pas une star à la beauté fracassante ni au talent particulièrement étourdissant. Mais bien entourée, bien conseillée et bien dirigée, son amie a gagné ses titres de noblesse dans l'usine à rêves allemande. A l'avènement de la guerre, elle forme avec Zarah Leander et Marika Rokk, le tiercé des actrices favorites du public teuton. Sa réputation est celle d'un "charlot" en jupon, et ses films font découvrir la Clara Bow européenne : une fille jolie, délurée, piquante et joyeuse avec l'indispensable petit "je ne sais quoi" qui fait les grandes étoiles.

Son père est un industriel fortuné qui tient plus que tout à l'éducation de sa progéniture. Jenny est instruite derrière les murs austères d'un couvent de Gratz.

– J'ignore par quel biais, elle se retrouve mariée à 16 ans à Emo Jugo, un acteur italien avec qui elle fugue en Italie. C'est d'ailleurs le premier mystère de sa vie qui n'en est pas avare, souligne Dorothea d'un ton plus élevé. Elle ne se répand jamais en confidences, fuit la presse comme un troupeau de Greta Garbo effarouchées, et son mari a sombré pour toujours dans les méandres de l'oubli planétaire.

Quoi qu'il en soit, ils reviennent à Berlin et réussissent la prouesse de divorcer l'année suivante.

– Pour la simple raison qu'à l'époque le divorce est interdit en Italie, m'explique-t-elle. Heureusement, elle est rendue à la liberté et n'a pas réintégré le couvent ni le carcan familial.

Très vite, sa joliesse et son tempérament sont remarqués lors d'une soirée mondaine par un représentant de la *Paramount* en goguette à Berlin. Il lui conseille de se présenter aux studios de cinéma sur sa chaude recommandation. La jeune Jenny s'exécute, et nantie d'un contrat de trois ans, elle aligne toute une série de petits films gentillets où elle est plus souvent dévergondée qu'à son tour. La comédienne accède au rang de star en même temps que le micro. Son tempérament, son jeu spontané et un réel talent comique font sa notoriété.

Depuis le début de la guerre, elle est l'une des plus brillantes étoiles, une des reines de ces opérettes sentimentales dont le public est fou. Jenny rivalise avec des étoiles de toutes premières grandeurs dont Lilian Harvey et Marika.

– À son grand étonnement d'ailleurs, puisque lors d'une interview exceptionnelle, elle a déclaré à ce propos : "Je me demande ce que je fiche dans ce genre de film ! Je danse comme une passoire et je chante comme une brique," me confie Dorothea.

Dorothea et moi échangeons un rire discret.

L'admiration du public pour cette actrice de premier plan ne se dément jamais. Pas plus que celle d'Hitler qui la comble de cadeaux somptueux dont une villa, une limousine, des chevaux de course, des bijoux, des fourrures, des domestiques et même un avion. Jenny les accepte sans pour autant se pâmer d'adoration devant le petit moustachu belliqueux, et ne se gêne pas pour lui dire ce qu'elle pense de sa politique !

– Goebbels a encore moins de chance car il lui a proposé de devenir la reine de son cinéma de propagande. Mais elle lui a dit bien en face : "Je suis désolée, mais vous me répugnez trop pour que j'envisage de collaborer avec vous !"

Ces mots me font l'écho d'une satisfaction bien trop forte pour retenir mon rire.

– Bref, elle est bien trop célèbre pour être inquiétée, conclut Dorothea.

La fin d'après-midi grise enveloppe la capitale. Pourtant, le boudoir de Dorothea reste un îlot de lumière douce et chaleureuse. Le même miroir qui a reflété la joie d'Hannelore attend désormais une nouvelle silhouette. Sur un portant délicat, je dépose ma dernière création. L'air est immobile, chargé de l'anticipation d'un moment aussi rare et précieux.

Mon coeur bat fort. Sur un cintre, mon œuvre d'art : une combinaison qui glisse sur ma peau comme un souffle. Après que mon hôtesse m'a parlé davantage de Jenny, l'autre jour, j'ai abandonné l'idée d'un bustier pour quelque chose de plus fluide, de plus "invisible". J'ai taillé la pièce dans une soie d'une finesse inouïe, d'un noir mat et profond, sans la moindre trace de brillance qui aurait pu trahir sa présence sous une robe. Les coutures sont si parfaites qu'elles semblent inexistantes, les bretelles d'une simplicité exquise, comme de fines lignes tracées sur la peau. La seule ornementation est un motif de fines rayures brodées ton sur ton, si discrètes qu'il nous faut se pencher pour les distinguer. Un secret qu'uniquement celle qui la porte pourrait connaître.

La porte s'ouvre. Dorothea entre avec Mademoiselle Jugo. L'actrice est vêtue d'une robe de jour en laine, sobre mais élégante. Son visage fermé, ses yeux perçants observent l'espace avec la concentration d'une artiste avant sa performance. La star a laissé son éclat théâtral à la porte de la villa. Ici, c'est une femme en quête de quelque chose d'intime.

– L'atelier est prêt, dit Dorothea, à voix basse, je vous laisse tous les deux. Je ferai le guet.

L'actrice nous adresse un regard à la fois protecteur et solennel, puis ferme la porte derrière elle.

Nous y voilà. Le silence s'installe. Jenny s'approche du portant, ses doigts effleurent le tissu.

– C'est… c'est incroyable. On dirait de l'encre figée, s'exclame-t-elle, d'un air ébahi.

Le cœur noué d'émotion et d'angoisse, je m'avance.

– Je me suis dit que le bustier serait trop contraignant, Mademoiselle. Vous vouliez vous sentir libre, invisible. Cette combinaison est conçue pour être une seconde peau, une couche d'ombre qui vous appartient.

Muette, la jeune femme déboutonne sa toilette, avec des gestes empreints d'une grâce mécanique et d'une confiance professionnelle. Elle se tient là, dos à moi, me fixant dans le miroir. Tandis que je me tiens au-dessus de son épaule, la Fräulein fait glisser les bretelles de sa simple lingerie quotidienne, laisse tomber lentement sa tunique et m'offre sa silhouette, non comme un objet de désir, mais bien comme une toile à peindre.

Les mains tendues, je saisis la combinaison.

– Si vous le permettez…

La comédienne hoche la tête. Je l'aide à l'enfiler. La soie noire ruisselle sur sa chair virginale avec une fluidité extraordinaire, sans la moindre résistance. Doux et frais, le tissu épouse ses courbes, la rehaussant d'aucune contrainte. J'ajuste doucement les bretelles pour m'assurer que la ligne est parfaite, que la coupe est impeccable.

Fräulein Jugo se tourne vers le grand miroir. Ne dit mot. La petite brune se contente de se regarder, de se toucher, de bouger. Elle lève les bras, les baisse, se penche légèrement. Ma création la suit dans chacun de ses mouvements, telle son ombre. La matière est si subtile que de loin on pourrait la croire nue.

– Je ne le sens pas, balbutie-t-elle finalement, la voix emplie d'un étonnement sincère, il n'y a pas de coutures, pas de tensions. C'est… comme un silence.

Jenny touche les fines rayures brodées.

– Le secret. J'ai un secret. C'est magnifique, Isidore. Vous avez compris. Vous avez compris ce que c'est que de ne pas s'appartenir.

L'actrice se tourne vers moi. À cet instant, je vois dans ses yeux une vulnérabilité que je n'avais jamais perçue auparavant. Elle n'est plus la star, l'icône, le symbole. Elle est juste Jenny Jugo, une petite femme - par sa taille - de 37 ans comme n'importe quelle autre berlinoise de son âge. Et qui, pour la première fois depuis longtemps, se sent à nouveau libre dans son corps, dans son esprit.

– Il s'agit de bien plus qu'une lingerie, dit-elle d'une voix rauque, c'est une armure. Je vous remercie, du fond du cœur, Isidore.

Et ses iris scintillants me regardent.

Submergé par sa mise à nu, je ne parviens qu'à hocher la tête. Dans cette pièce isolée, au milieu de la guerre, je viens d'accomplir un acte d'art et de courage. Je viens de donner à une star un secret, une liberté que l'on ne peut lui dérober. Le risque est immense, mais ma victoire artistique est sans égale…

Chapitre XXXIII

La demeure de Dorothea est revenue au calme depuis le jour où mademoiselle Jugo s'en est allée. Cette création semble être mon œuvre la plus audacieuse.

Assis dans le boudoir, la porte s'ouvre doucement, et mon hôtesse entre avec une expression plus grave qu'à l'accoutumée. Elle prend place en face de moi. Sans dire un mot. Le silence s'installe entre nous.

– Que se passe-t-il, Dorothea, demandé-je, pris d'un frisson d'appréhension.

– J'ai une nouvelle pour vous, commence-t-elle, d'une voix basse et mesurée, c'est à propos d'Hilde Krahl.

Je me redresse, la panique surgit.

– Lui est-il arrivé quelque chose ?

– Non, rien de la sorte, me rassure-t-elle, mais son regard reste sérieux : elle sait. Elle est au courant de tes créations.

À brûle-pourpoint, je la fixe, incrédule. Mon sang se fige.

– De quoi parlez-vous ? Comment le pourrait-elle ? dis-je d'une voix saccadée malgré moi.

– Les cercles de la haute société sont de minuscules bassins de rumeurs. Et même en temps de guerre, les murmures voyagent vite, m'explique Dorothea. Hilde a entendu parler de ton “retour”, d'abord avec Hannelore, puis maintenant avec Jenny. Ces femmes sont des étoiles, leurs conversations sont écoutées. La nouvelle de leurs commandes, aussi secrètes soient-elles, a trouvé son chemin jusqu'à Hilde.

Désemparé, cette histoire me frappe de plein fouet. J'angoisse pour elle, de ce qu'Hilde peut penser. Mes mains se mettent à trembler.

– Elle sait ce que je fais, je balbutie, elle connaît… l'intimité de ce travail. Je ne l'ai pas revue, je ne l'ai plus touchée, et voilà que, par d'autres, elle apprend que je suis en train de confectionner de la lingerie en silence pour des femmes comme Hannelore et Jenny.

Soudain, un sentiment de culpabilité m'envahit. J'ai la féroce impression d'avoir trahi son amour en me consacrant à mes ambitions. Je me sens à la fois fier et honteux de mon intimité contrainte avec ces autres Fräulein, sous le regard muet de celle que j'aime.

– Et que pense-t-elle ? je parviens enfin à demander d'une voix tremblante. Elle doit me détester ! Me prend-elle pour un fou ?

Dorothea pose une main réconfortante sur la mienne.

– Hilde ne vous déteste pas, très cher. Ni ne vous prend pour un fou. Elle a peur. Elle a terriblement peur pour vous…

Je clos les yeux. La douleur se lit sur mon visage. C'est la pire réaction que j'aurais pu imaginer. Ma "rébellion" artistique n'est pas un acte de liberté, mais une source d'angoisse pour la personne que je veux protéger le plus. Je cherche à le retrouver, et ce faisant, je viens de tisser une toile de danger qui s'étend jusqu'à ma Hilde.

– Notre secret n'en est plus un, je réplique d'une voix sourde.

Dorothea acquiesce.

– Pas complètement, mais c'est un fil de plus sur la toile. Il s'agit du prix de votre talent ainsi que de vos choix, Isidore. C'est à un rappel que le monde de l'art et des sentiments ne peut jamais être entièrement séparé de l'horreur de ce qui se passe dehors. Maintenant que vous le savez, nous devons être plus prudents que jamais. Pour Hilde aussi.

Chapitre XXXIV

L'air est vif, sec. La lumière blafarde de l'hiver berlinois filtre à travers les grandes fenêtres. Un silence pesant plane sur la maison de Dorothea, brisé par le sifflement lointain du vent glacial.

Je suis seul, assis à la coiffeuse dans le boudoir. Mon unique refuge, mon plus grand tourment. Je revois sans cesse le regard de ma Hilde lors de la première du film de Dorothea : un mélange de tendresse et de terreur. À présent, je sais qu'elle sait. J'imagine sa réaction, ses nuits blanches, son angoisse face à la dangereuse intimité que j'ai partagée avec Hannelore et Jenny. Chaque bout de soie que j'ai coupé pour ces femmes est un fil qui me lie à elles, un fil qui m'éloigne de ma bien-aimée, ou du moins, c'est ce que je crains.

Soudain, mes pensées me poussent à attraper mon carnet privé. Une envie compulsive de vouloir dessiner pour Hilde. Jusqu'à aujourd'hui, je ne parviens pas à l'habiller. Mon crayon noir commence à glisser, mes mouvements sont incertains, puis de plus en plus fluides, portés par une vague de sentiments qui m'envahit. J'esquisse une pièce de lingerie qui n'existe que dans mon esprit. Un bustier, non pas sculptural ou encre, mais aérien, fait de couches de voile les plus fines que je puisse imaginer. Une dentelle, celle de motifs subtils, semblable à des flocons de neige, ne s'attachant à la peau que par un souffle. Il n'y aurait aucune agrafe, aucun corset, rien qui ne contienne ou ne contraigne. Une simple promesse de douceur et de protection.

Sur chaque ligne j'écris un mot. L'arc du sein est un “Je te désire”. La bretelle de l'épaule est un “Je suis désolé”. La fragilité du voile est un “J'ai peur”. Quant aux motifs de flocons, ils sont un “Je t'aime”. Je me penche sur le papier, inscrivant toute ma douleur, ma peur et ma ferveur dans ce dessin. Il est ma confession muette, ma manière de lui dire que je ne l'ai pas oubliée, que toutes les autres ne sont que des ombres, des muses, mais qu'elle est la seule réalité.

Je suis tellement absorbé par ce travail que je ne vois pas entrer Dorothea. Elle s'arrête au seuil du boudoir, son visage initialement préoccupé s'adoucit lorsqu'elle m'observe penché sur mon œuvre. Dorothea regarde le carnet, les lignes de crayon, les motifs. Il ne lui en faut pas davantage pour comprendre l'objet de ma création. Elle ne dit rien de la folie de l'acte, du danger de dessiner une telle chose. Ce qu'elle voit, c'est l'homme qui a besoin de retrouver sa raison d'être, de se connecter à la femme qu'il aime.

Dorothea se met à tousser légèrement pour me signaler sa présence. Je sursaute, et referme le carnet d'un geste instinctif, comme si je cachais un secret.

– Ne vous inquiétez pas, Isidore, me dit Dorothea d'une voix douce, je sais ce que c'est. Et c'est magnifique.

Elle me laisse reprendre mon calme, puis son ton devient plus pragmatique, mais teinté d'une chaleur inattendue.

– J'ai une surprise pour vous. Un vieil ami nous a invités pour le réveillon de Noël. Un ami qui ne se trouve pas très loin d'ici. Habillez-vous bien, et ne posez pas de questions.

Mon cœur, encore figé par l'angoisse, commence à battre au galop.

– Qui est-ce ? je demande impulsivement.

– Vous le saurez en temps voulu, mon cher, répond-elle d'un sourire énigmatique, mais je vous promets que cette soirée sera un baume sur vos blessures.

Incrédule, je la regarde, le souffle coupé. Les mains sur mon carnet, je le serre plus fort, comme si je détenais à la fois le secret et la promesse d'un miracle. Je ne peux l'imaginer. Je n'ose pas l'imaginer. Mais le simple fait d'y penser, survient une lueur dans mon obscurité…

Le moteur ronronne doucement, un bruit presque indécent dans le silence pesant de Berlin, en ce réveillon de Noël 1941. Les rideaux de plomb masquent chaque fenêtre. La ville n'est plus qu'une ombre morne, une coquille vide où les rares passants, pressés, disparaissent dans la nuit. Dans la voiture de Dorothea, le chauffage réchauffe mon corps. Cependant, la tension reste palpable.

Je fixe le sombre paysage défiler, le ventre noué. Je lui ai obéi sans poser de questions, j'ai troqué mon uniforme gris contre un costume bien coupé, tel qu'elle me l'a ordonné. Mais chaque tournant m'enfonce davantage dans une angoisse muette.

– Vous ne me direz toujours pas où nous allons ? je demande, la voix d'une plainte, à peine audible.

Dorothea garde les yeux rivés sur la route, ses mains gantées de cuir sur le volant.

– Non. Vous le verrez bien assez tôt.

– Dorothea, s'il s'agit d'une autre de vos surprises…

– Isidore, m'interrompt-elle, haussant le ton, vous avez passé ces derniers mois à vous battre avec votre art, avec votre solitude, avec la peur. Ce soir, je veux que vous laissiez tout cela à la porte. Laissez-moi vous guider.

Résigné, je me tais, le regard perdu. Je pense à ma Hilde, aux rumeurs qu'elle a entendues, à l'amour qu'elle craint d'exprimer. Je m'enfonce un peu plus dans le cuir du siège, l'odeur de l'essence et de l'hiver se mélange à la matière, un triste parfum de guerre.

Enfin, la voiture s'arrête devant une maison élégante, bien que discrète. Une fine volute de fumée s'échappe de la cheminée. Je n'ai pas le temps de reconnaître les lieux, Dorothea coupe le moteur, et le mutisme de la nuit nous enveloppe. Nous traversons le petit jardin enneigé. Une lumière jaune, douce et chaleureuse, filtre à travers le rideaux. Je sens le froid piquer mes joues, et la chaleur qui émane de la demeure m'attire. Elle m'attire comme un appel, une promesse de paix.

Dorothea frappe à la porte. Lorsque celle-ci s'ouvre, je me fige de stupeur. Voilà que se dresse devant moi, un visage familier que je n'ai pas vu depuis bien longtemps. Une silhouette enveloppée dans un châle de laine, un sourire qui s'élargit alors qu'elle pose les yeux sur moi. Ses iris profonds se remplissent de larmes. Sans un mot, elle s'avance et me serre dans ses bras, toute tremblante, d'une tendresse maternelle qui me désarme.

– Mein schatz, balbutie-t-elle, d'une voix brisée par l'émotion, tu es là.

– Meine gute Fee, je murmure d'un écho libérateur, je te retrouve enfin. Tu m'as tellement manqué, je conclus en resserrant son étreinte, au bord des larmes.

Hilde nous fait rentrer. Le contraste est saisissant. La pièce est une bulle de lueur, de ferveur, remplie de l'odeur du sapin, de cannelle et de vin chaud. Une musique douce, une mélodie américaine interdite, flotte dans l'air. Le sapin, magnifiquement décoré, trône dans le coin.

Submergé par ce havre de paix jadis perdu, je ne prête attention à rien. Je retire mon manteau, les yeux dans le vague, mon cœur se réchauffant. C'est alors que je les vois. Près du conifère, un verre à la main, se tient Ilse, son visage de poupée radieux. Elle me voit et un sourire enflammé illumine son portrait. Ilse s'avance d'un pas, prête à me saluer, mais mon regard se met à glisser un peu plus loin, vers le piano où une autre silhouette se dresse, dos à moi. Celle-ci se tourne. C'est bien elle. C'est bien ma Hilde. Vêtue d'une simple robe de soie sombre, la lueur des bougies éclaire ses traits. Nos regards se croisent, ainsi, le monde extérieur, la guerre, les costumes de propagande, la peur… tout disparaît. Seul reste le silence du salon, notre amour et un fil ténu de secrets que nous sommes sur le point de dénouer.

Lourd d'émotion, le silence de la pièce semble suspendre le temps. Seul le crépitement du feu de la cheminée ose parler. Ilse, sourire figé, regarde de l'un à l'autre. Ma bonne fée, la main toujours sur mon bras, rompt le charme.

– Ne restons pas là à nous regarder, mes enfants ! Venez, venez. Noël est un moment de joie, pas de contemplation muette !

Hilde saisit mon bras, m'attirant plus profondément dans le salon, tout en regardant Mlle Krahl. Ilse, plus décontractée, s'avance avec un éclat de rire.

– Il faut avouer, Hilde, que le spectacle est parfait. Le héros et l'héroïne qui se retrouvent par magie de Noel ! On pourrait en faire un film.

Hilde Krahl sourit, sans qu'il ne parvienne à ses yeux. Elle fait un pas, puis s'arrête.

– Ilse, tu as toujours le sens du drame, même hors des plateaux.

D'une voix calme et ferme, Dorothea prend la parole, telle une metteure en scène.

– C'est bien plus que du drame, ma chère. C'est la vie. Mais pour l'heure, Isidore, vient te réchauffer. Hilde a préparé un vin chaud à se damner.

Mes iris se rivent sur ma Hilde, et avec la crainte qu'elle ne disparaisse, je parviens enfin à m'exprimer.

– Meine gute Fee, je commence, d'une voix tremblante, je… je ne savais pas… Merci infiniment.

Elle pose ses mains sur mes épaules.

– Ne me remercie pas, mon cher Isi. C'est la famille qui se retrouve. Et c'est un bonheur de te voir en vie, conclut-elle d'une main sur ma joue.

Mon regard revient vers celle que je semble avoir perdue. La distance qui nous sépare est à la fois de quelques mètres et de plusieurs mois d'angoisse. Je ne peux encore l'approcher, mais il faut que je lui parle.

– Hilde… je parviens à chuchoter.

La belle autrichienne prend une profonde inspiration, ses yeux glissant de la douceur à l'inquiétude. La fierté que j'ai vue chez elle lors de la première du film a laissé place à une vulnérabilité à peine voilée.

– Isidore. Je… j'ai entendu… hésite-t-elle. Ce que tu as fait pour Hannelore et Jenny. J'ai… Je ne m'attendais pas à cela.

Mon coeur se serre. Je peux entendre le reproche dissimulé dans ses mots. Hilde a fait preuve de prudence. Moi non. Je baisse les yeux de honte et de culpabilité. Je lui ai causé bien du mal en agissant ainsi.

Dorothea, sentant la tension monter, intervient avec la discrétion d'une maîtresse de maison.

– Ilse, tu veux bien m'aider avec le vin chaud ?

Ma meilleure amie comprend immédiatement le message.

– Bien sûr ! L'art du vin chaud demande une main experte, et la tienne est la meilleure, chère Dorothea.

Ma Fräulein, également, saisit la manœuvre.

– Isidore, laisse ton manteau là. Viens te réchauffer près du feu.

Elle me fait avancer doucement, m'amenant à passer juste devant mon amante perdue. Au moment où j'arrive à sa hauteur, la jeune actrice balbutie, sans que je ne l'entende : "Tu es fou. Mais je suis heureuse de te voir."

Désormais face à la cheminée, dos au reste du groupe, je ferme les yeux. il ne reste plus que nous deux. Le mutisme s'installe. L'occasion que nous attendions est enfin là. Mon cœur martèle mes côtes. Ilse et Dorothea nous ont laissés seuls autour d'une bulle d'intimité dans laquelle les secrets peuvent s'exprimer.

Ilse a raison : nous sommes le héros et l'héroïne d'un film, et voilà l'instant de vérité.

Ma violette rose poudrée fait un pas, puis un autre, pour combler le vide qui nous distance. Elle ne sourit pas. Son visage, éclairé par la lueur vacillante des bougies : une toile de sentiments contradictoires.

– Je croyais que je ne te reverrais jamais, dit-elle d'une voix basse, la dernière fois, c'était… un cauchemar.

Je parviens à lever ma main pour la toucher, mais je me rétracte.

– Je pensais la même chose. Je ne suis pas censé être ici.

La jeune femme s'arrête à quelques centimètres de moi. Ses iris balaient mon visage et mon costume, avant de revenir à mes yeux.

– J'ai eu si peur quand j'ai appris ce que tu faisais, Isidore.

Sa voix baisse jusqu'au murmure.

– La lingerie… les perles… C'est magnifique, mon cher. C'est audacieux. Mais c'est une folie.

Un mélange de honte et de fierté me submerge.

– Je devais le faire, Hilde. Tu ne comprends pas… L'uniforme gris, la propagande, les sourires que l'on exige de moi… J'étouffais. J'avais besoin de me retrouver, de retrouver la beauté. De créer quelque chose qui n'ait rien à voir avec leur guerre, avec leur laideur.

– Alors tu te jettes au plus profond du danger ? reprend-elle, un sanglot à peine audible dans sa voix. Tu as risqué ta vie… pour la lingerie.

Le mot sort de sa bouche avec une sorte d'incrédulité et d'admiration.

– Pour moi, pour mon âme. Pour ne pas devenir quelqu'un d'autre, dis-je avec ferveur. Et je ne l'ai pas fait pour elles, Hilde. Je l'ai fait pour moi. Pour te retrouver. Pour retrouver ce que tu as réveillé en mon être.

La tension qui se tient entre nous s'évapore, remplacée par une compréhension profonde. Nos œillades ne se quittent plus.

– Je l'ai compris, répond Hilde, d'un sourire triste qui naît sur ses lèvres. Au début, j'ai été jalouse. Oui : la pensée de toi qui crées ces choses pour d'autres… Mais ensuite, j'ai eu peur.

Peur de te perdre pour une indiscrétion. Peur de cette beauté qui te rend si vulnérable.

Hilde lève sa main, et la pose délicatement sur ma joue.

– Tu es un artiste, moja draga ljubavi. Un vrai. Et c'est pour cela que je t'aime. Pour cette folie. Pour cette beauté que tu nous donnes, même quand le monde entier essaie de te l'enlever.

Pris dans une vague d'émotion, je clos mes yeux. Les larmes que je retiens depuis des mois, coulent sur mes joues tel un ruisseau. Je ne dis rien, mais je tends ma main, cherchant la sienne. Nos doigts s'entremêlent.

– Liebe, embrasse-moi, la supplié-je.

Et elle s'exécute. Je n'ai pas de mots pour décrire cette sensation de plaisir de retrouver ses lèvres.

Dans ce moment de silence, les mots n'ont plus d'importance. Les promesses et nos peurs se lisent dans nos mains jointes. Nous sommes deux âmes perdues. Cependant, dans ce petit coin de Berlin, au milieu des lumières du sapin de Noël, nous distinguons un espoir. La guerre fait rage dehors, pourtant, pour un instant, notre petit monde est sauf.

Nous restons étreints, corps à corps, un long moment. La lueur des flammes danse sur nos portraits, et la musique nous enveloppe d'une douce mélodie américaine. Les mots ont fait leur travail, apaisant nos peurs et pansant nos blessures. Ma solitude a rencontré l'inquiétude d'Hilde, et dans cet échange muet, notre lien est désormais plus fort.

Soudain, un léger bruit de pas sur le parquet, ainsi que des voix étouffées signalent leur retour. Ma Fräulein ouvre doucement la porte du salon, une esquisse chaleureuse aux lèvres. Elle jette un regard discret à Dorothea, qui se tient derrière elle, le visage serein. Ilse, son sourire habituel et radieux, les regarde tour à tour.

Ma bonne fée, la voix remplie d'une tendresse maternelle, brise le silence.

– Venez, mes chers. La soirée ne fait que débuter. De plus, ce serait un péché de laisser ce vin chaud refroidir.

Ma douce Hilde et moi, nous nous séparons, un peu maladroitement, sans pour autant nous quitter des yeux. Nous nous sentons soulagés, comme si un poids immense venait enfin de nous être ôté. Elle a le visage détendu, et son regard vers moi est à présent une promesse de confiance.

Ilse, dont le sourire s'élargit encore, s'avance.

– C'est vrai, il n'y a rien de pire que du vin chaud tiède, s'exclame-t-elle joyeusement. Et d'ailleurs, on a tous besoin de faire le plein de magie de Noël ce soir.

Dorothea, d'un geste simple et élégant, nous invite à les rejoindre. Ses iris posés sur moi, sont emplis de fierté et de soulagement. J'ai su me battre. J'ai su me retrouver. Avec la main de ma belle amante sur le bras, je me sens comme un être humain à part entière. Je ne suis plus seulement un prisonnier ni un artiste maudit. Je suis un homme qui aime et qui est aimé.

Nous traversons le salon, rejoignant nos amies. Au milieu des lumières du sapin, de la chaleur du feu, de la mélodie qui perpétue de nous envelopper, nous formons une petite bulle de vie et d'espoir. Une famille choisie, une famille d'artistes, d'amoureux, qui, pour un temps, a réussi à tenir la nuit sombre de la guerre à distance.

Chapitre XXXV

Ce matin de Noël, le monde me semble différent. Le soleil est un peu timide, mais je me réveille aux côtés de ma douce Hilde avec un sentiment de paix, une cicatrice sur mon cœur meurtri. Les souvenirs de la veille sont vifs : la chaleur de la maison de ma bonne fée, le parfum du sapin, le rire de ma meilleure amie, Ilse, les mains de mon amante dans les miennes, une complicité retrouvée. Je me sens à nouveau vivant, j'ai récupéré une partie de moi-même que je pensais perdue à jamais.

D'une humeur douce et maternelle, Hilde, ma première protectrice, m'apporte une tasse de thé fumant. Elle ne me parle pas de la soirée, cela-dit, son sourire en dit bien davantage. Elle est heureuse pour moi, je la comprends parfaitement. Mes yeux qui se posent sur les siens expriment toute la gratitude envers la femme qui m'a protégé et qui a gardé mon âme intacte.

Pour la première fois de ma vie, je vis la magie de Noël loin de chez moi, de mon pays natal, de ma famille. Jamais je n'aurais pensé me trouver ici, loin de tout ce que je connais, en compagnie de personnes que j'admire, que j'adore, que j'aime, mais de loin. Des personnes qui restent inaccessibles pour la plupart, dont le but est avant tout de faire vibrer le peuple à travers le grand écran. Il n'y a pas suffisamment de mots pour décrire le bonheur que je vis à cet instant, moi, un être chanceux plongé dans un rêve éveillé. Je suis l'homme le plus heureux du monde…

De retour chez Dorothea, les semaines suivantes se passent comme dans un rêve, bien que dire à nouveau au revoir à ma bonne fée fut aussi émouvant que nos retrouvailles. Le calme, la sérénité, reviennent dans l'atelier et, fort de cette énergie revigorante, je travaille avec une autre ardeur. Les rumeurs de mon talent ne se sont pas tues. Au contraire, celles-ci se sont amplifiées. La lingerie que j'ai créée pour Hannelore ainsi que pour Jenny est désormais un secret ouvert dans les cercles d'acteurs et d'actrices, un symbole de luxe, de défiance, que l'élite s'arrache. Pourtant, ce qui est un signe de reconnaissance pour le septième art, représente une provocation pour le IIIè Reich. Les échos de mes créations finissent par arriver aux oreilles de ceux que je redoute le plus. La "frivolité" de mon art est une chose que le régime ne peut punir directement, mais il a le droit de la détourner.

Chapitre XXXVI

Au début de ce mois de janvier 1942, le marteau tombe. Un matin, un homme en costume sombre, accompagné d'un officier des SS, frappe à la porte. Dorothea les accueille, son visage se fige sous le masque de la politesse, puis elle revient quelques minutes plus tard, un papier à la main. Son portrait est pâle, ses yeux d'un calme effrayant.

– Ils sont au courant, déclame-t-elle d'une voix basse, les poings serrés, ils ne peuvent pas prouver le travail illégal, mais ils savent que vous avez repris vos activités artistiques. Ils pensent qu'ils peuvent utiliser votre talent.

Mon cœur m'arrache la poitrine, je la regarde avec une expression qui trahit ma peur.

– Que veulent-ils, je balbutie.

– Le Reich ne peut tolérer l'idée que le talent de l'un de ses citoyens soit servi pour de la frivolité. Ils veulent que vous le consacriez à la nation. Ils exigent une nouvelle collaboration.

Dorothea me tend le papier. La phrase est claire, en tête des services de Goebbels : Collaboration de Herr Isidore Hyacinthe avec la BDM.

– La BDM ? dis-je en m'étranglant. La Ligue des Jeunes Filles Allemandes ? Mais pourquoi faire ?

– Dessiner leurs uniformes, réplique l'actrice, le visage fermé. Leurs tenues de parade, leurs costumes de sport, leurs uniforme de tous les jours. Ils veulent que tu leur donnes une touche de "grâce et d'élégance" pour montrer au monde la force et la pureté de la jeunesse allemande.

L'ironie de la situation me frappe de plein fouet. Moi qui ai créé des pièces d'intimité, des œuvres d'art clandestines pour le plaisir et l'émancipation, je suis désormais contraint de dessiner les tenues de la jeunesse nazie. Je vais devoir mettre mon don pour glorifier l'uniformité, du militarisme. La liberté que j'ai trouvée dans mes créations vient de se transformer en une nouvelle prison, encore plus insidieuse que la première.
– Il n'y a pas que cela, ajoute-elle, le regard fuyant.
– Qu'en est-il ? je secoue la tête d'incompréhension.
– Vous devez partir, Isidore. Je ne peux plus vous garder ici, vous allez vivre là-bas.
Le regard livide, ces derniers mots sont de trop. Je me prends la tête entre les mains, abasourdi.
– Je suis sincèrement désolée… Je vais préparer vos valises.
Et Dorothea tourne les talons, les yeux embués.
Je me retrouve seul, assis à ma table de travail. Le papier sur lequel est écrit le nom *Bund Deutscher Mädel* repose à côté d'une perle de culture qui a roulé sur le sol. La lumière du matin, si pleine de promesses, paraît maintenant froide et impersonnelle. La nausée monte en moi. Mon âme d'artiste, à peine retrouvée, est sur le point d'être vendue à la propagande…

Chapitre XXXVII

Le portail de briques rouges de l'immeuble n'a rien à voir avec le faste discret de la demeure de Dorothea. Devant moi se dresse une structure carrée et austère, qui sent le chlore, la propreté militaire et l'ennui méthodique. L'air y est froid, non celui de l'hiver, mais celui de l'absence d'âme.

Je pénètre de force dans ce nouveau monde, une simple valise en main. Dorothea me dépose, le cœur serré, mais le visage impassible. Nos adieux sont brefs, une simple poignée de main, car l'émotion est désormais un luxe interdit en public.

Une jeune femme en chemise et jupe courte blanche m'accueille. Ses nattes blondes encadrent un regard plus rigide que sa tenue.

– Herr Hyacinthe ? Vous avez la chambre numéro 8. Suivez-moi, s'exclame-t-elle d'un accent à couper au couteau.

Mon "bureau" tranche brutalement avec le boudoir de Dorothea. Une petite pièce blanche, spartiate, adjacente à une salle de couture vide. La seule décoration est une affiche de propagande montrant une jeune fille blonde et souriante, le bras tendu vers un avenir de "force et de pureté".

Je dépose ma valise. Au fond, sous quelques vêtements, j'y ai glissé mon carnet de dessins qui contient celui de la lingerie pour ma douce Hilde, la seule chose qui me rattache encore à ma liberté.

La jeune femme me tend une feuille.

– Votre programme, Herr Hyacinthe. Vous logez ici aujourd'hui uniquement. Départ à huit heures demain. Vous devez étudier les modèles actuels et proposer des ébauches pour la modernisation des tenues de parade d'ici la fin de la semaine. Il est impératif que vos créations reflètent les vertus de la jeunesse allemande : santé, beauté, morale. Vous résiderez dans un lieu adéquat pour cela.

Je reste muet. Je l'observe s'éloigner, ses talons claquent le sol glacial comme un rappel constant de l'ordre. Je m'approche de la petite table de travail assignée. Je défais ma valise et en sors une modeste boîte métallique, que j'ouvre d'un geste mécanique. A l'intérieur repose la perle de culture qui a roulé par terre chez Dorothea. Je la prends entre mes doigts. La perle, douce et lumineuse, discorde violemment avec la rigidité du lieu. Je me remémore la senteur du sapin, les mains de mon amante, le feu de la cheminée. Je réalise soudain que je ne suis plus dans une prison dorée, mais dans le centre même de ce que je hais.

Je pose la perle sur le coin de la table, à côté de la feuille de mission. Je récupère un crayon et, plutôt que de dessiner la silhouette d'une manche droite ou d'un col militaire, je trace les lignes d'un corps libre. Je m'oblige à le faire, tel un acte de résistance intérieure. Cependant, la figure qui apparaît n'est pas un nu sensuel, il s'agit de l'enveloppe rigide d'une jeune fille, sur laquelle se dessine un uniforme féminin.

L'art n'est plus un refuge. Il est à présent une arme entre les mains de ses geôliers. Je me sens tout à coup écrasé par le poids de cette nouvelle collaboration. Je dois mentir par le biais de mes mains, trahir mon talent pour survivre.

La perle, posée sur le bois froid, me rappelle qu'au-delà de ces murs, une autre vérité existe. Et que quelqu'un, quelque part, compte sur moi pour la préserver.

Un voyage long et silencieux m'emmène loin du chaos de Berlin vers un paysage figé par le gel, mais d'une beauté austère. Lorsque la voiture officielle s'arrête enfin, je découvre que ma nouvelle affectation n'est pas un bureau terne. Il s'agit d'un autre type de prison : un splendide manoir de la Renaissance. Ses façades de briques blanches s'élèvent derrière un portail en fer forgé. Deux tours élégantes s'élancent dans le ciel d'hiver, conférant à la bâtisse une majesté historique que le Reich a manifestement réquisitionnée pour son usage. Elle est d'une beauté froide, un chef-d'œuvre architectural mis au service de l'idéologie la plus rigide.

Cet endroit, digne d'une princesse et de son prince, est dorénavant une résidence officielle de la création de la *Bund Deutscher Mädel*. Une femme qui incarne la rigueur prussienne dans sa forme la plus pure, m'accueille sur le perron. Frau Hertha Kalt, comme elle se présente. Une dame d'une cinquantaine d'années. Son costume d'un gris sobre est coupé à la perfection. Ses cheveux, d'un blond tirant sur le blanc, sont coiffés en un chignon si serré qu'il semble pouvoir résister à n'importe quel bombardement. Quant à ses lèvres, elles sont pincées par une autorité sans faille. Son regard, d'un bleu clair et perçant, m'examine de la tête aux pieds, puis s'arrête sur l'élégance de mon pardessus avec une sorte d'indécence.

– Herr Hyacinthe, lance-t-elle d'une voix sèche et précise, dénuée de toute chaleur. Bienvenue à votre nouveau poste. J'espère que vous comprenez la gravité de votre mission ici.

– Je crois, Madame, je réponds, ma propre volonté me paraît soudain faible.

– Le Führer ne peut tolérer le gaspillage de talent, même s'il est, hum… mal employé jusqu'à présent, poursuit-elle, Frau Kalt, posant ses yeux brièvement sur moi. Vos créations devront maintenant refléter l'âme et la discipline de la jeunesse de la nation. Point de frivolité. Seulement la grandeur. Vous êtes ici pour servir l'Ordre.

La femme me mène à travers de vastes salons aux parquets cirés et aux boiseries sombres. Chaque pièce est irréprochable, mais manque cruellement de vie, comme dans un musée bien entretenu. Ma chambre, située dans l'une des deux tours, est spacieuse. Des meubles d'antiquités diffèrent avec la rigidité du couvre-lit blanc ainsi que du bureau militaire. Une fois encore, je me retrouve dans une cage dorée.

– Voici votre atelier, attenant à votre chambre, m'indique-t-elle en désignant une table en chêne et une manne de tissus grossiers. Vos premiers croquis pour la nouvelle tenue d'hiver de la *BDM* sont attendus demain matin à neuf heures.

Elle se tourne pour partir, puis se stoppe au seuil, un dernier avertissement dans le regard.

– Votre présence ici est vitale pour la nation, Herr Hyacinthe. Mais sachez que chaque geste est observé. Nous attendons de vous une créativité disciplinée.

Je me retrouve seul, entouré du luxe froid de la tour. Je pose ma valise et m'approche de la fenêtre. De là, j'admire les jardins recouverts de neige, un paysage à la fois magnifique et désert. Je me sens plus isolé que jamais. J'ouvre mon bagage, j'en tire l'unique objet qu'il me reste de ma vraie vie : la petite boîte contenant la perle de culture. Je prends cette douceur fragile, un réconfort illusoire contre l'austérité qui m'encercle. Sur le bureau, tout près du papier quadrillé destiné à mes futurs dessins de tenues, je dépose la perle. La beauté, le secret, la sensualité que je chéris se confrontent à présent à l'uniformité, à l'obligation, à la surveillance de Frau Kalt. Mon cœur se rétracte ; je suis au sommet d'une tour, pourtant, c'est la plus haute de ma nouvelle prison.

***

Chapitre XXXVIII

Depuis que je suis captif ici, ma perception du monde qui m'entoure se transforme. Me retrouver au cœur de la machine de propagande nazie se révèle pour moi être un vivier d'apprentissage. Car oui, à ma grande surprise, il y a tant de choses que j'apprends sur ce pays en constant mouvement. Sur celui qui le fait tourner en première ligne et sur son lien avec celles qui m'intéressent bien davantage, ainsi que leur statut : les femmes allemandes.

Le statut des femmes après la guerre de 14, c'est d'abord la misère, mais il est aussi bien supérieur à celui des françaises. En effet, elles bénéficient de l'égalité des droits civiques depuis 1919. Pourtant, quand on parle du beau sexe, Hitler a une représentation bien précise de la gent féminine. Pour lui, les femmes ne sont rien d'autre que des compagnes de l'homme pour créer, pour la beauté, pour les plaisirs du guerrier, et ceux de la vie quotidienne. Une image assez archaïque, or, il faut qu'elles soient modernes, sportives, saines…

Au sujet de sa vie sentimentale, il faut que le dictateur soit le fiancé de toutes les allemandes. Ses quelques aventures sont souvent platoniques avec des femmes beaucoup plus jeunes, des femmes qu'il domine et qui ne lui provoquent pas d'émotions intenses. En réalité, il n'y en a qu'une avec qui cela est arrivé : sa nièce, Angelika "Geli" Raubal. Le Führer est subjugué, peut-être même dominé par cette jeune fille à la forte personnalité, entreprenante et affirmée. En 1929, le couple, très amoureux, s'installe à Munich et vit une vie mondaine. Hitler lui offre des toilettes, mais ils partagent des mœurs sexuelles étranges : celui-ci est très jaloux, interdit à sa nièce de suivre des cours de chant malgré sa voix de soprano et la séquestre. Pour cause, le couple se sépare, Geli se suicide. Ce geste le bouleverse puisque la jeune fille est probablement le seul véritable élan affectif que son oncle a pour une femme. Ce lien révèle un peu la personnalité de l'homme : la peur de la dépendance affective. Leur relation aurait été sado-maso, car il aimait dessiner ses formes. Après la disparition de Geli, Hitler devient encore plus violent.

Avant son arrivée au pouvoir, la situation des Allemandes est très variable. Selon les régions, celles-ci sont peu représentées au gouvernement. Ce qui leur manque, c'est une formation politique car la citoyenneté de base allemande n'en prévoit pas. Aussi, une bonne partie d'entre elles va à l'église, ce qui n'arrange rien. De plus, elles sont en grande partie maniables, hormis les militantes de gauche, bien que ce ne soit pas la majorité.

Malheureusement, les femmes ont, malgré elles, leur part de responsabilité dans la venue au pouvoir du dictateur. Voici le mot absolu qui définit ce qu'elles ressentent pour leur guide : subjuguées. Elles sont absolument subjuguées par Hitler pour une raison : il suit des cours de théâtre, des cours de cinéma, il utilise à son avantage la technologie. Tous ses discours sont des mises en scène, des scénographies comme un opéra. Les femmes perdent connaissance lors du passage du chancelier, car il ne s'agit pas du passage de l'homme, mais de celui de la représentation théâtrale qu'elles se font de lui. En effet, beaucoup de femmes interrogées répondent à la question : comment il est ? il est grand, il est beau, il est blond, il a les yeux bleus. Puisque c'est l'archétype du bon Aryen.

Magda Goebbels, captivée par Hitler, qui se refuse au mariage, épouse le ministre de la propagande, Joseph Goebbels, qui en tombe amoureux. Pour faire face aux excentricités du Don Juan qui enchaîne les maîtresses parmi les actrices, Magda se console dans le rôle de mère exemplaire. Elle s'occupe des œuvres de bienfaisance nazies et devient la représentante de la mode du Reich. Ce couple étrange est de toutes les manifestations. Magda est à présent la Première dame de cette dictature.

Au sujet de l'un des bras droits de Hitler, Himmler, le terrible chef des SS a pour mission de peupler les territoires de l'Est par de nouvelles familles aryennes. Pour cela, il recourt à l'élevage humain. Pour lui, la démographie du Reich doit être forte. Il faut éviter les sept cent mille avortements qui se produisent chaque année, les femmes étant abandonnées. Alors, la SS créer des centres d'accueil : les Lebensborn (Source de vie). Les jeunes filles célibataires viennent accoucher dans de bonnes conditions et dans l'anonymat. Elles peuvent soit conserver leur progéniture, puisque l'organisation secrète leur donne les moyens de les éduquer dans le cadre de la doctrine nazie, soit abandonner leurs bébés qui, à ce moment-là, sont placés dans des familles aryennes. La volonté d'Himmler est de faire procréer les enfants pour la grandeur du régime. Ces jeunes Aryennes offrent symboliquement leurs enfants au chancelier Hitler.

La seconde étape est celle d'accroître et de purifier la race. Nous sommes là au cœur du projet Lebensborn : il s'agit d' encourager la procréation d'un maximum d'enfants, dont les parents sont soumis à des critères raciaux très précis, destinés à devenir une forme d'élite du IIIe Reich. Le cas idéal d'une aryanité pure : une bonne Aryenne qui se fait engrosser par un SS. Ces jeunes filles sont plutôt volontaires, pour certaines enthousiastes.

Une identité fictive est donnée à l'enfant. Il existe à l'intérieur, un véritable fonctionnement secret, à tel point que les gamins ne sont pas déclarés à l'état civil du lieu où ils naissent, mais à celui, parallèle : le Lebensborn, où seule, la vraie identité des géniteurs est connue. Pourtant, le Lebensborn est une maternité modèle, bien loin d'être un lupanar nazi.

Ces femmes ne sont plus considérées comme des personnes. Ces femmes amoureuses, subjuguées par le dictateur, sont considérées comme des poulinières. L'utopie ? Des enfants privés d'affection, privés de famille, privés de culture, biologiquement sains, n'ont aucune chance de se développer.

Dans un contexte de guerre, les allemandes se retrouvent confrontées à toutes les corvées et le prennent très mal. Par exemple, elles préfèrent la vocation de femme de soldat à un salaire en usine. Elles refusent. On les convoquent au Service National du Travail et Hitler y est très attentif, car il sait que son régime ne tient que par le soutien populaire.

Pour soutenir l'effort de guerre, les infirmières aussi sont mobilisées. De jeunes auxiliaires sont recrutées. Elles reçoivent une formation accélérée au vu des premiers combats très meurtriers. Elles doivent affronter des situations hallucinantes. Faute d'anesthésie, on opère à vif. Les jeunes femmes font preuve d'un dévouement sans limite. Et depuis 1936, la croix rouge allemande est sous l'autorité des nazis. Les femmes sont embrigadées.

Chapitre XXXIX

Au cours de ma vie au sein de différentes ligues de jeunes filles allemandes, je sais comment est organisée la jeunesse du parti. L'organisation compte cinq sections, dont trois pour les filles : *L'Association des jeunes filles (Jungmädelbund),* pour celles de dix à quatorze ans, (que je n'ai jamais visitée pour des raisons évidentes). La *Ligue des Jeunes filles allemandes (Bund Deutscher Mädel),* de quatorze à dix-huit ans. Enfin, une section volontaire pour les jeunes femmes de dix-sept à vingt-et-un ans, appelée *Foi et Beauté (Glaube und Schonheit).* À ma connaissance, sept millions de personnes étaient membres des jeunesses hitlériennes en 1940. Je n'imagine pas le chiffre actuel… Les nazis vont dans les familles pour recruter les filles. Dans mon quotidien, nous faisons souvent des soirées en communauté, où elles jouent de la guitare devant des feux de camp.

Chaque année, un gigantesque congrès a lieu à Nuremberg. Plus d'un million d'adhérents sont réunis durant une semaine. Chaque jour est consacré à une organisation. Aujourd'hui, la jeunesse est à l'honneur. Les nattes blondes sont appréciées du Führer. Tout comme moi, d'ailleurs, bien qu'elles soient blondes ou brunes. Mais c'est bien là le seul point que j'ai en commun avec lui.

Le mantra que nous inculquons aux allemandes est le suivant : *Santé, beauté et morale.*

Vous êtes blonde, vous êtes belle (ce qui, à mon grand plaisir est souvent vrai). La danse, ces jeunes filles adorent ça. Vous êtes saine, vous appartenez à la race supérieure. Donc la santé est un mot qui organise beaucoup l'idéologie nazie. Grâce à vous, les hommes seront encore plus forts, d'ailleurs, regardez comme vous avez rendu vos hommes beaux. Enfin, la morale : grâce à vous, le monde entier connaîtra mille ans de bonheur. Le monde entier va éliminer les juifs, les tziganes, les homosexuels, les slaves… Tout cela est fait au nom de la santé, de la beauté et de la morale. Qui peut être contre ?

Depuis le désastre de Stalingrad, les annonces de décès des hommes se multiplient dans la presse. Il y a de plus en plus de veuves. Le peuple allemand retourne à l'église, ce qui déplaît aux nazis. De grandes discussions ont lieu entre Goebbels et le dictateur sur ce qu'il faut faire pour remplacer l'église. Hitler ne voulant pas devenir un Führer religieux, cela pose problème à l'opinion. Alors, on y emploie l'un des services alloués aux femmes : le *Service de Sacrifice*. Les jeunes filles de nos sections s'y dévouent.

Durant la guerre totale, les organisations de jeunesses hitlériennes participent à des travaux de propagande, mais aussi à des travaux sanitaires et de protection civile. Les filles sont complimentées. Même Goebbels, qui a une sainte horreur de toutes ces militantes nazies, les reçoit pour les remercier de leur esprit de sacrifice. Mais pas les mères de famille qui en ont marre. Les Alliés décident d'anéantir l'Allemagne par de gigantesques bombardements. Le jour, des milliers de forteresses volantes américaines lâchent leurs bombes incendiaires à dix mille mètres d'altitude. La nuit, ce sont les bombardiers Lancaster britannique qui tapissent de bombes au phosphore les villes germaniques. Les pertes sont immenses.

La propagande donne l'illusion que beaucoup de femmes adhèrent encore à l'idée que la victoire nazie est toujours possible. Les demoiselles de la race des seigneurs s'adonnent à une gymnastique conservatrice pour garder la foi dans la victoire et performer dans les usines. Seulement, Hitler ne veut pas que toutes les femmes y aillent, car il trouve que cela fait plus de mal que de bien. En effet, elles mettent le mauvais esprit, elles rouspètent, elles ne sont pas contentes… ce qui démoralise et fiche la pagaille dans les usines. Elles utilisent la propagande nazie pour contrer : "On ne veut pas faire un travail d'hommes." "Nous ne sommes pas faites pour ça physiquement." Ce qui engendre l'apport de main-d'œuvre étrangère.

Des millions d'hommes sont mobilisés, des allemands sont morts sur le front de l'Est, le parti enrôle un million cinq cent milles prisonniers pour faire tourner l'industrie de guerre et nourrir leur population. Deux cent mille enfants naissent de ces amours durant le conflit.

Les femmes ont pris conscience de l'endoctrinement. Cependant, parmi les allemandes, le fanatisme perdure. Elles s'engagent dans l'armée comme auxiliaires. L'objectif est aussi de préserver les combattants sur le front. Ces auxiliaires, redoutables et redoutées, de l'administration, de la gestapo, ont une autorité déléguée, mais n'ont pas le pouvoir des hommes.

À ma connaissance, il n'y a pas une femme cheffette d'un camp, même à Ravensbruk qui est un camp spécifique de femmes. Ce sont les hommes qui le dirigent.

En avril 1945, les britanniques libèrent le camp de Bergen Belsen. C'est l'abomination. Il est surpeuplé. Les tenues sont transférées. Une épidémie de typhus emporte soixante-dix mille personnes, dont des Juifs et des Soviétiques. Le SS Josef Kramer règne sur ce mouroir. Trente-quatre gardiennes SS féroces répandent la terreur. Toutes étaient volontaires. Certaines ont répondu à une petite annonce mentionnant qu'il recherchait des femmes souhaitant démontrer leur amour pour le Reich. Trois mille six cents ont rejoint la SS Gefolge, l'organisation féminine composée de fanatiques.

En ce printemps 1945, l'armée rouge encercle Berlin. Il s'agit de la curée. Goebbels mobilise les illuminés : "Si vous jetez vos armes, si vous abandonnez vos chars, alors vous aurez sous les yeux vos enfants assassinés et vos femmes violées, et un cri de vengeance s'élèvera de leurs gorges qui fera pâlir l'ennemi", s'exalte-t-il lors d'une conférence. Ses admirateurs applaudissent en trombe.

Depuis des semaines, les soldats de l'armée rouge se battent avec acharnement pour réduire les troupes nazies qui s'accrochent vaillamment. Les soldats communistes sèment la terreur, et ils violent par ailleurs, plus de deux millions de femmes allemandes.

"Ils n'ont pas épargné ma mère de 60 ans, ils l'ont violée brutalement," témoigne une berlinoise.

"Ma soeur et ma mère ont été abusées brutalement. Comme des animaux," se confie une autre.

Cela dit, ce que je n'oublie pas c'est que les premières à avoir payé cette horreur sont les femmes russes lors de l'opération Barbarossa. Il s'agit d'un retournement de situation d'une guerre atroce dès le départ, puisque Hitler avait déclaré : "Il n'y a plus de loi."

Si l'on fait les comptes sur un sujet aussi délicat, on s'aperçoit que beaucoup de femmes ont demandé des indemnités pour avortement afin de ne pas mettre au monde des enfants racialement impurs.

Désormais, tout est perdu. Dans son bunker sous la chancellerie, Hitler se barricade avec le dernier groupe de fanatiques. Le Führer se tire une balle dans la bouche. Sa dépouille, mal consumée, est retrouvée. Magda Goebbels, la "First Lady", représente la mère de famille nombreuse idéale, Hitler s'étant donné la mort, pour les Goebbels, l'existence n'a plus de sens. Illuminé, le couple se suicide avec ses cinq enfants. Leurs prénoms commencent par la lettre "H". Dans les profondeur du bunker de la chancellerie, Magda leur fait administrer un somnifère, puis une ampoule de poison. Les soviétiques retrouvent le cadavre de l'ancien ministre de la propagande crispé dans une expression de haine. Les allemandes ont payé par le mépris de l'homme qu'elles ont adoré : Hitler. Celui-ci disait : "Puisque mon peuple n'est pas capable de réaliser le rêve et les mille ans de bonheur qu'il aurait dû apporter à la planète, qu'il crève."

La défaite du IIIe Reich est totale. La capitale est détruite à quatre-vingts pour cents.

Chapitre XL

Mai 1945.

Le rideau sur l'écran tombe. Dans une Allemagne transformée en champ de ruines, les nymphes de Berlin redeviennent de simples mortelles, confrontées aux mêmes vicissitudes que leurs contemporains. Terminés, les tournages en robe de soirée comme si la guerre n'existait pas. Les studios sont partis en fumée, les maisons des starlettes aussi. Le rôle qui les attend à présent est celui de tous les autres allemands. Elles vont devoir affronter le froid, la faim, lutter pour leur survie et soustraire leurs corps aux russes.

Certaines déesses du Hollywood nazi sont moins chanceuses. Hertha Feiler, l'épouse de Heinz Ruhmann, est victime d'un viol collectif lorsque des soldats russes découvrent le couple terré dans sa maison. Elle ne s'en remettra jamais vraiment. Quant à ma meilleure amie, Ilse Werner, elle est brutalisée par un russe qui débarque dans la cave où la Fräulein s'est réfugiée. Fort heureusement, il en veut davantage au mobilier qu'à sa vertu. Il lui conseille d'ailleurs de décamper en lui signalant que les premiers arrivés font partie de l'avant-garde civilisée, mais que les tankistes, eux, ne lui feront pas de cadeau.

Au marché noir, les bijoux des étoiles sont convertis en viande, beurre, café. On échange des broches couvertes de brillants contre du lard, des tableaux contre du pain. Tout ce qui a échappé aux destructions est troqué dans une lutte incessante pour la survie. Dès la fin du mois de mai 1945, toutefois, les nourritures spirituelles améliorent l'ordinaire. On a l'estomac vide, on a froid, on ne possède presque plus rien, et pourtant, on a soif de culture. Les studios et les cinémas ont tourné aussi longtemps qu'ils l'ont pu sous les bombes, à présent qu'ils sont ravagés, les théâtres, sous clés depuis 1944, prennent la relève.

Dans tout ce qui tient encore debout, on joue des comédies, des opérettes, des classiques, avec des décors ainsi que des costumes de bric et de broc. A la caisse, on paie en nature. Les actrices du cinéma de l'ère nazie restées à Berlin, habituées à des cachets de dizaines de milliers de Reichsmarks sous le IIIe Reich, sont bien contentes de recevoir une miche de pain par soir en guise de gages.

Au sud, le lieu de rassemblement des comédiennes qui ont fui la capitale est Salzbourg, en Autriche. C'est ici que de nombreux artistes se produisent pour les nouveaux maîtres, les américains. Et c'est Anneliese Uhlig qui, à l'initiative des *Special Services* de la 42e division d'infanterie, la division "Rainbow" ("arc-en-ciel", du nom de son insigne), devient productrice d'un show pour les *boys* avec les stars du cru, payées en repas ainsi qu'en cigarettes. Lors de son hébergement à l'hôtel Mozart de Bad Gastein, Leni Riefenstahl débarque, en quête d'un toit, ce qui provoque des remous. Elle en est même la seule personnalité. On prie instamment l'actrice de renvoyer l'intruse. Mais l'incident remonte jusqu'à Vienne. Les Américains deviennent méfiants. L'heure de la dénazification a sonné.

L'effervescence culturelle qui suit la capitulation de l'Allemagne connaît un coup d'arrêt dès lors que les vainqueurs commencent à se pencher sur le passif des artistes et à décider de la suite à donner à leur carrière. Il convient de nettoyer les milieux artistiques de tout profil suspect de collaboration, afin de reconstruire sur des bases saines et de rééduquer une population vue dans son ensemble comme coupable. Pour un show à Francfort, Anneliese se voit donc demander une licence. Pour en bénéficier, il faut passer par une procédure excessivement tatillonne, qui consiste en un questionnaire à cent trente et une questions, des interrogatoires ainsi qu'un passage de trois jours dans une unité de Bad Homburg pour y subir des tests psychiques. Si l'on en sort blanchi, la licence, synonyme de reprise d'une activité artistique et culturelle, est accordée.

La demoiselle, d'abord conduite à Berlin, soumise à des interrogatoires des jours durant à huis clos, ne figure pas sur la liste noire. Mais son nom n'est pas non plus sur la liste blanche. La prochaine étape, à Bad Homburg, lui réserve de multiples formulaires remplis de questions du type : “Quand avez-vous eu votre premier rapport sexuel ?”, “Croyez-vous à la culpabilité collective ?” ou encore “Aimez-vous Wagner ?”. Puis, à partir de l'interprétation de taches d'encre sur du papier, on tente d'établir son profil psychologique. Les américains ne trouvent rien d'anormal dans le dossier et les réponses d'Anneliese. Sa licence lui est accordée. Elle peut désormais de *facto* continuer à travailler.

D'autres, Fräulein paient cher leur apparition dans un film. *L'Épreuve du temps* est à Ilse Werner ce que *Le Juif Süss* sera à Kristina Söderbaum : sa croix. Ilse, qui se produit depuis l'automne 1945 comme chanteuse et siffleuse à Hambourg, participe aussi à des émissions à Radio Hambourg. Ma meilleure amie voit son monde s'écrouler lorsqu'on lui signifie qu'elle figure sur la liste noire - telle Kristina ou Marika Rokk. Ironie de l'histoire, l'officier préposé à son cas, *Captain* Freud, n'est autre que l'arrière-petit-fils du père de la psychanalyse ! La jeune femme écope d'un an et demi d'interdiction de travail; Marika du double.

Dans le contexte immédiat de l'après-guerre, l'adorée suédoise, la femme-enfant perpétuellement sacrifiée du cinéma nazi, fait office de victime expiatoire idéale en Allemagne. Son pays natal lui réserve le même rôle de bouc émissaire. Tandis qu'elle y a été fêtée avec son mari pour *La Ville dorée* - film que j'ai apprécié - avec première en fanfare, réception dans la galerie des Glaces du Grand Hôtel de Stockholm et d'ailleurs remise de titres honorifiques de l'université d'Uppsala, l'ancienne aryenne idéale voit la photo d'elle et son époux qualifiés de "criminels de guerre", s'afficher dans la presse lorsque la jeune femme vient récupérer son fils Kristian, mis en sécurité dans la nation de sa mère afin d'échapper aux bombardements de la fin du conflit. À peine Kristina pose le pied en Suède que des hordes de journalistes aux questions agressives, vindicatives, la poursuivent et la harcèlent.

Même ostracisme en Norvège, martyrisée par les nazis, envers Kirsten Heiberg, la princesse marine idéale. L'interdiction de travail de deux ans prononcée à son encontre par Goebbels pour avoir dénoncé l'invasion de la Norvège ne parvient pas à contrebalancer ses rôles dans des films d'espionnage au message propagandiste évident.

Cela dit, aucune star étrangère de la UFA ne cristallise autant de haine, de ressentiments que Lida Baarova, “la maîtresse du diable”. De retour à Prague, l’actrice tchèque est réquisitionnée pour travailler dans une fabrique de savons. Hans Albers, qui achève juste le tournage de *La Paloma*, dans les studios Barrandov, lui conseille de préparer une troisième fuite, cette fois-ci pour échapper à l’Armée rouge. En avril 1945, la belle quitte Prague pour rejoindre le lac de Starnberg, en Bavière, où Albers l'invite. C’est là que les américains interceptent, puis interrogent Lida. Ces derniers l’incarcèrent, l’internent dans une clinique psychiatrique, avant de la livrer à la police bohémienne, qui l’emprisonne dix-huit mois durant.

Pour son peuple à peine libéré de la tutelle nazie, la demoiselle est associée à l’ennemi. Sa liaison avec Goebbels n’est pas le seul chef d’inculpation. Les soupçons d’espionnage pour le compte des allemands pèsent également dans la balance. Or, si la belle de Bohême a bien été utilisée par l’Abwehr de Canaris pour soutirer des informations à un membre du *Sicherheitsdienst,* le service de renseignement de la SS, elle n’a pas poursuivi dans cette voie. Cela n’empêche pas la police de la retenir arbitrairement, de déverser quotidiennement pendant des mois un tombereau d’insultes sur sa personne et de persécuter sa famille.

La rancœur des pays slaves passés sous tutelle soviétique à l’encontre de leurs étoiles ayant fait carrière à la UFA dépasse celle des nations scandinaves. Marika n’a pas le droit de se produire en Hongrie, pourtant la “baraque la plus gaie du camp” socialiste. Le “socialisme du goulash” la déclare *persona non grata.*

Avec la montée des tensions entre les Alliés avant même la fin de la guerre, puis dans le contexte de la guerre froide, un nouveau nuage apparaît dans le ciel déjà bien obscurci de certaines actrices. Suspectes d'opportunisme et de crime de collaboration, plusieurs étoiles se voient confrontées à des accusations d'espionnage. Pour le compte des allemands en territoire occupé, comme dans le cas Lída Baarová, mais aussi pour les russes, voire pour l'un ou l'autre camp, en ce qui concerne Marika, la danseuse hongroise. Pendant le conflit, déjà, des soupçons et des rumeurs de ce type avaient émergé, prélude à la paranoïa de la guerre froide. Les accusations d'espionnage les plus fantaisistes sont sans conteste celles formulées à son égard. Elles pèsent toutefois très lourd dans la balance au sortir de la guerre.

Celles qui, comme Camilla Horn, habitent dans le Brandebourg fuient dès le mois d'avril 1945, à l'approche de l'Armée rouge. Sa fourrure sur le dos, ses bijoux autour du cou, la couturière de formation abandonne sa ferme et assiste aux horreurs accompagnant les marches de la mort. La séduisante blonde voit les colonnes de déportés déplacés des camps (notamment celui d'Oranienburg-Sachsenhausen, au nord de Berlin), les exécutions sommaires, les désertions de soldats allemands, les pendus dans les bois. Dans sa fuite éperdue vers l'Ouest, Camilla ne tombe aux mains des russes mais croise des américains, des français, des britanniques. Ces derniers la mettent d'ailleurs en prison et ne la libèrent qu'en septembre 1945. Lorsqu'elle regagne sa ferme à l'automne, celle-ci, pillée, abrite des familles de réfugiés. L'ancienne vamp décide de refermer ce chapitre de sa vie sans demander son reste et repart définitivement à l'Ouest.

“Ô, Camilla !” pensé-je, “ma rose interdite, chère à mon coeur, chère à mon corps… Je te dois tout. Tu m’as délivré du mal. Ma reconnaissance t’est éternelle…”

L’immédiat après-guerre n’a décidément pas été tendre avec les vedettes de la UFA, prises dans la grande lessiveuse de la dénazification et essorées par le tourbillon de la géopolitique.

À mes yeux, les femmes allemandes ont été escroquées affectivement, ainsi que sentimentalement. Le nazisme leur fournissait une représentation utopique merveilleuse : l’opéra, le bonheur, l’élite, la beauté… Elles n’ont jamais su avoir participé à un crime, ou très peu. Je leur rends hommage pour avoir déblayé les ruines, puisque les hommes étaient prisonniers. Elles ont contribué largement à la reconstruction rapide de l’Allemagne. Sans ces Fräulein, le fameux miracle allemand était impensable. La fascination pour Hitler et sa doctrine nazie aura coûté très cher aux femmes du IIIe Reich.

Depuis la fin de la guerre, je n’ai aucune nouvelle de ma bonne fée, Hilde Hildebrand, ni de ma seconde protectrice, Dorothea Wieck, ni de celle qui a été mon amante, Hilde Krahl, et de toutes mes autres nymphes de Berlin que j’ai rencontrées. À ce jour, je ne sais rien non plus au sujet du sort de ma famille, de celle que je considère comme ma deuxième mère, Hélène. Je garde espoir au fond de moi que ce moment viendra. Car, voici ce qu’elles m’ont appris d’être à leurs côtés :

Les épreuves sont redoutées par chacun de nous. Mais si j’avais le choix, voudrais-je rester qui j’étais avant d’être fait prisonnier ? Ou revivre le même destin ? Je dirai : pour l’amour des nymphes, faites-moi à nouveau prisonnier.

Lorsque les obstacles se dressent sur notre chemin, nous pensons que notre vie est finie. Mais il ne s'agit que du début d'autre chose, d'une vie meilleure.

Tant qu'il y a de la vie, il y a de la joie. Et le meilleur reste toujours à venir.

***

Postlude

Assis au pied d'un chêne des vastes plaines autrichiennes, au cœur des ailes du rossignol viennois, je prends quelques instants pour me reposer dans la verdure, le corps léger. Je profite du souffle de l'alizé, afin de goûter dans tes bras, à ton parfum à la rose cerise.

Feuille blanche et stylo plume en main, j'écris ces mots à celle que j'espère retrouver un jour par n'importe quel moyen.

"Ma chère Hélène,

La guerre est encore si proche, mais nous avons enterré tous les cauchemars au plus profond de nous-mêmes en restant occupés à construire l'avenir. Au départ, les terres avaient un sens différent pour nous, mais aujourd'hui, on comprend que ce n'est pas que la ferme, mais toute la vie autour : les voisins, les villageois... sans eux, nous n'aurions jamais réussi.

Mon parcours m'a mené jusqu'ici, à ce moment et à ce lieu précis. J'ai trébuché en route, mais j'en ai appris des choses. À être clément envers moi-même et les autres.

Hélène, je crois que tu me connais assez bien... Tu sais que je ne te dirai pas cela, si je ne l'étais pas..."

Je ferme les yeux, où je me remémore mes souvenirs des perles glissantes sur la peau de mes nymphes...

Soudain, le silence de l'après-midi se brise, mes pensées s'interrompent, mes yeux s'éveillent à nouveau. Un son léger, puis plus soutenu, s'approche : des froufrous de pas joyeux dans les hautes herbes, accompagnés d'éclats de rires cristallins presque identiques. Une irruption, une mélodie de pure insouciance qui me libère de la mélancolie. Il y a une légèreté et une spontanéité dans ces bruits qui me rappellent mon enfance.

Les silhouettes surgissent. Deux petites filles jumelles, dans leurs robes claires, ainsi que leurs rubans rouges qui papillonnent, débouchent du bosquet. Elles courent, insouciantes, leurs visages fleuris de joie. Elles jouent à se poursuivre, l'une s'accrochant au châle de l'autre dans une tentative ludique de la ralentir. Les petites s'approchent si près que je peux distinguer les tâches de la verdure fraîche sur leurs jupes et entendre le halètement de leurs courses.

Désormais à nos pieds, Elfie et moi nous nous levons, marchant main dans la main, derrière les jumelles qui gambadent. Nos sourires se rencontrent, nos regards scintillent. Et mes confessions secrètes s'adressent à nos cœurs… à nos âmes…

"Il y a de ces relations que l'on a convenues pour nous, de convenance, qui arrangent chacun des individus mêlés à cette histoire. D'autres qui ne sont que des relations de consommations, sans avenir, sans amour, sans idylle, sans valeurs de loyauté ni de fidélité. Mais un simple besoin de combler son propre vide pour ne pas tomber à la dérive. Ne pas plonger dans le néant si froid et imprévisible, qui s'attache à nos blessures les plus profondes. Ma belle adorée, peut-être croient-ils nous connaître. Peut-être croient-ils connaître notre histoire. On leur a dit qu'elle se terminait par la folie, par deux

cœurs brisés. C'est bien une histoire. Mais ce n'est pas la nôtre. Nous ne perdîmes pas notre chemin, nous ne cherchâmes pas à nous venger. Au lieu de cela, nous découvrîmes le moyen d'espérer, qu'un jour nous pourrions raconter notre propre histoire... Tout comme un jour, ma rossignole d'amour... Elles raconteront la leur..."

Il n'y a pas de plus bel
Hommage aux morts,
Que de vivre pour eux,
Jusqu'à notre dernier souffle.

Partie I

~

Iconographie

Cette première partie iconographique est dédiée aux actrices du IIIe Reich qui m'ont accompagné tout au long de l'écriture de cette œuvre, et qui m'ont amené à découvrir mon héritage familial maternel.

Julio, 1932

45

KATHE
DE NAGY

EUROPA PREOCUPASE EN AFIANZAR EL PRESTIGIO DE SUS "ESTRELLAS", Y CUANDO LO CONSIGUE, NORTE AMERICA INTERPONE UN CONTRATO. EUROPA, ENTONCES, DEDICASE A LLENAR EL VACIO Y ASI CONSECUTIVAMENTE... LILIAN HARVEY, EN LA PLENITUD DE SU APOGEO GERMANO, ACABA DE SER LLEVADA A HOLLYWOOD. KATHE VON NAGY ES LA EXCELENTE ACTRIZ ENCARGADA DE REEMPLAZARLA, HASTA QUE...

Käthe von Nagy (1932).
(4/4/1904 - 20/12/1973)

(Actrice hongroise et polyglotte accomplie, elle parlait couramment le hongrois, l'allemand, le français - dont elle tourne elle-même les versions - et l'italien. Elle est *La Noblesse Hongroise*).

Hilde Hildebrand (1940).
(10/9/1897 - 27/5/1976)

(Hilde, du germain *Hild*, la bataille. Celle qui protège par le courage. Hilde est *Ma Comtesse du Monde)*.

Zarah Leander, vers 1940.
(15/3/1907 - 23/6/1981)

(Suédoise, elle est la “Stupéfiante”, celle dont le la voix baryton et la présence dramatique ont hypnotisé l’Allemagne).

Lil Dagover, dans Dreiklang (1938).
(30/9/1887 - 23/1/1980)

(Elle est née sur l'île de Java - Indes orientales néerlandaises - cette origine exotique lui conférait un regard et une prestance que les Berlinois trouvaient fascinants et "d'ailleurs").

Camilla Horn, carte de cigarettes antiques allemandes (1937).

(25/4/1903 - 14/8/1996)

(Du latin *Camillus*, elle est “celle qui sert l’autel”. Camilla a appris le métier de couturière avant de devenir actrice. Camilla est *Ma Rose Interdite*).

Anneliese Uhlig, dans Meurtre au Music-hall (1939).
(27/8/1918 - 17/6/2018)

(Prénom composé de *Anne* - l'Hébreu *Hannah* : "la grâce" et *Liese* - diminutif d'Elisabeth, de l'Hébreu *Elisheba* : "Dieu est mon serment". C'est le prénom de la grâce fidèle). Anneliese est *Ma Muse des Rêves*).

Paula Wessely ~ carte postale allemande (1941-1944).
(20/1/1907 - 11/5/2000)

(La féminité autrichienne par excellence. Elle est l'humilité apparente qui cache une âme vibrante. Sa grandeur ne vient pas de l'artifice, mais de sa vérité. Paula est *La Perle de Vienne*).

"La Marika"

Marika Rokk, dans Hab mich Lieb (1942).
(3/11/1913 - 16/5/2004)

(Hongroise - née au Caire, elle a grandi à Budapest - elle apporte le *Putza-Feuer,* "le feu hongrois", mélange de tempérament slave et de discipline de fer. Marika est *La Reine Scintillante*).

Gusti Huber, dans Marguerite (1939).
(27/7/1914 - 12/7/1994)

(Diminutif typiquement autrichien pour *Auguste*. *Augustus* en latin qui signifie “Majestueuse”, “Vénérable” ou “Consacrée par les présages”. Elle porte en elle cette élégance de la Mitteleuropa, à la fois sophistiquée et accessible. Gusti à ce visage qui semble toujours attendre une promesse. Elle est *La Perle de L'Ombre*).

Gerhild Weber (1941).
(3/5/1918 - 7/11/1996)

(C’est le prénom d’une guerrière, d’une walkyrie. Elle est la lance qui combat et la main qui tisse. Pour un couturier, elle est la nymphe de la structure et de la force. Gerhild est *Ma Lapine Blanche*).

Ilse Werner, dans Wir machen Musik (1942).
(11/7/1921 - 8/8/2005)

(Il y a une ironie douce dans son nom : elle n'est pas une guerrière, mais son sifflement léger est une protection contre la grisaille du monde. Elle est la promesse d'un jour sans nuages. Ilse est *Mon Hirondelle du Printemps*).

Heidemarie Hatheyer, dans Regimentsmusik (1945).
(8/4/1918 - 11/5/1990)

(On peut traduire le prénom Heidemarie par Adélaïde-Marie ou Marie-Adélaïde. Son visage a la clarté des sommets et la rudesse de la bruyère. Son rôle de “Wally” dans *La Fille au Vautour* lui va à ravir. Heidie est *L’Ambre Noir*).

Brigitte Horney, dans Secret Lives (1937).
(29/3/1911 - 27/7/1988)

(Son nom évoque, par sa sonorité, le cor - Horn - l'appel dans la forêt ou le signal du destin. Berlinoise de naissance, fille de la célèbre psychanalyste Karen Horney, elle possède la sophistication intellectuelle et la liberté d'esprit typique de l'élite culturelle de Berlin, qu'aucune propagande n'a réussi à totalement briser. On ne peut qu'être amoureux d'elle et de ses rôles avec poésie. Britta est *Ma Dame du Monde*).

Kirsten Heiberg (1939).
(25/4/1907 - 2/3/1976)

(Actrice danoise, elle est la "femme fatale" par excellence, mais avec une touche de glace scandinave qui la rend unique à l'UFA. Elle est la "Montagne de Lumière" et l'égérie de Jean-Paul Gaultier avant l'heure. Elle est *Le Saphir Nordique*).

Hilde Krahl, à l'affiche du film Anushka (1942).
(10/1/1917 - 28/6/1999)

(Autrichienne d'origine croate, c'est une actrice d'une intensité rare, une "intellectuelle" de l'écran qui sait insuffler une humanité vibrante et parfois tourmentée à ses personnages. Elle est *Ma Hilka, Ma Violette Rose Poudrée).*

Maria Von Tasnady (1939).
(16/11/1911 - 16/3/2001)

(Actrice hongroise, elle est l'élégance aristocratique venue de l'Est. Elle est la nymphe de la distinction pure, celle qui porte son nom comme un titre de noblesse inaliénable. Dans le Berlin de l'UFA, elle représente une beauté classique, presque sculpturale, héritée de la vieille Europe. Elle est *La Danseuse Perlée*).

Dorothea Wieck (1933).
(3/1/1908 - 19/2/1986)

(Dorothea : “Don de Dieu”. Nous touchons à une figure d’une sensibilité presque spirituelle. Elle est entrée dans l’histoire du cinéma avec son rôle inoubliable dans *Jeunes Filles en uniformes,* 1931, où elle incarne une forme de beauté empreinte de douceur, d’autorité maternelle et d’un érotisme sublimé, très loin des standards agressifs de l'époque). Elle est *La Grâce Silencieuse*).

Irene von Meyendorff, dans Wir tanzen um die Welt (1939). (6/6/1916 - 28/9/2001)

(Elle est le sommet de l'aristocratie de l'UFA. Authentique baronne balte, elle incarne cette beauté "froide", d'une distinction presque surnaturelle, au nom de la noblesse germano-balte qui évoque des terres ancestrales et des châteaux de brume. Irene est *La Duchesse Joaillière*).

Hannelore Schroth ~ carte postale allemande (1941-1944).
(10/1/1922 - 7/7/1987)

(Nymphe de la modernité pétillante et fille de deux grands acteurs, elle est une “enfant de la balle” qui apporte au cinéma de l’UFA une fraîcheur espiègle, presque insolente, et un talent de comédienne d’une grande finesse. Elle est *Le Sourire Perlé*).

Jenny Jugo, dans Der Bund der Drei (1929).
(14/6/1904 - 30/9/2001)

Jenny Jugo (1940).
(Elle est *La Fantaisie Nocturne*).

Hertha Feiler (1939).
(3/8/1916 - 1/11/1970)

(Nymphe du glamour discret et de la fidélité, elle représente à l'écran la compagne idéale : élégante sans être intimidante, moderne sans être scandaleuse. Elle est la douceur qui équilibre la farce ou le drame. Elle est *Le Trésor Nocturne*).

Kristina Söderbaum ~ carte postale allemande ~ 1940's.
(5/9/1912 - 12/2/2001)

(Suédoise, elle apporte cette blondeur de blé et ce regard bleu délavé qui ont fait d'elle l'icône absolue de l'idéal féminin de l'époque, malgré elle. Elle a beaucoup souffert de sa relation maritale. Le nom suédois magnifique de cette "Ophélie" signifie *l'Arbre du Sud*. Elle est *Mon Aurore Virginale*).

Lída Baarová, dans les années 30.
(7/9/1914 - 27/10/2000)

(Sa beauté a failli faire vaciller le sommet de l'Etat. Sa liaison a fait d'elle une paria et une icône maudite, la *Vénus de Prague* dont le destin s'est brisé sur l'autel de la politique, entraînant dans son sillage celui de sa sœur, brisé pour de plus sombres raisons. Lída est *Ma Belle de Bohême, Ma Lidunka*).

Elfie Mayerhofer, dans Charivan (1941).
(15/3/1917 - 28/12/1992)

(On retrouve en elle la légèreté de l'opérette et la clarté du chant. Elle apporte une gaieté presque enfantine et une virtuosité vocale qui servait d'exutoire aux rêves de valses du public. Diminutif *d'Elfriede*, elle est la "Paix des Elfes". Elfie est *Ma Rossignole Viennoise*).

Partie II

~

Iconographie

Cette deuxième partie iconographique met en lumière ces autres actrices du IIIe Reich que j'aurais aimé faire revivre dans mon récit, mais que la structure de l'intrigue m'a contraint à laisser dans l'ombre.

Anneliese von Eschstruth (1941).
(18/8/1920 - 2/2003)

(Issue de la noblesse allemande, son nom évoque les châteaux et les forêts de la vieille Prusse).

Lotte Koch (1940).
(9/3/1913 - 26/5/2013)

(Elle incarne à l'écran la femme fiable, souvent une alliée ou une figure de raison. Sa beauté est franche, sans artifice inutile, portée par une présence scénique acquise au théâtre. Belge de naissance, mais de carrière purement allemande, elle apporte une nuance européenne, un pragmatisme qui tranche avec les envolées mystiques de certaines de ses consoeurs).

Gisela Uhlen, vers 1940.
(16/5/1919 - 16/1/2007)

(Son nom évoque le hibou - *Eule* en allemand - l'oiseau de Minerve, celui qui voit dans l'obscurité. Saxonne, elle est le gage que l'on donne à la beauté pour avoir le droit de regarder dans l'ombre. Son regard ne cligne jamais; elle vous fixe comme si elle lisait votre secret le plus sombre).

Brigitte Helm, dans les années 30.
(17/3/1908 - 11/6/1906)

(L'icône absolue, la nymphe mécanique et métaphysique. Elle restera à jamais la Maria de *Metropolis* de Fritz Lang. Elle est celle qui a refusé de devenir une simple poupée de studio, finissant par fuir l'industrie et l'Allemagne nazie pour se réfugier dans le silence de la Suisse).

Charlotte Thiele ~ carte postale allemande (1939-1940). (6//6/1918 - 6/5/2004)

(Dans le *Titanic* de 1943, elle tient le rôle de "Madeleine Astor", une blonde vénéneuse assez peu conforme à la représentation que l'on peut avoir de la femme allemande sous l'ère nazie. En 1944, elle doit quitter le pays, non pas pour sauver sa jolie peau, mais pour avoir refusé les avances de son patron. Ce dernier lui a fait comprendre que sa carrière était terminée).

Maria Landrock, dans les années 1940.
(5/7/1923 - 1992)

(Son nom est un programme de couture à lui seul. Elle est la "Robe de la Terre". Elle n'est pas faite pour les traînes de cour, mais pour les étoffes qui respirent le grand air. Elle est la nymphe des champs qui a gardé la poussière de soleil sur ses épaules).

Käthe Dyckhoff, vers 1940.
(20/2/1913 - 2001)

(Allemande, elle incarne cette génération d'actrices qui devaient rester "impeccables" sous les bombardements, représentant une certaine idée de la résilience domestique et de la tenue. Elle a un corps qui appelle le tailleur).

Adelhied Seeck, dans Metropol Revue (1941).
(3/11/1912 - 17/2/1973)

(Nymphe de la lignée pure et extrêmement séduisante, son nom est un décret. Elle ne demande pas le respect, elle l'impose, ne serait-ce que par son coup de cygne. Elle incarne la haute bourgeoisie prussienne, celle qui ne défaillit jamais, même sous la torture d'un corset trop serré).

Hertha Imhoff, en tenue de soirée (1941).

(Elle est la nymphe du jardin intérieur. Son nom suggère l'intimité, le lieu clos et protégé. Elle n'est pas faite pour les grands boulevards, mais pour les salons feutrés où l'on parle à voix basse).

Gertrud Meyen, dans Ein schoner Tag (1944).
(16/4/1919 - 2012)

(Elle possède un visage d'une finesse absolue, avec ces grands yeux clairs qui semblent toujours attendre un événement lointain. Elle incarne souvent la loyauté, la sœur ou l'amoureuse dont la présence est une ancre émotionnelle).

Hilde Schneider (1940).
(24/11/1914 - 20/5/1961)

(Elle n’est pas la diva que l’on admire de loin sur un piédestal, mais plutôt l’actrice qui incarne la présence humaine, chaleureuse et sincère. Elle apporte à l’UFA une authenticité qui fait parfois défaut aux grandes machines de guerre esthétiques du studio).

Leny Marenbach ~ carte postale allemande (1942).
(20/12/1907 - 26/1/1984)

(La nymphe de la camaraderie élégante, incarnant à merveille la “jeune femme moderne” des années 30 et 40 : drôle, vive, un peu sportive, mais toujours d’une distinction parfaite. Elle est la nymphe du quotidien sublimé).

Katalin Karády, vers 1940.
(8/12/1910 - 8/2/1990)

(Véritable mythe en Hongrie, elle est l'incarnation de la "femme fatale" européenne, dont la voix de contralto, grave et érotique, provoque des évanouissements. Elle apporte le "Vamp" absolu, une mélancolie slave profonde et une voix qui semble venir des entrailles de la terre).

"La Reine Margot"
Margot Hielscher, pour Riz Kosmetik, à Cologne (1954).

(29/9/1919 - 20/8/2017)

(Actrice, chanteuse de jazz accomplie, elle a fait des études de dessin de costumes et de mode. Berlinoise, elle incarne le chic de la capitale, une élégance moderne, presque américaine, qui flirte avec le swing malgré l'interdiction du régime).

"La Lola"
Lola Müthel (1939).

(9/3/1919 - 11/12/2011)

(Issue d'une famille d'artistes - son père était un célèbre metteur en scène de théâtre - elle est une tragédienne égarée dans l'univers de l'UFA, apportant une profondeur et une distance presque hautaine à ses rôles).

Lizzi Waldmüller, dans Es lebe die Liebe (1944).
(25/5/1904 - 8/4/1945)

(Lizzi est faite de courbes et d'étincelles. Star du film *Bel Ami* (1939), où elle chante le célèbre "*Du hast Glück bei den Frau'n, Bel Ami !"*. Elle est la nymphe de la séduction pétillante, celle qui transforme chaque mouvement en une promesse de fête. Elle a été tuée dans son appartement à Vienne, lors d'un raid aérien).

Dora Komar, dans Carnaval d'Amour (1943).
(18/4/1914 - 21/11/2006)

(Autrichienne, elle incarne ce mélange de charme viennois et de vigueur alpine, avec une silhouette moderne et svelte. Moins connue que les grandes tragédiennes, elle apporte une énergie presque enfantine mais habitée par un magnétisme étrange, typique des visages venus des marges de l'Empire).

Ada Tschechowa, dans Mit den Augen einer Frau (1942). (9/9/1916 - 28/1/1966)

(Fille de la grande Olga Tschechowa et petite-nièce d'Anton Tchekhov, elle est la nymphe de l'héritage et de la mélancolie slave. Elle porte sur ses épaules le poids d'un nom immense, naviguant dans l'UFA avec une distinction qui semble venir d'un autre siècle).

Eva Immermann ~ carte postale allemande 1943.
(4/9/1913 - 2000)

(Actrice et sculptrice, elle possède une structure osseuse d'une perfection rare, presque intimidante. Elle est la nymphe de la forme pure, celle qui comprend que la beauté est avant tout une question de volume et de ligne dans l'espace. Elle incarne l'idéal de la "beauté sculptée" des années 40, avec un visage aux pommettes hautes et un regard d'une clarté de cristal).

Partie III

~

Iconographie

Cette dernière partie iconographique est dédiée aux jeunes filles qui, de force ou de leur plein gré, ont intégré les branches féminines des Jeunesses hitlériennes : *La Jungmädelbund* (L'Association des Jeunes Filles), pour celles de 10 à 14 ans, la *Bund Deutscher Mädel* (Ligue des jeunes filles allemandes), pour celles de 14 à 18 ans, et la société *Glaube und Schönheit* (Foi et Beauté) pour celles de 17 à 21 ans.

**À PARTIR DE 1939,
LE RÉGIME LEUR DEMANDE
DE PARTICIPER ACTIVEMENT
À L'EFFORT DE GUERRE**

En septembre 1942, alors que l'armée allemande, la Wehrmacht, connaît ses premières défaites, le régime renforce ses liens avec les Jeunesses hitlériennes. Ici, un responsable du NSDAP (Parti national-socialiste des travailleurs allemands, le parti nazi) décore des membres de la Bund Deutscher Mädel de la médaille du parti. Désormais, les voilà partie intégrante de la machine nazie.

En septembre 1942, le régime renforce ses liens avec les jeunesses hitlériennes. Ici, un responsable du parti nazi décore des jeunes filles de la BDM de la médaille du parti. Les voilà désormais membres intégrantes de la machine.

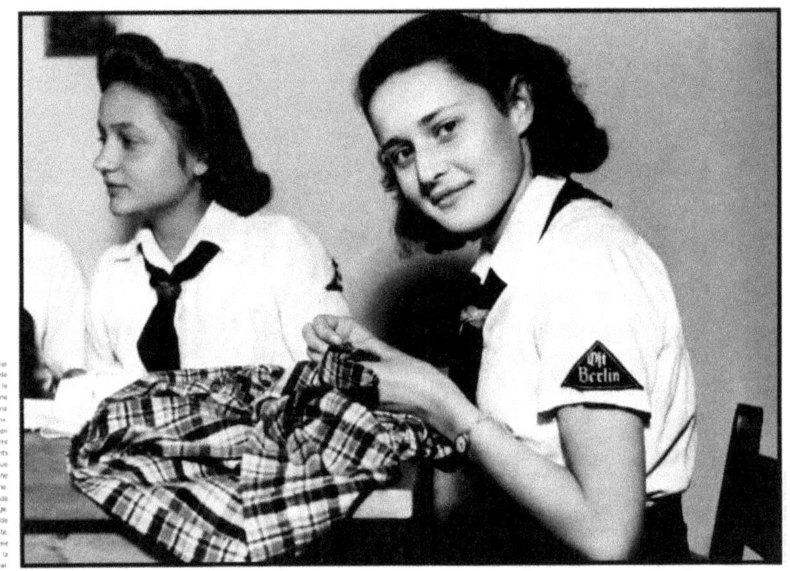

...Puis vient le temps d'apprendre à être une "femme de maison".

Comme l'a assuré le Führer dans son discours de Nuremberg, en 1935, le destin de toute jeune Allemande est de devenir une "mère de la nation", se transformer en épouse idéale et faire de nombreux enfants - en vertu du triptyque *Kinder, Küche, Kirche* ("enfants, cuisine, église").

Les ateliers de couture et de reprisage, comme ici, mais aussi de cuisine et de maternité, sont donc monnaie courante au sein de la BDM.

En pleine guerre, les activités sportives deviennent incontournables au sein de l'organisation. Le régime veut désormais des jeunes femmes dotées d'un corps «sain et athlétique». Des festivals sportifs en plein air sont organisés un peu partout dans le pays. On y voit les membres de la Bund Deutscher Mädel s'adonner à des exercices de gymnastique, comme ici, à Berlin, en 1943.

En pleine guerre, les activités sportives deviennent incontournables au sein de l’organisation. Le régime veut désormais des jeunes femmes dotées d’un corps “sain et athlétique”. Des festivals sportifs en plein air sont organisés un peu partout dans le pays. On y voit les filles de la BDM s’adonner à des exercices de gymnastique, comme ici, en 1943.

Désormais fanatisées, elles se sentent prêtes à mourir pour leur guide.

Le 20 avril 1938, à l'occasion du 48e anniversaire d'Adolf Hitler, une jeune fille de la BDM orne d'un bouquet de fleurs le portrait du Führer. Une dévotion totale.

Au début des années 1930, les jeunes filles enrôlées - moyennant une adhésion - doivent effectuer des “stages” tendant à les emmener vers un “idéal patriotique”.
Ici, on peut les voir aider les agriculteurs du coin en dressant la table pour le déjeuner.

Wiener Bilder
Die junge
Generation —
Großdeutschlands
Stolz und Stärke

126. Fahnenschwingerin — *Elis. Hänsel (Kunst- u. Kulturverlag*

Une Fräulein de la Fédération Allemande de Gymnastique, vers 1933.

Une infirmière auxiliaire de la Croix-Rouge allemande en 1940.

Une Fräulein berlinoise dans les années 1940.

Partie I

Crédits photos et illustrations

© Argentinean Magazine / Käthe von Nagy

© Tobis / Hilde Hildebrand

© Auteur Inconnu / Zarah Leander

© Sueddeutsche Zeitung Photo / Lil Dagover

© Monopol Cigarettes / Série Künstler Im Film / Camilla Horn

© UFA / Anneliese Uhlig

© Film-Foto-Verlag / Hammerer Wien Film / Paula Wessely

© UFA / Marika Rokk

© Bavaria-Filmkunst / Gusti Huber

© UFA / Erwin Klitsch / Gerhild Weber

© Terra-Filmkunst / Ilse Werner

© Bavaria-Filmkunst / Heidemarie Hatheyer

© Illustrierter Film-Kurier / Hilde Krahl

© Associated British Film Distributor / Brigitte Horney

© UFA / Kirsten Heiberg

© UFA / Maria Von Tasnady

© Auteur Inconnu / Dorothea Wieck

© Tobis Filmkunst / Irene von Meyendorff

© Film-Foto-Verlag / Star-Foto-Atelier / Hannelore Schroth

© UFA/ Jenny Jugo

© Terra/ Hertha Feiler

© Film-Foto-Verlag / Foto Baumann / Kristina Söderbaum

© Auteur Inconnu / Lida Baarova

© Tobis Filmkunst / Elfie Mayerhofer

Partie II

Crédits photos et illustrations

© Universum Film (UFA) / Anneliese von Eschstruth

© Universum Film (UFA) / Lotte Koch

© Auteur Inconnu / Gisela Uhlen

© Auteur Inconnu / Brigitte Helm

© Film-Foto-Verlag / Charlotte Thiele

© Ross-Verlag / Maria Landrock

© Film-Foto-Verlag / Foto Baumann / Käthe Dyckhoff

© Terra-Filmkunst / Adelheid Seeck

© Madame d'Ora/ Hertha Imhoff

© Tobis Film / Publicité "Ein schoner Tag"/ Gertrud Meyen

© Universum Film (UFA)/ Hilde Schneider

© Ross-Verlag / Foto Baumann/ Leny Marenbach

© Auteur Inconnu / Karády Katalin

© Auteur Inconnu / Margot Hielscher

© Terra-Filmkunst / Lola Müthel

© Terra-Filmkunst / Lola Müthel

© Bavaria-Filmkunst / Lizzi Waldmüller

© Berlin-Film / Photo by Janos Manninger / Dora Komar

© Lloyd Film / Publicité "Mit den Augen einer Frau" / Ada Tschechowa

© Film Foto-Verlag / Eva Immermann

Partie III

Crédits photos et illustrations

© Géo Histoire

© Géo Histoire

© Géo Histoire

© Géo Histoire

© Géo Histoire

© Pinterest

www.ingramcontent.com/pod-product-compliance
Lightning Source LLC
LaVergne TN
LVHW020600110826
845149LV00002B/326

* 9 7 8 2 9 5 9 8 1 6 8 2 6 *